KB019220

셜록 홈즈 전집 2

배스커빌의 개

셜록 홈즈 전집 2

배스커빌의 개

아서 코난 도일 지음　정태원 옮김

1판 1쇄　2002년 5월 10일
1판 13쇄　2012년 3월 30일

펴낸곳　시간과공간사
등　록　1988년 11월 16일 제1-835호
펴낸이　최석두

ISBN　978-89-7142-130-4　03840

서울시 마포구 서교동 480-9 에이스빌딩 3층 우) 121-210
전화　02)3272-4546~8　팩스　02)3272-4549
이메일　tnsbook@naver.com

셜록 홈즈 전집 2

배스커빌의 개

아서 코난 도일 지음 | 정태원 번역

시간과공간사

차례

1
셜록 홈즈

홈즈는 종종 밤을 새는 일이 있지만, 그렇지 않은 경우에는 대개 늦은 시간에 아침 식사를 했다. 그날도 홈즈는 느지막한 시간에 아침 겸 점심 식사를 들고 있었다. 나는 벽난로 앞의 매트를 밟고 서서 전날 밤에 우리를 방문한 사람이 두고 간 지팡이를 들고 있었다. 그것은 '페낭 로여'라고 불리는 종류의 지팡이였는데, 두껍고 질 좋은 나무로 만들어진 것으로 머리부분은 둥근 모양을 하고 있었다. 머리 바로 아래에는 지름이 1인치에 달하는 넓은 은테가 둘러져 있었는데 '제임스 모티머, M.R.C.S.에게, C.C.H.의 동료들로부터, 1884'라는 글씨가 새겨져 있었다. 그것은 고리타분한 개업의가 기품과 신뢰를 드러내기 위해 가지고 다니던 지팡이였다.

"왓슨, 그 지팡이를 어떻게 생각하나?"

홈즈는 내게 등을 돌리고 앉아 있었고, 나는 그에게 아무런 내색도 하지 않았다.

"내가 무얼 하고 있는지 어떻게 알았지? 자넨 뒤에도 눈이 있는 것 같군."

"내 앞에는 반짝반짝하게 닦여 있는 은도금 커피포트가 놓여 있다는 것만 말해 두지. 왓슨, 어제 우리를 방문했던 사람의 지팡이에 대해 어떻게 생각하나? 유감스럽게도 두 사람 모두 외출해서 그가 무슨 용건으로 왔었는지 알 수 없지만 우연히 남겨진 이 물건이 중요한 단서가 될지도 모르는 일이네. 그것을 살펴보고 그 사람에 대한 자네의 추리를 들려주었으면 하네."

"그에게 이런 감사의 증표를 준 것으로 보아 모티머 씨는 나이 지긋한 사람으로 모두의 존경을 받는 성공한 의사라고 생각되네."

나는 가능한 홈즈 식으로 말했다.

"그래, 훌륭해!"

홈즈가 말했고 나는 이어서 나의 생각을 말했다.

"왕진을 많이 다니는 시골 의사일 수도 있다고 생각하네."

"왜 그렇게 생각하나?"

"이 지팡이는 처음에는 아주 멋있었을 테지만, 땅에 부딪친 흔적이 많이 있는 것으로 보아 도시의 의사가 갖고 있는 지팡이는 아닐 걸세. 또 두꺼운 쇠테가 닳은 것으로 보아 그는 이 지팡이를 들고 많이 걸어 다닌 게 분명하네."

"더할 나위 없이 훌륭해!"

홈즈가 말했다.

"그리고 'C.C.H.의 친구들'이란 말이 있네. 여기에서 'H'는 'Hunt'의 약자로 어떤 사냥클럽을 나타내는 것으로 여겨지네. 모티머 씨가 이 지방 사냥클럽의 회원에게 진료나 수술 같은 외과적 도움을 주었고, 그 도움에 대한 보답으로 모티머 씨에게 감사의 선물을 한 것이 바로 이 지팡이지."

"왓슨, 자네는 정말 뛰어나."

홈즈가 의자를 뒤로 밀고 담배에 불을 붙이며 말했다.

"지금까지 내가 거둔 조그만 성공들은 자네가 해준 탁월한 조언의 덕이 크다네. 그런데 자네는 자신의 능력을 과소평가하는 습관을 가지고 있지. 자네는 스스로 빛을 발하지는 않을지도 모르지만, 빛을 전달해 주는 사람임에는 틀림없네. 천재성을 소유하고 있지는 않지만 천재성을 자극하는 놀라운 능력을 가진 사람들이 있는 것처럼 말일세. 왓슨, 고백하는데 난 자네에게 신세진 게 너무도 많네."

그가 이런 많은 말을 한 적이 없었기에 그의 말이 내게 대단한 즐거움을 선사했다는 것을 시인해야만 하겠다. 왜냐하면 내가 그의 추리방식을 널리 알리기 위해서 했던 찬사나 시도에 대해 그는 어떤 관심도 나타내지 않아서 나는 종종 기분이 상했기 때문이다. 그리고 지금까지 내가 그의 추리체계를 완전히 익혀 그의 인정을 받을 정도로 실력이 향상했다고 생각하니 어깨가 저절로 으쓱해졌다.

그는 내가 들고 있던 지팡이를 가져가 몇 분 동안 육안으로 살폈다. 그러더니 이내 흥미 있는 표정이 되어 담배를 내려놓고는 창쪽으로 지팡이를 가지고 가서 볼록렌즈로 샅샅이 뜯어보기 시작했다.

"초보적이긴 하지만 흥미롭군."

자신이 좋아하는 의자가 놓여 있는 코너로 되돌아오면서 홈즈가 말했다.

"지팡이에 한두 가지 시사점이 있는 것은 틀림없네. 그것이 몇 가지 추론의 근거를 제시해 주고 있지."

"내가 놓친 거라도 있나?"

나는 얼마간 자부심에 찬 목소리로 물었다.

"내가 중요한 것을 놓치지는 않았을 거라고 생각되네만."

"왓슨, 자네가 내린 결론의 대부분은 틀린 것 같아. 사실 자네가 나의 추리력을 자극했다고 말했는데, 그 말은 자네가 범한 오류를 내가 발견함으로써 그것이 진실을 밝혀내는 데 결정적인 역할을 한 경우가 종종 있었다는 뜻이었네. 그렇다고 해서 이번 경우에 자네의 추리가 전적으로 잘못되었다는 것은 아닐세. 지팡이 주인은 시골의사가 틀림없고 상당히 많이 걸었다는 것도 분명한 사실이지."

"그렇다면 내 추리가 옳았군."

"거기까진 그렇지."

"하지만 나의 추리는 그게 전부 아닌가?"

"아니야, 왓슨. 절대로 그게 전부가 아니야. 그러니까 의사에게 공식적인 선물을 주는 곳은 사냥클럽보다는 병원일 가능성이 더 많지 않겠나? 첫 글자 'C.C.'를 'Hospital'이란 단어 앞에 놓아 보면, '채링 크로스 병원(Charing Cross Hospital)'이란 단어가 아주 자연스럽게 머리에 떠오르지 않나?"

"그럴 수도 있겠군."

"십중팔구 그럴 것이네. 이것을 실제적인 가정으로 간주한다면, 미지의 방문객에 대한 추론을 시작할 수 있는 새로운 발판이 마련된 셈일세."

"그럼 'C.C.H.'가 '채링 크로스 병원'을 나타낸다고 하면, 어떤 추정을 할 수 있겠나?"

"생각나는 것이 아무것도 없나? 자네는 나의 추리방법을 알고 있네. 그것을 응용해 보게!"

"내가 생각할 수 있는 것은 그 사람이 시골로 가기 전에 도시에서 일을 했을 거라는 명백한 결론뿐일세."

"그보다 좀더 과감한 추론을 할 수 있으리라고 여겨지네. 이런 견지에서 살펴보면 어떻겠나? 대체로 어떤 경우에 그런 감사의 선물을 주는가? 동료들이 그에게 감사의 증표를 준 것이 언제일까? 하는 그런 거 말일세. 모티머 의사가 병원을 독자적으로 개업하기 위해 근무하던 병원을 그만두던 때가 분명하네. 그런 때 감사의 선물을 준다는 것쯤은 우리도 알고 있지 않은가. 도시 병원에서 시골 개업의로의 변화가 있었을 것이고, 그 선물은 결국 그런 이동이 있을 때 받았던 것으로 우리의 추론을 확대시켜 볼 수 있지 않겠나!"

"정말 그럴듯하군."

"이제 자네는 그 사람이 병원 간부는 아니었으리란 걸 알게 됐을 거네. 런던에서의 관례로 보면 정평 있는 인물만 그런 지위에 오를 수 있는데 그런 사람이 시골 병원을 전전하지는 않을 테니 말이야. 그러면, 그는 어떤 사람이었을까? 병원에서 근무하긴 했지만, 지위가 있지는 않고, 기껏해야 가정외과나 가정내과의 레지던트였을 걸세. 다시 말해 의대 상급생과 다를 것 없는 위치였을 테지. 그리고 지팡이에 새겨진 날짜로 보아 그가 병원을 떠난 것은 5년 전이네. 왓슨, 이렇게 해서 자네가 말한 중년의 근엄한 가정의는 완전히 자취를 감추고 서른도 안 된 젊은 친구가 등장하게 되지. 그는 성격이 좋고 소박하지만 치밀하지 못한 남자로 개를 기르고 있다네. 테리어보다는 크고 마스티프보다는 작은 개를 기르고 있을 거라네."

홈즈가 의자에 기대어 앉아 천장에 담배연기를 뭉게뭉게 뿜어내고 있었다. 나는 미심쩍은 듯 웃었다.

"개에 대해서는 뭐라고 말할 수 없지만, 그 사람의 나이나 경력에 대한 몇 가지 세부사항을 찾아내는 것은 그리 어려운 게 아니네."

나는 의학 서적을 놓아둔 조그만 선반에서 개업의 주소록을 내려서 이름을 찾았다. 모티머란 이름을 가진 사람이 몇 명 있기는 했지만, 우리를 방문했던 사람이라고 짐작할 수 있는 사람은 한 명뿐이었다. 나는 큰 소리로 그의 기록을 읽었다.

제임스 모티머, 1882년 영국 외과 의사회 회원. 데번 주 다트무어 그림펜에 거주. 1882~1884 채링 크로스 병원에서 가정외과의로 재직. <질병은 격세 유전인가?>라는 제목의 논문으로 비교 병리학에 수여되는 잭슨 상 수상. 스웨덴 병리학회의 객원. <격세 유전에 의한 기형(랜싯, 1882)>의 저자. <인류는 진보하고 있는가?(심리학 저널, 1883년 3월)> 등의 논문. 그림펜, 토슬레이, 하이 배로우 교구의 의무관.

"왓슨, 지방 사냥클럽에 대한 언급은 없지만 자네가 예리하게 지적했듯이 시골의사야."

홈즈가 짓궂은 미소를 지으며 말했다.

"내 추론이 상당히 정확했다고 할 수 있군. 제대로 기억한다면, 내가 모티머라는 사람을 성격이 좋고 소박하지만 치밀하지 못하다고 말했었지? 내 경험으로 비추어 볼 때 어떤 단체로부터 감사의 선물을 받을 정도라면 그 사람은 분명 좋은 심성을 가졌을 테고, 시골의사가 되기 위해 런던에서의 일자리를 포기한 사람은 소박한 사람일 거네. 또 자네 방에서 한 시간을 기다리고도 명함을 남기지 않은 채, 지팡이를 남겨 두고 가는 사람은 치밀하지 못한 사람이 분명할 걸세."

"그런데 개는?"

"개는 주인 뒤에서 이 지팡이를 물고 다니는 습관이 있었어. 지팡이가 무거웠기 때문에 개는 지팡이 한 가운데를 꽉 물고 다녔지. 여기 개의 이빨 자국이 아주 선명하게 남아 있다네. 이빨 자국 사이의 공간을 통해 알 수 있는 것처럼 이 개의 턱은 테리어에 비해 넓고, 마스티프에 비해서는 넓지 않다는 것이 내 생각일세. 그러니까, 그 개는 분명 덥수룩한 털을 가진 스패니얼일 걸세."

홈즈는 방안을 걸어 다니면서 말하더니 창틀에 멈춰 섰다. 그의 목소리가 너무도 확신에 차 있어서 나는 멍하니 바라만 보았다.

"홈즈, 자네는 어떻게 그렇게 확신할 수 있나?"

"바로 우리 집 현관의 층계 앞에서 그 개가 보이고, 개 주인이 벨을 울리고 있기 때문이네. 이 방에 있어 주게, 왓슨. 그는 자네와 같은 직업을 가졌고 자네는 내게 도움을 줄 수 있을 걸세. 자, 운명의 순간이네. 계단에 울리는 발소리가 곧 우리들의 인생으로 들어오네. 좋은 일인지, 나쁜 일인지. 과학자인 제임스 모티머 의사가 범죄 전문가인 셜록 홈즈에게 요구하는 것이 무엇일까? 들어오세요."

전형적인 시골의사로 예상됐던 방문객의 모습은 나를 놀라게 했다.

그는 아주 키가 크고 마른 사람이었는데, 부리같이 긴 매부리코가 예리한 회색 눈 사이에 돌출해 있었고, 서로 가깝게 모여 있는 두 눈

이 금테 안경 뒤에서 밝게 빛나고 있었다. 그가 걸치고 있는 옷은 전문가적 분위기를 풍기긴 했지만 조금 지저분한 느낌을 주었는데, 자세히 보니 입고 있던 프록코트에 때가 끼고 바지가 닳았기 때문이었다. 아직 젊긴 했지만 그의 긴 등은 벌써 구부정해서 머리를 앞으로 숙이고 걸었다. 전반적으로 온화하고 친근한 신사의 느낌이었다. 그는 방안으로 들어와서 홈즈의 손에 들려 있는 지팡이를 보고는 환호성을 지르며 달려갔다.

"지팡이를 둔 곳이 여긴지 해운회사 사무실인지 확실치 않았는데 정말 기쁩니다. 온 세상을 다 준다고 해도 이 지팡이는 절대로 내놓지 않을 겁니다."

그가 말했다.

"그 지팡이는 선물로 받으신 겁니까?"

홈즈가 물었다.

"그렇습니다."

"채링 크로스 병원으로부터죠?"

"결혼하던 날, 같이 근무하던 친구들에게서 받은 겁니다."

"이런, 이런, 유감천만이로구만!"

홈즈가 머리를 흔들며 말했다. 모티머 의사는 놀란 듯 안경 낀 눈을 깜빡였다.

"유감이라뇨?"

"아, 우리의 추리가 빗나갔기 때문입니다. 지팡이를 받은 게 결혼식 때였습니까?"

"예, 결혼하고서 개업의가 되려고 그 병원을 떠났습니다. 직접 병원을 열 필요가 있었습니다."

"그렇다면 우리의 추리가 완전히 빗나간 것은 아니군요."

홈즈가 말했다.

"그런데, 제임스 모티머 의사—"

"의사라고 하지 마세요. 나는 영국외과의사 회원에 지나지 않습니다."

"그리고 겸손하면서도 명확한 성격의 소유자이시지요."

"과학을 조금 했을 뿐입니다. 그러니까 거대한 미지의 바닷가에서 조개를 줍는 사람에 불과할 뿐입니다. 죄송하지만 저와 대화하시는 분이 셜록 홈즈 씨입니까?"

"그렇습니다. 이 사람은 친구 왓슨 의사입니다."

"만나 뵙게 돼서 기쁩니다, 홈즈 씨. 저는 당신의 성함이 왓슨 의사와 함께 언급되는 것을 들었습니다. 홈즈 씨, 당신은 제게 대단한 흥미를 불러일으켰습니다. 저는 장두(長頭)의 두개골과 안면의 상하 길이가 그토록 눈에 띄게 진화된 사람은 보지 못했습니다. 홈즈 씨가 괜찮으시다면 얼굴을 제 손가락으로 직접 만져 보고 싶습니다. 원형을 이용할 수 있을 때까지는 당신의 두개골 모형이 인류학 박물관에 진열될 수도 있을 것입니다. 진심으로 말하는 것이지만 홈즈 씨의 두개골이 무척 탐나기까지 합니다."

홈즈는 낯선 방문객에게 의자에 앉으라는 손짓을 보냈다.

"모티머 선생께서는 자신의 사고 체계를 신봉하고 계신 것 같은데 저 역시도 제 분야에 있어서 그렇습니다."

홈즈가 말했다.

"선생의 집게손가락을 보니 직접 담배를 말아 피우시는 것 같습니다. 주저하지 마시고 한 대 피우십시오."

모티머 선생은 종이와 담배를 꺼내 놀라울 정도로 능숙하게 종이에 담배를 둘둘 말았다. 그는 곤충의 더듬이처럼 쉬지 않고 예민하게 움직이는 긴 손가락을 가지고 있었다. 홈즈는 침묵을 지키고 있었지만, 날카로운 눈빛은 그가 이 방문객에게 흥미를 느끼고 있음을 말해주고 있었다.

"설마?"

홈즈가 마침내 입을 열었다.

"선생께서 어젯밤에 여기를 방문하고 오늘 다시 온 목적이 내 두개골을 살펴보기 위해서만은 아니시겠죠?"

"물론, 아닙니다. 홈즈 씨의 두개골 검사를 해볼 기회를 갖게 된다면 기쁘기는 하겠지만 말입니다. 홈즈 씨, 제가 여기 온 것은 저 자신이 실행력이 없다는 것을 알게 된 데다, 갑자기 아주 기괴한 문제에 봉착했기 때문입니다. 그 방면에서 당신은 유럽에서 두 번째로 뛰어난 전문가라고 알고 있습니다."

"그렇습니까? 그러면 누가 일인자입니까?"

홈즈가 무뚝뚝하게 물었다.

"프랑스의 인류학자 베르티용이 쓴 책이 엄밀한 과학적 사고의 소유자에게 강력한 호소력을 발휘하는 것 같습니다."

"그렇다면 그에게 자문을 구하지 그러시오."

"저는 '엄밀한 과학적 사고의 소유자에게는'이라고 말씀드렸습니다. 그렇지만 실무적인 면에서는 홈즈 씨를 따를 자가 없습니다. 그건 이미 정평이 나 있습니다. 혹시 제가 생각 없이—"

홈즈가 말했다.

"조금은 그렇군요. 모티머 선생, 선생이 내게 도움을 청하고자 하는 문제의 본질이 어떤 것인지 간단하게 설명해 주셨으면 고맙겠소."

2

배스커빌 가의 저주

"저는 주머니에 단서가 될 만한 문서를 가지고 있습니다."

제임스 모티머 의사가 말했다.

"선생께서 방안에 들어왔을 때부터 알고 있었습니다."

홈즈가 말했다.

"아주 오래된 문서입니다."

"위조한 게 아니라면 18세기 초기 것 같군요."

"어떻게 아셨습니까?"

"말씀하시는 동안 주머니에서 문서가 조금 삐져나와 있었기 때문에 살펴볼 수 있었습니다. 문서의 연대를 10년 이상 틀리게 추정하는 사람은 능숙한 전문가라고 할 수 없을 것입니다. 알고 계실지 모르지만, 나는 이 문제에 대해 논문을 쓴 일이 있습니다. 내 추정으로는

1730년대입니다."

"정확한 연대는 1742년입니다."

모티머 의사가 주머니에서 서류를 꺼냈다.

"이것은 3개월 전, 갑작스럽게도 비극적인 죽음을 맞이해서 데번셔를 혼란에 빠뜨렸던 배스커빌 경이 제게 맡긴 문서입니다. 나는 찰스 경의 주치의였을 뿐만 아니라 친한 친구였습니다. 그는 과단성 있고 빈틈없으며 실천적인 사람이었지만 저만큼이나 미신을 믿지 않는 사람이었지요. 그런데도 그는 이 문서를 중요하게 여겼고, 그와 같은 무서운 최후를 예감하고 있었는지도 모릅니다."

홈즈는 문서를 받아 무릎 위에서 펼쳤다.

"왓슨, 'S'가 번갈아 길거나 짧게 되어 있어. 이것이 내가 연대를 추정할 수 있었던 몇 가지 단서 중 하나였네."

나는 홈즈의 어깨 너머로 누런 문서의 색이 바랜 글자를 살펴보았다. 머리 부분에는 '배스커빌 저택'이라고 쓰여 있고, 그 밑에 '1742'라는 숫자가 커다랗게 휘갈겨 쓰여 있었다.

"이건 무엇인가를 전하려고 쓴 것 같군요."

"예, 그것은 배스커빌 가에 내려오는 어떤 전설을 쓴 것입니다."

"그렇지만 당신이 상담하려는 것은 최근의 문제겠죠."

"아주 최근의 일입니다. 그것도 24시간 이내에 결정해야 하는 급박한 문제입니다. 이 문서는 짧지만 사건과 직접적인 관련이 있습니다. 허락하신다면 읽어 드리겠습니다."

홈즈는 의자에 기대어 앉아 체념한 듯 양 손가락 끝을 모으고 눈을 감았다. 모티머 의사는 문서를 등불 쪽으로 돌려 놓고 떨리는 소리로 다음과 같은 기괴한 옛날이야기를 읽어 갔다.

배스커빌 가의 개의 기원에 대해서는 많은 말들이 있지만, 나는 휴고 배스커빌의 직계 자손이고 아버지로부터 이 이야기를 직접 들었으며 내 아버지는 그 아버지께 들었기 때문에, 바로 여기서 그 일이 일어난 것처럼 확고한 믿음을 가지고 이 이야기를 기록하고 있다. 죄를 벌하시는 정의의 신은 한편으로는 자비로이 용서하시는 분이며, 또한 아무리 무서운 저주라도 기도와 참회를 통해 제거할 수 있다는 것을 나의 자손들이 믿게 되기를 바라는 바이다. 그러므로 이 이야기를 통해 과거의 잘못으로 인한 결과를 두려워하기보다는 우리 가문에 그토록 지독한 고통을 안겨준 사악한 욕정이 다시 고개를 들어 타락하는 일이 없도록 매사에 신중하게 처신하길 바란다.

때는 청교도 혁명의 시대였고(1642년~60년, 이 사실에 대해서는 박학한 클라렌든 경이 쓴 내란사를 참조할 것), 배스커빌 영지는 휴고 배스커빌이라는 사람이 소유하고 있었는데 그는 아주 거칠고 속되며 신을 믿지 않는 인물이었다. 실재로 그의 이웃들은 그런 점에 대해서 어느 정도 눈감아 주었는데, 그 지역에는 성인들이 결코 많지 않았기 때문에 그럴 수 있었던 것 같다. 이 휴고라는 사람은 뜻하지 않게 배스커빌 영지 근처에 땅을 소유하고 있는 자작농의 딸을 사랑하게 되었다.(그렇게 음침한 욕정을 사랑이라는 아름다운 이름으로 표현할 수 있다면) 그러나 사려 깊고 평판이 좋았던 그 여자는 그의 사악한 이름이 두려워서 늘 피하려고만 했다. 어느 해 미카엘

축일에 휴고는 게으르고 사악한 대여섯 명의 친구들과 함께 그 농장에 숨어들어 자신이 잘 알고 있는 그녀의 아버지와 오빠들이 집을 비운 사이에 그 여자를 납치했다. 그들은 그 여자를 배스커빌 저택으로 데려와 위층 방에 가둔 후, 여느 때와 다름없이 흥청거리며 밤늦게까지 술을 마셨다. 위층에 있던 그 불쌍한 여자는 아래층에서 들려오는 노랫소리, 고함소리, 무시무시한 욕설들 때문에 견딜 수 없을 지경이었다. 왜냐하면 술에 취한 휴고 배스커빌이 내뱉은 말들은 입에 담기만 해도 죽음을 당한다고 할 정도의 저주스러운 말들이었기 때문이다. 마침내 여자는 공포를 견디지 못하고 가장 용감하고 활동적인 남자조차도 시도하기 어려운 일을 저질렀다. 남쪽 벽을 덮고 있던 담쟁이덩굴을-지금도 여전히 벽을 덮고 있는 덩굴을-의지해 처마 밑으로 내려왔던 것이다. 그리곤 집을 향해 황야를 건너기 시작했는데, 그 저택에서 아버지의 농장까지는 거리가 9마일이나 되었다.

얼마 후에 휴고는 손님들을 남겨 두고 먹을 것과 마실 것을 들고 여자를 찾았다. 하지만 새장에서 새가 도망쳐 버렸다는 것을 알게 되자 그는 악마로 돌변해 계단을 뛰어 내려와 식당 안으로 달려들어갔다. 그리고 앞에 있던 큰 포도주병과 나무 쟁반을 훌쩍 뛰어 넘어 커다란 식탁 위로 튀어 올라갔다. 그리고 여자를 따라잡지 못한다면 악마에게 자신의 영혼과 육신을 넘겨주겠노라고 악다구니를 쓰며 말했다. 술 취한 남자들은 그가 광분하는 것을 보고 아연실색해 서 있었다. 그런데 한 사람이 사냥개를 풀어 여자를 쫓도록 해야 한다고 외쳤다. 그는 다른 사람들보다 더 사악한 사람이거나 아니면 더 취한 사람이었을 것이다. 그 제안을 듣자마자 휴고는 밖으로 달려 나가 자신의 말에 안장을 얹고 사냥개를 풀어 여자의 손수건 냄새를 맡게 한 뒤 표적을 향해 달리게 했다. 휴고는 그들

주위를 한바퀴 돌고 나서 함성을 지르며 달빛으로 환하게 빛나는 황야를 향해 출발했다.

흥청망청 즐기던 그의 친구들은 갑자기 일어난 눈앞의 상황을 이해하지 못하고 잠시 동안 멍하니 서 있었다. 그러나 이내 정신을 차리고 앞으로 황무지에서 벌어질 사태의 본질을 깨달았다. 이제는 모두 야단법석을 떨며 어떤 사람은 총을 가지러 가고, 어떤 사람은 말을 가지러 가고, 어떤 사람은 포도주를 담아 둔 또 다른 병을 가지러 갔다. 그리고 마침내 한자리에 모인 13명은 말을 타고 추격하기 시작했다. 달은 밝게 빛나고 있었고, 나란히 말을 탄 그들은 여자가 집에 가기 위해 거쳐 갔을 길을 따라 빠르게 달려갔다.

그들이 1, 2마일쯤 추격해 갔을 때, 황무지에는 양을 지키는 목동 하나가 지나갔다. 그들은 자신들의 사냥감을 보았는지 알아보기 위해 큰소리로 목동을 불렀다. 목동은 난봉꾼들을 보고 극도의 두려움을 느껴 거의 말을 하지 못했지만, 결국은 사냥개에게 쫓기고 있는 그 불행한 여자를 보았다고 말했다. 그리곤 '그렇지만 저는 그것만 본 게 아니에요. 휴고 배스커빌 경이 검정말을 타고 지나갔는데, 그 뒤를… 아, 하느님! 우리를 지켜 주세요. 지옥의 사냥개가 소리 없이 그를 뒤쫓아 달리고 있었어요!'라고 말했다. 그러자 술 취한 시골 사람들은 목동에게 욕설을 퍼붓고 계속해서 말을 달렸다. 하지만 곧 그들은 피가 얼어붙는 것만 같았다. 검은 말이 황야를 달리는 굉음과 함께 입에서 하얀 거품을 내뿜으며 빈 안장을 질질 끌면서 지나갔기 때문이었다. 사람들은 공포를 느끼고 서로의 말을 한군데로 몰아붙였다. 만일 그들이 혼자 몸이었다면 꽁무니를 빼고 달아났을지도 모르지만 그 상황에서는 체면상 추적을 그만둔다고 할 수도 없는 노릇이었다. 그들은 계속해서 천천히 말을 타고 나아가다 마침

내 사냥개들이 있는 곳에 도착했다. 이 개들은 용맹성이 뛰어난 품종으로 잘 알려져 있었음에도 불구하고, 깊은 구덩이 위에서 떼를 지어 낑낑대고 있었다. 어떤 녀석들은 꼬리를 내리고 살금살금 걸어 다니고, 어떤 녀석들은 목털을 빳빳하게 세우고 그들 앞에 있는 좁은 계곡을 뚫어지게 바라보고 있었다.

일행은 우선 멈춰 섰다. 대부분 술이 깨어 더 이상 나아가려고 하지 않았지만, 그들 중 가장 용감한 사람-술이 덜 깼을지도 모르는 사람-3명이 말을 타고 아래로 내려갔다. 그러자 태고의 어느 이름 모를 사람들이 놓아둔 커다란 선돌 두 개가 세워져 있는 넓은 공간이 눈에 들어왔다. 달은 빈터 위에서 밝게 빛나고 있었고, 그 구덩이에 빠져 공포와 두려움으로 탈진해 죽은 불쌍한 여자가 한가운데 누워 있었다. 그러나 이 무모한 술꾼들의 머리카락이 곤두선 것은 그 여자의 사체나 그 여자 근처에 누워 있는 휴고 배스커빌의 사체 때문이 아니었다. 모습은 개였지만 지금까지 보았던 어떠한 개보다도 커다란 검은 괴물이, 휴고의 몸뚱이에 올라타 그의 숨통을 물고 있었기 때문이다. 사냥개와 같은 모습을 하고 있긴 했지만 이제까지 인간이 본 어떤 사냥개보다 컸다. 그들은 넋을 놓고 휴고 배스커빌의 목구멍을 물어뜯고 있는 괴물을 바라보고 있었다. 그 순간, 괴물은 이글거리는 눈과 피가 뚝뚝 떨어지는 턱을 그들이 있는 쪽으로 돌렸다. 그들 셋은 겁에 질려 비명을 지르며 있는 힘을 다해 말을 타고 황야를 가로질러 도망갔다. 셋 중 한 사람은 그 장면을 목격한 바로 그날 밤에 죽었고, 나머지 두 사람은 폐인이 되었다.

아들들아, 이것이 지금까지 우리 집안을 그토록 고통스럽게 해온 사냥개의 유래이다. 내가 이것을 기록하는 이유는 사실을 분명히 아는 것이 막연히 추측하는 것보다 공포심을 더는 것이라고 생각하기 때문이다.

그리고 집안의 많은 사람들이 불행한 죽음을 맞이했고, 그 죽음이 너무도 갑작스럽고 처참해 이해하기 어렵다는 것도 부인할 수 없다. 그러나 3, 4세대 이후의 죄 없는 후손들에게는 지극히 무한한 신의 자비가 우리를 지켜 주리라는 성경의 말씀을 위로로 삼을 수 있을 것이다. 그런 취지에서 나는 악의 세력들이 기뻐 날뛰는 어두운 밤에 황야를 건너지 않도록 후손들이 주의를 기울일 것을 권고하는 바이다.

— 휴고 배스커빌로부터 유래한 이 이야기를
그의 아들 로저와 존에게 전하며.
단, 누이인 엘리자베스에게 반드시 비밀로 할 것을 당부한다.

모티머 의사는 이 기이한 이야기를 다 읽고는 안경을 이마 위로 밀어 올린 채 셜록 홈즈를 뚫어져라 쳐다보았다. 홈즈는 하품을 하고서 담배꽁초를 난로에 던졌다.

"끝입니까?"

홈즈가 말했다.

"흥미롭지 않으십니까?"

"동화 수집가는 그렇게 생각하겠죠."

모티머 의사가 주머니에서 접혀 있는 신문을 꺼냈다.

"그럼, 홈즈 씨. 좀더 최근의 것을 보여드리죠. 이것은 올해 5월 14일자 ≪데번셔 소식지≫입니다. 여기에는 이 날짜보다 며칠 앞서 일어난 찰스 배스커빌 경의 죽음에 대한 기사가 있습니다."

홈즈는 긴장한 표정으로 몸을 약간 앞으로 내밀었다. 모티머 의사

는 안경을 고쳐 쓰고 읽기 시작했다.

며칠 전, 찰스 배스커빌 경의 갑작스런 죽음으로 주 전체에 어두운 그림자가 드리워졌다. 그는 차기 선거에서 데번 주 중부 민주당 후보로 지목될 가망성이 높은 것으로 언급되어 왔다. 찰스 경이 배스커빌 저택에 거주한 것은 비교적 짧은 기간이긴 했지만, 그는 성격이 온화하고 아주 관대했기 때문에 그를 아는 모든 사람들의 사랑과 존경을 받았다. 벼락부자들이 판치는 요즘 세상에 불운한 시절에 몰락한 가문의 자제가 입신출세하여 추락한 가문의 권위를 회복하고자 고향으로 돌아온 것은 신선한 일이다.

잘 알려져 있는 바와 같이 찰스 경은 남아프리카에 투자해 많은 돈을 벌었다. 상황이 불리해질 때까지 투자를 계속한 사람들과 달리 그는 현명하게도 자신이 얻을 만큼 얻었다는 것을 깨달은 뒤 그것을 가지고 영국으로 되돌아왔다. 그가 배스커빌 저택에 정착한 것은 2년밖에 되지 않았지만, 그의 죽음으로 인해 중단된 재건 공사와 보수 공사의 규모가 어마어마하다는 것은 자주 화제가 되었다. 그에게 자손이 없기 때문에 그는 자신이 살아 있는 동안 이 지역 주민 전체가 자신의 막대한 재산의 덕을 보게 되기를 희망한다는 뜻을 공공연하게 밝혔었다. 이것이 많은 사람들이 그의 때 아닌 죽음을 개인적으로 비통하게 여기는 이유이기도 하다. 또 그는 개별 자선단체나 주립 자선단체에 기부를 많이 해서 본지에 자주 기사화되곤 했었다.

찰스 경의 죽음과 관련된 상황이 심리에 의해 완전히 해결되었다고 말할 수는 없겠지만, 최소한 이 지방의 미신이 야기한 무성한 소문을 잠재우기에는 충분하다고 할 수 있다. 그가 살해됐을 가능성이나 이번 죽음에 자연적인 원인 이외의 다른 어떤 이유가 있으리라고는 생각되지 않는다. 찰스 경은 혼자 살고 있었고, 정신적으로 별난 습성이 있었다고 한다. 그는 상당히 많은 재산을 소유하고 있었음에도 불구하고 소박한 취미를 가진 사람이었다. 배스커빌 저택에서 그가 부리는 하인들은 배리모어 부부뿐으로 남편은 집사 일을, 아내는 가정부 일을 맡아보았다. 그의 몇몇 친구들의 말에 따르면 찰스 경은 한동안 건강이 좋지 않았었다. 특히 심장병 증세를 보였는데 안색이 변하고 숨을 헐떡이며 갑작스럽게 우울증 발작을 일으키는 경향이 있었다고 한다. 그의 친구이자 담당 의사였던 제임스 모티머 씨도 똑같은 증언을 했다.

이 사건의 진상은 단순하다. 찰스 배스커빌 경은 매일 밤, 잠자리에 들기 전에 배스커빌 저택의 상록수가 우거진 오솔길을 산책하는 습관이 있었다. 배리모어 부부의 진술에서도 이것은 증명되는 바이다. 5월 4일, 찰스 경은 배리모어에게 다음 날 런던에 가는 것을 알리고 짐을 꾸리도록 했다. 그는 그날 밤도 여느 때처럼 야간 산책을 나갔고, 산책하는 동안 시가를 피우는 습관이 있었다. 자정에 배리모어는 저택의 문이 그때까지 열려 있는 것을 발견하고는 깜짝 놀라서 등에 불을 붙이고 주인을 찾으러 나섰다. 낮에 비가 왔었기 때문에 오솔길에는 찰스 경의 발자국이 선명하게 찍혀 있었다. 이 길을 따라 절반쯤 내려가면 황야로 나가는 문이 하나 있는데, 그곳에는 찰스 경이 한동안 서 있었던 흔적이 있었다. 배리모어는 계속해서 따라 내려갔는데, 오솔길의 맨 끝에서 찰스 경의 시신을 발견했다. 설명할 수 없는 한 가지 사실은 주인의 발자국이 황야로 통하는 문을 지날 때부터 모양이 바뀌었다는 것이다. 전까지의 발자국과는 다르게 그곳에서부터는 계속 발꿈치를 들고 걸었던 것처럼 보였다는 것이 배리모어의 진술이다. 마침 황야 근처에 집시 말 판매상인 머

피가 있기는 했지만 술에 만취해 있었던 까닭에 정신이 없었다고 한다. 그래서 머피는 비명소리를 듣기는 했지만 그 소리가 어디서 들려오는지 분간할 수가 없었다고 진술했다.

찰스 경의 몸에서는 폭행을 당한 흔적이 발견되지는 않았다. 찰스 경의 얼굴은 믿을 수 없을 정도로 뒤틀려 있었다고 모티머 의사는 진술서에서 적긴 했지만–너무 많이 뒤틀려 있어서 모티머 의사는 자기 앞에 누워 있는 사람이 정말로 그의 친구이자 환자라는 걸 믿으려고 하지 않았지만–호흡곤란과 심장병에서 오는 극도의 피로로 사망하는 경우에 이런 증상이 나타나기도 한다. 이런 설명은 사체 부검을 통해 찰스 경이 만성적인 장기질환을 앓고 있었다는 것이 드러났고, 검시 배심원단은 이런 의학적 증거를 근거로 표결했다. 이런 평결이 내려진 것은 다행스러운 일일지도 모른다. 왜냐하면 찰스 경의 상속인이 배스커빌 저택에 정착하여 중단된 복구 사업을 계속하는 것이 중요하

기 때문이다. 배심원의 평결이 이번 사건과 관련하여 떠도는 비현실적인 소문을 끝내 잠재우지 못한다면, 배스커빌 저택은 주인을 찾기 어려울 것이다. 만약 상속자가 살아 있다면, 찰스 배스커빌 경의 남동생의 아들 헨리 배스커빌 씨가 가장 가까운 친척이 될 것이다. 이 젊은이에 대한 소식이 마지막으로 전해진 곳은 아메리카로, 그에게 막대한 유산 상속 소식을 전하기 위한 구체적인 조사가 시작되었다.

모티머 의사는 신문을 다시 접어 주머니에 집어넣었다.

"홈즈 선생님, 이것이 찰스 배스커빌 경의 죽음에 대해 공표된 사실입니다."

"흥미를 유발하는 특이한 사건에 주의를 환기시켜 주신 데 대해 감사를 드려야 할 것 같군요."

홈즈가 말했다.

"당시에 나는 그 사건에 관한 신문 논평을 읽긴 했었지요. 하지만 바티칸의 카메오 사건 때문에 교황님의 소망을 들어주는 일에 몰입하다 보니 영국에서 발생한 몇 가지 흥미 있는 사건을 놓쳤던 것 같군요. 이 기사에 공공연한 사실들이 모두 들어 있다는 말씀이죠?"

"그렇습니다."

"그렇다면 공개되지 않은 사실들에 대해서 말씀해 보시오."

홈즈는 양손의 손가락 끝을 모으고 몸을 뒤로 기댔다. 그는 아주 냉정한 재판관과 같은 표정을 하고 있었다.

"지금 드리는 말씀은—"

모티머 의사가 약간 동요를 보이며 말했다.

"제가 아직까지 아무에게도 털어놓지 않은 사실에 대해 말씀드리는 것입니다. 배심원단이 심리할 때에 그런 진술을 하지 않은 이유는 과학자인 제가 미신 같은 이야기에 동조하는 듯한 인상을 주고 싶지 않았기 때문입니다. 더 나아가 신문에서도 언급했듯이 이미 기괴한 평판을 얻고 있는 배스커빌 저택에 또 으스스한 이미지가 더해진다면, 아무도 그곳에 살지 않을 게 분명하기 때문입니다. 이런 이유 때문에 배심원에게는 제가 알고 있는 것을 사실대로 말하지 않아도 정당화될 수 있을 것이라고 생각했습니다. 설령 전부 말한다 해도 실제로 얻을 것은 별로 없습니다. 그렇지만 홈즈 씨께는 사실을 숨겨야 할 이유가 없다고 생각됩니다."

모티머 의사는 조심스럽게 서두를 꺼낸 뒤 말을 이었다.

"황야에는 거주하는 인구가 그다지 많지 않기 때문에 가까이에 살고 있는 사람들은 한 가족과 다름없이 친하게 지냅니다. 이런 이유 때문에 저는 찰스 배스커빌 경을 많이 만났습니다. 래프터 저택의 프랭클랜드 씨와 박물학자 스태플턴 씨를 제외한다면, 수 마일 내에 정식교육을 받은 사람은 없었습니다. 찰스 경은 사교적인 인물은 아니었지만 그분이 병에 걸린 것을 계기로 인연을 맺었고, 과학에 대한 관심이 비슷하기 때문에 계속해서 친분을 유지하게 되었습니다. 그분은 남아프리카에서 과학 정보를 많이 수집해서 돌아왔습니다. 우리는 부시먼과 호텐톳 사람의 비교 해부학을 논하면서 함께 수많은 밤을 즐겁게 보냈습니다. 그런데 지난 몇 달 동안 찰스 경의 신경이 극도로 날카로워졌다는 것을 점점 뚜렷하게 느낄 수 있었습니다. 그분은 제가 읽어 드린 배스커빌 전설에 대해 지나치게 염려했고, 정도가 너무 심해 밤에 정원을 산책하긴 했지만 절대로 그곳을 벗어나서 황야로 나가는 일은 없었습니다. 홈즈 씨, 믿기 어려우시겠지만 찰스 경은 정말로 무서운 운명이 자신의 집안을 맴돌고 있다고 확신하고 있었고, 조상들에 대한 기록은 힘이 되지 못했습니다. 게다가 찰스 경은 어떤 무시무시한 존재가 계속해서 자신의 주위를 맴돌고 있다고 생각했고, 밤에 왕진을 다니다가 이상한 동물을 보거나 사냥개가 짖는 소리를 들은 적이 있는지 여러 차례 묻곤 했습니다. 특히 그분이 이상한 동물에 대한 질문을 하실 때는 흥분으로 인해 목소리가 떨리는 걸 느낄 수 있었습니다."

모티머 의사의 목소리도 함께 떨렸다.

"그 결정적인 사건이 일어나기 3주 전 무렵, 그분의 집으로 마차를 몰고 갔던 그 저녁을 생생히 기억할 수 있습니다. 마침 찰스 경은 현관에 나와 있었고 제가 마차에서 내려 그분 앞에 섰을 때, 저는 그분의 눈이 제 어깨 너머에 고정된 채 완전히 공포에 질린 얼굴로 무언가를 뚫어져라 쳐다보고 있는 것을 보았습니다. 제가 홱 돌아서자 커다란 검은 소처럼 보이는 뭔가가 집으로 들어오는 길 끝으로 지나가는 것을 언뜻 볼 수 있었습니다. 찰스 경은 너무도 놀라서 흥분해 있었고 저는 그 짐승이 있었던 곳으로 내려가 주위를 둘러보았습니다.

그러나 그 짐승은 사라지고 없었습니다. 이 사건은 그분의 마음에 충격적인 영향을 주었던 것 같습니다. 저는 그날 저녁 내내 그분과 함께 있었고 찰스 경은 자신의 불안한 감정을 설명하기 위해 제가 처음에 와서 읽어 드렸던 그 이야기를 털어놓고 문서도 제게 맡겼습니다. 제가 이런 말씀을 드리는 이유는 그 후로 발생했던 비극적인 사건과 관련해서 그 사건이 중요하다고 생각되기 때문입니다. 그러나 당시에는 그 일이 아주 사소한 일이고 찰스 경이 그토록 흥분하는 것은 지나친 신경과민이라고 생각되었습니다. 찰스 경이 런던으로 가려고 했던 것도 제가 그렇게 하도록 충고했기 때문이었습니다. 그분은 끊임없는 근심 속에서 살고 있었기 때문에 심장에 무리가 갔고, 그 원인이 건강에 심각한 영향을 주고 있다는 것을 알고 있었습니다. 그래서 전 도시에 가서 몇 달 동안 기분 전환을 하고 나면 다시 정상을 되찾을 수 있을 거라고 생각했습니다. 우리 둘의 친구였던 스태플턴 씨도 그분의 건강 상태를 무척 염려하고 있었기 때문에 저와 의견을 같이 했습니다. 그런데 마지막 순간에 이런 끔찍한 재난이 일어났습니다. 찰스 경이 돌아가시던 날 밤에 배리모어 집사가 그분의 사체를 발견하고 마부 퍼킨스를 말에 태워 저에게 보냈습니다. 제가 늦게까지 자지 않고 있었기 때문에 사건이 발생한 지 한 시간도 지나지 않아 배스커빌 저택에 도착할 수 있었습니다. 저는 심리 때 언급된 모든 사실을 점검하고 확인했습니다. 저는 오솔길에 나 있는 발자국을 따라가서 그분이 기다리고 있었던 것으로 보이는 황야로 통하는 쪽문을

보았고, 저는 그 지점부터 발자국의 모양이 바뀐 것을 알 수 있었습니다. 매끄러운 자갈 위에 배리모어의 발자국 이외에 다른 발자국은 없었습니다. 그리고 제가 도착할 때까지 아무도 손대지 않은 그분의 시신을 주의 깊게 검사했습니다. 찰스 경은 두 팔을 벌리고 엎드린 채 손가락을 땅에 박고 있었습니다. 찰스 경은 제가 알아보지 못할 정도로 어떤 강렬한 감정에 의해 얼굴 모양이 뒤틀려 있었지만, 신기하게도 외상은 전혀 없었습니다. 그리고 배리모어는 잘못된 진술을 한 가지 했는데 그는 시신 주변에 아무런 흔적이 없다고 말했습니다. 그러나 저는 자세히 살핀 결과, 그것을 발견할 수 있었습니다. 그것은 좀 멀리 떨어져 있긴 했지만 아주 선명했습니다."

"발자국이었습니까?"

"네."

"남자 발자국이었습니까, 여자 발자국이었습니까?"

모티머 의사는 잠시 동안 이상한 눈으로 우리를 쳐다보았다. 그가 대답을 했을 때, 목소리는 거의 속삭임으로 바뀌어 있었다.

"홈즈 씨, 그것은 거대한 개의 발자국이었습니다!"

3
문제점

그 말을 들었을 때, 나는 온몸에 소름이 돋았다. 모티머 의사의 목소리가 떨리는 것으로 보아 우리에게 들려 준 이야기에 그 자신도 대단히 동요하고 있다는 것을 알 수 있었다. 홈즈는 흥분하여 몸을 앞으로 내밀었다. 두 눈에는 그가 몹시 흥미를 느꼈을 때 나타나는 날카로운 광채가 어려 있었다.

"그것을 보셨습니까?"

"제가 홈즈 씨를 보는 것처럼 분명히요."

"그런데 왜 아무런 말도 하지 않았습니까?"

"무슨 소용이 있었겠습니까?"

"다른 사람은 왜 그걸 보지 못했을까요?"

"발자국은 사체가 있는 곳에서 20야드 가량 떨어져 있었기 때문에 아무도 그것을 눈여겨보지 않았습니다. 제가 이 전설에 대해 알지 못했다면, 저 역시 그랬을 거라고 여겨집니다."

"황야에는 양을 지키는 개가 많이 있습니까?"

"물론입니다. 그렇지만 그것은 양을 지키는 개가 아니었습니다."

"발자국이 컸단 말이죠?"

"거대했습니다."

"그렇지만 발자국이 사체에 접근하지는 않았지요?"

"예."

"그날 밤은 어땠습니까?"

"안개가 끼어 음산했습니다."

"그래도 실제로 비가 내리지 않았지요?"

"예."

"오솔길은 어땠습니까?"

"길 양쪽에는 높이가 12피트 정도 되는 오래된 상록수 울타리가 있는데 가운데 출입할 수 있는 문이 하나 있습니다. 그리고 그 가운데는 폭이 8피트 가량 되는 보도가 있습니다."

"울타리와 보도 사이에 뭐가 있습니까?"

"예, 양편에 너비가 6피트 가량 되는 잔디밭이 있습니다."

"상록수 울타리에 문이 뚫려 있다고 했지요?"

"예, 황야로 나갈 수 있는 작은 문이 있습니다."

"또 다른 통로가 있습니까?"

"아니오."

"상록수 오솔길로 가려면 집에서 내려오든지 아니면 황야로 통하는 문으로 들어가야겠군요?"

"길 맨 끝에 있는 여름 별장을 지나서 나갈 수도 있습니다."

"찰스 경이 거기까지 갔습니까?"

"아닙니다. 찰스 경은 거기에서 50야드 정도 떨어진 곳에 있었습니다."

"자, 모티머 씨, 이건 중요한 일입니다. 당신이 본 발자국이 잔디가 아니라 길에 있었습니까?"

"잔디에는 아무런 흔적이 없었습니다."

"황야로 나 있는 길 쪽에 있었습니까?"

"예, 황야로 나 있는 길 쪽에 있었습니다."

"정말 흥미롭군요. 또 한 가지, 작은 문은 닫혀 있었나요?"

"닫힌 채 자물쇠가 채워져 있었습니다."

"높이는 얼마나 됩니까?"

"4피트 가량 됩니다."

"그러면 누군가 문을 넘을 수도 있습니까?"

"예."

"현관에서 어떤 흔적을 보았습니까?"

"특별히 본 건 없습니다."

"맙소사! 아무도 조사하지 않았습니까?"

"아니요, 제가 조사했습니다."

"그런데 아무것도 발견하지 못했나요?"

"모든 일이 너무도 당황스러웠습니다. 찰스 경은 틀림없이 5분이나

10분 동안 거기에 서 있었습니다."
"어떻게 압니까?"
"담뱃재가 두 군데 떨어져 있었기 때문입니다."
"멋지군요! 왓슨, 이분은 우리와 마음이 통하는군. 그렇다면 발자국은?"
"찰스 경이 자갈이 깔려 있는 얼마 안 되는 곳에 온통 발자국을 남겨 놓았기 때문에 다른 발자국들과 구별할 수 없었습니다."
홈즈는 손으로 무릎을 탁 치면서 안타까워했다.
"내가 그곳에 있었더라면!"
그가 큰소리로 말했다.
"이건 정말 대단히 흥미 있는 사건이자, 과학자에게는 좋은 기회가 되겠군요. 나라면 그 자갈길에서 많은 것을 읽었을 텐데, 오랜 시간 비에 씻기고, 농부의 신에 긁혀 마모되었을 겁니다. 모티머 씨, 왜 나를 빨리 부르지 않았습니까? 이것은 전적으로 당신 책임입니다."
"홈즈 씨, 나는 도움을 청할 수 없었습니다. 그런 일을 하면 사건이 세상에 알려지고, 알리고 싶지 않은 이유는 이미 말씀드린 대로입니다. 그리고…."
"그리고 무엇입니까?"
"아무리 경험이 풍부한 탐정이라도 어쩔 수 없는 영역이 있습니다."
"그러니까 초자연적인 현상이라는 것입니까?"

"그렇게 단언하는 것은 아닙니다."

"그렇지만 그렇다고 생각하지요?"

"홈즈 씨, 이번 비극적인 사건 후, 자연계의 법칙으로는 이해하기 어려운 비극적인 사건들에 대해 들었기 때문입니다."

"예를 들면?"

"그 끔찍한 사건이 일어나기 전에 몇 사람이 황야에서 배스커빌의 이 괴물과 일치하는 존재를 보았는데, 저는 그 괴물이 과학적으로 증명된, 우리가 익히 아는 동물일 리가 없다는 것을 알게 되었습니다. 그들은 모두 그 개를 빛을 내는 거대하고 무시무시한 짐승이라고 입을 모아 말했습니다. 제가 그 사람들을 반대 심문해 보았는데 그들 중 한 명은 빈틈없는 시골사람이고, 다른 한 명은 대장장이였으며, 나머지 한 명은 황야의 농부였습니다. 무시무시한 유령에 대한 이 사람들의 이야기는 모두 같았고, 전설에 등장하는 지옥의 개와 완전히 일치했습니다. 실제 지금 마을 주민들 가운데는 한밤에 함부로 황야에 나가는 사람이 한 사람도 없다고 합니다."

"교육을 받은 과학자로서 당신은 그것을 초자연적인 것이라고 믿습니까?"

"무엇을 믿어야 할지 모르겠군요."

홈즈가 어깨를 으쓱했다.

"나는 지금까지 내 수사의 범위를 이 세상으로 제한해 왔고, 합리적이고도 평범한 방법으로 악과 싸워 왔소. 하지만 지옥의 악마와 직

SP

접 대결하는 것은 그야말로 너무 거창한 일이 될 것 같군요. 그러나 발자국은 현실의 것이 틀림없습니다."

"원래 악마적인 존재로, 사람의 목을 물어뜯는 존재죠."

"완전히 초자연주의자가 된 것 같군요. 그렇다면 모티머 씨, 그런 견해를 가지고 있는데 도대체 무엇 때문에 나에게 상담을 하러 오셨습니까? 찰스 경의 죽음을 조사하는 것은 소용없는 일이라고 하면서도 내가 그 사건에 대해 조사해 주길 원합니까?"

"조사해 달라고 말하지는 않았습니다."

"그럼 뭘 바라시오?"

"헨리 배스커빌 경에게 어떻게 해야 하는지 의견을 듣고 싶습니다."

모티머 의사는 시계를 보며 말했다.

"정확히 한 시간 십오 분 후면 워털루 역에 도착합니다."

"그가 상속인입니까?"

"예. 찰스 경이 돌아가시던 날 우리는 이 사람을 수소문해서 그가 캐나다에서 농사를 짓고 있다는 것을 알아냈습니다. 입수한 보고서에 의하면 여러 가지 면에서 뛰어난 인물입니다. 이것은 의사로서 뿐만 아니라, 찰스 경의 유산관리인 집행자로서 말하는 겁니다."

"상속인이라고 주장하는 다른 사람은 없겠지요?"

"없습니다. 조사해 본 바에 따르면 가엾은 찰스 경이 맏이였고, 둘째는 젊어서 죽었는데 지금 오고 있는 헨리의 아버지였습니다. 셋째인 로저는 집안의 말썽꾼이었는데, 그 옛날 제멋대로 행동하던 배스커빌 가의 기질을 이어 받아서 나이든 휴고의 판박이라는 말을 많이 들었다고 합니다. 그는 영국에서 배겨 나지 못하고 중앙아메리카로 도망쳐서 1876년 그곳에서 황열병으로 죽었습니다. 헨리는 배스커빌 가문의 마지막 자손입니다. 한 시간 오 분 후에 저는 워털루 역에서 그를 만나게 됩니다. 오늘 아침 그가 사우샘프턴에 도착했다는 전보를 받았습니다. 홈즈 씨, 이제 제가 그에게 어떻게 하면 좋을지 조언해 주시겠습니까?"

"조상 대대로 살았던 집으로 데려가면 되지 않습니까?"

"그래야 마땅하겠지요. 그러나 그곳에 갔던 배스커빌 사람들은 모두가 비운의 죽음을 맞이했습니다. 찰스 경이 죽기 전에 저와 이야기를 나눌 수 있었다면, 그분은 옛 가문의 마지막 자손이자 거대한 유산의 상속자를 저 지옥과 같은 곳으로 데려가지 못하도록 경고했을 거라고 확신합니다. 그렇지만 몹시 가난하고 궁색한 이 지방의 번영이 그의 존재 여부에 달려 있다는 것도 부정할 수 없습니다. 그리고 배스커빌 저택에 아무도 살지 않게 된다면, 찰스 경이 해 오신 훌륭한 일들이 모두 물거품으로 돌아갈 것입니다. 결국 그 일에 대한 저 자신의 일방적인 생각에 지나치게 좌우될 것 같아서 홈즈 씨께 조언을 구하러 온 것입니다."

홈즈는 잠시 생각에 잠겨 있었다.

"간단히 말해서 당신의 생각은 다트무어에 악마의 힘이 있어 배스커빌 가문의 사람에게 안전한 거처가 되지 못한다는 것이죠?"

그가 말했다.

"최소한 그럴 가능성이 있는 증거가 있다고 말씀드릴 수 있습니다."

"그렇소. 그러나 설사 선생의 초자연적 이론이 옳다고 해도 그 존재는 헨리 경이 런던에 있든 데번셔에 있든 해를 끼칠 수 있을 것이오. 교구 위원회처럼 특정 지방에서만 영향력을 행사할 수 있는 악마가 존재한다는 것은 말도 안 되는 일일 것이오."

"홈즈 씨는 이 일을 가볍게 생각하시는 것 같군요. 직접 이 사건을 접했더라면 그렇지 않으셨을 겁니다. 그러니까 선생님 말씀은 그 젊은이가 런던과 마찬가지로 데번셔에서도 안전할 거라는 뜻이군요. 50분 후에 그가 올 것입니다. 정말 어떻게 하면 좋을까요?"

"먼저 마차를 불러 현관문을 긁어 대고 있는 저 스패니얼을 데리고 헨리 배스커빌 경을 마중하러 워털루 역으로 가시라는 겁니다."

"그 다음에는요?"

"내가 이 사건에 대한 생각을 정리할 때까지 그에게 아무 말도 하지 마십시오."

"생각을 정리하시는 데 얼마나 걸리겠습니까?"

"24시간. 내일 열 시에 여기로 와 주시면 대단히 고맙겠소. 헨리 배스커빌 경과 함께 오신다면 앞으로의 계획을 세우는 데 도움이 될 것입니다."

"그렇게 하겠습니다, 홈즈 씨."

그는 셔츠 소매에 약속시간을 빨리 적고 나서 멍하니 응시하는 듯한 이상한 얼굴을 하고 서둘러 나갔다. 홈즈가 계단 위에서 그를 불러 세웠다.

"모티머 씨, 하나만 더 물어봅시다. 찰스 배스커빌 경이 죽기 전에 몇 사람이 황야에서 그 망령을 보았다고 말씀하셨죠?"

"세 사람이었습니다."

"그 후에 본 사람이 있습니까?"

"듣지 못했습니다."

"고맙소. 잘 가시오."

홈즈는 만족함이 섞인 야릇한 표정으로 자리에 돌아와 앉았다. 이것은 그가 마음에 드는 일을 하게 되었음을 뜻하는 것이리라.

"왓슨, 외출할 건가?"

"자네를 도울 일이 없으니까."

"지금은 없지만 행동을 개시할 때는 자네의 도움이 필요하다네. 왓슨, 이것은 더할 나위 없이 진기한 사건일세. 몇 개의 관점에서 보면 전례가 없던 사건이야. 브래들리의 가게를 지날 때, 그에게 가장 독한 샥 담배 1파운드를 배달해 달라고 말해 주겠나? 고맙네. 자네만 괜찮다면 저녁 전에 돌아오지 않는 편이 낫겠네. 나는 오늘 아침 우리에게 주어진 이 흥미 있는 문제에 대한 생각을 정리해 보고 싶네."

홈즈는 조용히 방에 틀어박혀 사소한 증거 하나까지 놓치지 않고 세세히 살핀 뒤 가능성 있는 가설들을 구성하여 여러 가지로 비교하고 헤아려 볼 것이다. 그때는 무엇이 중요한지를 결정해야 하기 때문에 어느 때보다도 고도의 정신집중이 필요하다는 것을 나는 알고 있었다. 나는 낮 동안 클럽에서 시간을 보내고 저녁때까지 베이커가로 돌아가지 않았다. 내가 다시 그의 거실에 들어간 것은 저녁 9시경이었다. 처음에 방문을 열었을 때 난 불이 난 줄 알았다. 테이블 위에 있는 램프 불빛이 흐릿하게 보일 정도로 연기가 자욱했다. 그러나 안으로 들어서자 목을 아프게 하고 기침을 나오게 한 것은 강한 담배 연기 탓임을 알았다. 검정 사기 파이프를 입에 물고 안락의자에 잠옷 가운을 둘둘 감고 앉아 있는 홈즈의 모습이 연기 속에서 희미하게 보였다. 여러 개의 신문 뭉치들은 그의 주위에 지저분하게 널려 있었다.

"감기 걸렸나, 왓슨?"

내가 기침을 하자 그가 물었다.

"아니. 이 지독한 공기 때문일세."

"그렇게 말하는 걸 들으니 연기가 꽤 차 있군."

"꽤 차 있다구! 참을 수 없을 정도라네."

"그러면, 창문을 열게. 자넨 하루 종일 클럽에 가 있었지?"

"홈즈!"

"맞나?"

"맞아. 그런데 어떻게?"

그가 나의 당황한 표정을 보고 웃었다.

"왓슨, 자네에게는 귀엽고 순진한 면이 있네. 그 덕택에 내가 지닌 약간의 재주를 이용해서 자네를 골려 주는 재미를 누릴 수 있지. 소나기가 내려 질척거리는 아침에 나간 신사가 모자와 부츠에 얼룩 하나 없이 그 광택 그대로 저녁에 돌아왔다면, 하루 종일 한 자리에 가만히 머물러 있었을 것이네. 그리고 그 신사한테는 친한 친구들도 많지 않지. 그렇다면 그는 과연 어디에 다녀왔겠나? 뻔한 거 아닌가?"

"글쎄, 뻔한 일일 수도 있겠군."

"세상은 이제껏 그 누구도 알아보지 못한 뻔한 사실들로 가득 차 있다네. 자네는 내가 어디에 다녀온 것 같은가?"

"하루 종일 집에 있었겠지."

"그 반대일세. 나는 데번셔에 다녀왔네."

"영혼이?"

"그렇다네. 내 육신은 이 의자에 남아 유감스럽게도 커피 두 주전자와 엄청난 양의 담배를 소비했네. 자네가 간 뒤에 나는 황야 지역의 지도를 사러 스탬포드 가게에 갔었네. 내 영혼은 하루 종일 데번셔를 배회했지. 나는 혼자서 어디든 갈 수 있다고 자신할 수 있네."

"대축척 지도겠지?"

"그렇지. 아주 큰 지도야."

홈즈가 한 장의 지도를 펴고 무릎 위에 고정시켰다.

"이곳이 우리의 관심 지역이네. 가운데 있는 것이 배스커빌 저택이지."

"숲으로 둘러싸인 곳 말인가?"

"맞아. 이름이 다르게 표시되긴 했지만, 상록수 오솔길은 이 선을 따라 펼쳐져 있다고 여겨지네. 그리고 자네도 알고 있겠지만 황야는 그 오른편에 있어. 건물들이 옹기종기 모여 있는 이곳이 그림펜 마을이지. 이곳이 우리의 친구 모티머 의사의 거처가 있는 곳이야. 반경 5마일 이내에 사람이 거주하고 있는 곳은 극히 드물다는 걸 자네도 알 수 있을 걸세. 이곳이 대화 중에 언급되었던 래프터 저택이네. 여기에 표시된 집은 내 기억이 정확하다면 스태플턴이라는 박물학자가 살고 있는 곳이고 여기 황야에는 두 개의 농가가 있는데, 하이 토어와 파울마이어라네. 그 외에 14마일 떨어진 곳에 프린스타운 교도소가 있네. 이 드문드문 흩어져 있는 점들 사이사이 그리고 그 주변에는 황야가 죽은 듯 황량하게 펼쳐져 있네. 그 다음에 이곳은 비극이 일어났던 장소야. 우리들이 한몫할지도 모를 무대지."

"아무도 살지 않겠군."

"그래. 무대장치로는 꽤 쓸 만하지. 악마가 정말로 인간세계의 일에 끼어들고자 했다면—"

"그러고 보니 자네도 초자연적 해석으로 기울어지고 있군."

"살과 피를 가진 인간을 앞잡이로 사용할지도 몰라. 그리고 문제가 두 가지 있어. 하나는 범죄가 일어났는가 하는 것이고, 다른 하나는 범죄가 정말 있었다면 그것은 어떤 범죄고 어떻게 저질렀는가 하는 것이지. 물론 모티머 의사의 추측대로라면 일상적인 자연의 질서를

벗어난 일이므로 우리는 수사할 필요도 없을 걸세. 하지만 이런 결론을 내리기 전에 다른 가능성들을 낱낱이 규명해야 하네. 괜찮다면 창문을 다시 닫았으면 좋겠어. 이런 기괴한 일을 생각하는 데는 정신집중을 할 수 있는 분위기를 만들어야 하네. 그렇다고 집중하기 위해서 골방에 처박혀 있어야 한다는 고집을 부리고 싶지는 않아. 그나저나 자네는 이 사건에 대해 깊이 생각해 보았나?"

"그래, 낮 동안 많이 생각해 봤네."

"어떻게 생각하나?"

"너무 혼란스러워."

"이 사건은 나름대로의 특성이 있는 게 분명하네. 거기에는 식별할 수 있는 요소들이 있지. 발자국이 변한 것을 예로 들어보세. 그것에 대해 어떻게 생각하나?"

"모티머 씨는 찰스 경이 그 지점에서부터 발끝으로 걸었다고 하지 않았나?"

"그는 배심원 심리 때 어떤 멍청한 사람이 한 말을 되풀이했을 뿐이네. 사람이 길을 걸어가는데 발끝으로 걸어야 할 이유가 어디 있겠나?"

"그럼 뭔가?"

"그는 달리고 있었네, 왓슨. 목숨을 걸고 필사적으로 도망치다가 마침내 심장파열로 엎어진 채 죽었네."

"왜 도망갔지?"

"그것이 문제야. 달려가기 전에 그는 공포 때문에 미쳐 있었던 징후가 있네."

"어떻게 그런 말을 할 수 있나?"

"그를 겁에 질리게 한 원인은 황야를 가로질러 그에게 왔다고 추측되네. 그렇다면, 제정신인 사람이 집으로 달려가지 않고 집에서 더 멀리 달아날 수는 없지 않은가? 집사의 진술을 사실로 받아들인다면, 그는 최소한 누군가의 도움을 얻을 수 있는 곳으로 달려갔어야 했네. 그리고 찰스 경은 그날 밤 누군가를 기다리고 있었네. 여기서, 왜 자신의 집에서 기다리지 않고 상록수 오솔길에서 기다렸을까?"

"그가 누군가를 기다리고 있었다고 생각한다는 건가?"

"그는 허약한 노인이었네. 그가 저녁 산책을 한다는 것은 이미 알려진 사실이지만, 그날은 땅이 축축해져 있고 꽤 쌀쌀한 날씨였네. 내가 생각했던 것보다 훨씬 더 실제적인 감각을 가진 모티머 의사가 담뱃재를 보고 추론해 낸 것처럼, 찰스 경이 5분, 아니면 10분 동안 거기 서 있었던 것이 자연스러운 일인가?"

"그렇지만 그는 매일 저녁 나가지 않았나?"

"내 생각에는 찰스 경이 아무 이유 없이 매일 황야로 통하는 문에서 있었을 것 같지는 않네. 증언에 의하면 평소의 그는 늘 황야를 피했네. 그런데 찰스 경은 그날 밤 그곳에서 누군가를 기다렸네. 그리고 그날 밤은 그가 런던으로 떠나기로 한 전날이었지. 왓슨, 이제 이 사건이 분명하게 드러났네. 내 바이올린 좀 건네주겠나? 아침에 모티머 씨와 헨리 배스커빌 경을 만날 때까지 이 일에 대한 생각은 그만 접어두기로 하세."

4
헨리 배스커빌 경

아침 식탁을 일찌감치 물리고, 홈즈는 가운을 입은 채 약속된 방문객을 기다리고 있었다. 우리의 고객들은 약속시간을 잘 지켰다. 시계가 10시를 치자 모티머 의사와 젊은 준남작(남작의 아래이며, 나이트 작위 또는 훈작위보다 위 계급; 세습이지만 정식 귀족은 아님)을 대동하고 나타났다. 준남작의 나이는 30세 가량으로 작고 검은 눈, 굵고 검은 눈썹을 가졌는데 경계하는 듯 하면서도 차분한 눈매였다. 대단히 건장한 체격에 다소 억세 보이기도 했지만 호전적인 얼굴을 하고 있었다. 그는 붉은 트위드 정장을 입고 있었으며, 대부분의 시간을 실외에서 보낸 사람처럼 햇볕에 그을린 얼굴을 하고 있었다. 그러나 그윽한 눈과 신사임을 드러내는 침착한 태도에는 뭔가가 있었다.

"이분이 헨리 배스커빌 경입니다."

모티머 의사가 소개했다.

“헨리 배스커빌입니다. 홈즈 씨, 이상한 일은, 만약 여기 있는 제 친구가 오늘 아침 생각을 바꿔 여기에 올 것을 제안하지 않았다면, 저 혼자서라도 왔을 거라는 것입니다. 저는 당신이 어려운 문제에 대해 심사숙고하고 계시리라 이해하지만, 오늘 아침 저는 그 일보다 더 많은 생각을 요하는 문제에 봉착하게 됐습니다.”

“앉으세요, 헨리 경. 경이 런던에 도착해서 무언가 이상한 일이 일어났다고 말하는 겁니까?”

“별로 대수로운 일은 아닙니다, 홈즈 씨. 아마 짓궂은 장난일 겁니다. 이런 걸 편지라고 할 수 있다면, 이것이 오늘 아침에 온 편지입니다.”

그가 테이블에 봉투를 올려놓았다. 우리는 모두 그 위로 몸을 구부렸다. 그것은 보통 품질의 희끄무레한 종이였다. 주소에는 조잡한 활자로 '노섬버랜드 호텔, 헨리 배스커빌 경'이라고 인쇄되어 있었고 '채링 크로스'라는 소인이 찍혀 있었다. 소인이 찍힌 날짜는 어제 저녁으로 되어 있었다.

"당신이 노섬버랜드 호텔에 묵을 예정이라는 것을 누가 알고 있었습니까?"

홈즈는 상대를 예리하게 쳐다보며 물었다.

"아는 사람은 아무도 없습니다. 모티머 씨를 만난 다음에 결정했으니까요."

"그렇지만 모티머 씨는 전부터 묵고 계셨겠지요?"

"아닙니다. 저는 친구의 집에 있었습니다."

모티머 의사가 말했다.

"우리가 그 호텔로 갈 예정이라는 것을 알려 줄만한 어떤 표시도 없었습니다."

"흠! 누군가 선생의 행동을 주시하고 있는 것 같군요."

홈즈가 봉투에서 네 번 접은 반 장짜리 풀스캡 페이퍼를 꺼낸 다음 종이를 펴서 탁자 위에 판판하게 펼쳐 놓았다. 그 종이 한가운데는 하나의 문장이 있었는데, 인쇄된 단어를 조각조각 풀로 붙여서 만드는 방식으로 이루어져 있었다. 그 문장은 다음과 같았다.

자신의 삶이나 이성을 가치 있게 생각한다면 황야에 접근하지 말라.

그런데 문장에서는 '황야'라는 단어만이 잉크로 인쇄되어 있었다. 이것을 보고 모티머 선생이 물었다.

"홈즈 씨, 도대체 그게 무슨 뜻이고, 내 일에 그토록 관심이 많은 사람이 누구인지 말씀해 주실 수 있습니까?"

"모티머 씨, 당신 생각은 어떠시오? 어쨌거나 이 일은 초자연적인 현상과는 별개의 것이라는 걸 인정하셔야겠습니다."

"그렇군요. 하지만 그 사건이 초자연적인 것이라고 믿고 있는 사람에게서 온 것 같습니다."

"도대체 무슨 사건이요? 당신들은 내 일에 대해서 나보다 훨씬 더 많이 알고 계신 것 같군요."

헨리 경이 날카롭게 묻자, 홈즈가 대답했다.

"헨리 경, 이 방을 나가기 전에 틀림없이 알려 드리겠습니다. 하지만 지금은 경만 괜찮으시다면 이 흥미로운 편지에 대해서 논의하고 싶군요. 이 편지는 어제 만들어 보낸 것이 틀림없군. 왓슨, 자네 어제 ≪타임스≫를 가지고 있나?"

"여기 구석에 있네."

"귀찮게 하는 것 같아 미안하지만, 사설이 있는 속장을 주게. 그게 중요한 단서가 될지도 모르겠군."

홈즈는 눈을 위아래로 굴리면서 칼럼들을 빠르게 훑어보았다.

"자유 무역에 관한 이 기사를 일부 읽을 테니 들어봐 주게. '보호관세를 실시하면 특정 무역이나 산업이 발달할 거라고 생각하기 쉬운

데 이성적으로 보면 이와 같은 제도 때문에 결국 국가를 부에서 멀어지게 하고, 수입품의 가치를 하락시켜 이 나라 전체의 경제 상태가 저하될 것은 분명하다.' 왓슨, 이 기사에 대해 어떻게 생각하나?"

홈즈는 몹시 만족스러운 표정으로 두 손을 가볍게 문지르며 기쁜 듯 외쳤다.

"정말 기막힌 생각 아닌가?"

모티머 의사는 직업적인 관심으로 점잖게 홈즈를 보았고, 헨리 배스커빌 경은 당황한 검은 두 눈을 내게 보냈다.

"저는 관세라든가 하는 그런 종류의 것들에 대해서는 아는 것이 많지 않습니다. 그리고 이 메모와 관련해서 그 어떤 단서가 될 것 같지는 않습니다."

"나는 그와 반대로 대단히 중요한 단서라고 생각합니다, 헨리 배스커빌 경. 여기 있는 내 친구 왓슨은 두 분보다 저의 추리 방식을 더 잘 알고 있습니다. 그렇지만 그마저도 이 문장의 중요성을 잘 파악하고 있지 못한 것 같습니다."

"맞아. 어떤 관련이 있는지 이해하지 못했다는 걸 시인하지."

"왓슨, 이것은 아주 밀접한 관련이 있네. '자신의', '삶', '이성', '가치', '생각한다면', '접근하지 말라' 등의 단어들을 어디에서 잘라 냈는지 아직도 모르겠나? 편지의 내용은 이 기사에서 발췌한 것이야."

"아니, 이럴 수가! 선생님 말씀이 옳습니다! 하지만 기분이 썩 좋지는 않군요."

헨리 경은 놀라움을 감추지 못했다.

"미심쩍은 것이 남아 있다면, '생각한다면'과 '접근하지 말라'가 한 덩어리로 잘려져 있다는 사실로 해결될 수 있을 것입니다."

"아, 예. 정말 그렇군요! 홈즈 선생님, 당신은 제가 생각했던 것보다 훨씬 더 탁월하십니다."

모티머 의사가 놀라서 홈즈를 바라보며 말했다.

"그 단어들의 출처가 신문이라고 말할 수 있는 사람들은 분명히 있을 겁니다. 하지만 특정 신문의 이름을 밝히고, 그에 더해 사설에서 발췌한 거라고 명백하게 말씀하시다니…, 제가 지금까지 겪은 일들 중에 가장 뛰어난 일일 것입니다. 도대체 어떻게 아신 겁니까?"

"모티머 씨, 당신은 흑인의 두개골과 에스키모의 두개골을 구별할 수 있지요?"

"틀림없이 그럴 겁니다."

"그렇다면 어떻게?"

"그건 저의 전문분야이기 때문입니다. 전두골의 상안과 턱뼈의 곡선 등의 차이는 분명합니다."

"마찬가지로 이것도 나의 전문분야입니다. 그리고 그 차이도 마찬가지로 분명하지요. 흑인과 에스키모 사이에서 선생이 느끼는 차이를 나도 버조이스(9포인트에 가까운 크기의 활자) 활자로 정연하게 인쇄한 ≪타임스≫와 되는 대로 인쇄한 싸구려 석간신문에서 느낍니다. 활자를 간파해 내는 것은 범죄 전문가가 알아야 할 가장 초보적인 분야 중 하나지요. 나도 젊었을 땐 ≪리드 머큐리≫와 ≪웨스턴 모닝 뉴스≫를 혼동했었지만 말이요. 그러나 ≪타임스≫의 사설은 아주 독특하기 때문에 이 단어들을 다른 데서 오려 냈을 리가 없습니다. 게다가 이 편지는 어제 만들어진 것으로 봐서 어제 신문에서 이 단어들을 찾아냈을 가능성이 높았지요."

"홈즈 씨, 그러니까 누군가가 이 메시지를 가위로 오려 냈다는 말씀이시죠?"

"손톱 깎는 가위입니다."

홈즈가 말했다.

"자, 여기 '접근하지 말라'라는 단어에 자른 자국이 두 번 있는 게 보이실 겁니다. 이것으로 보아 칼날이 짧은 가위라는 것을 알 수 있지요."

"그러네요. 그렇다면, 누군가가 이 메시지를 칼날이 짧은 가위로 잘라 내어 풀로 붙인 것이군요."

"고무풀입니다."

홈즈가 말했다.

"종이에 고무풀이라. 그런데 왜 '황야'라는 단어는 직접 썼는지 모르겠습니다."

"인쇄 글자에서 찾지 못했기 때문이지요. 다른 단어들은 모두 흔한 단어이므로 어디서나 찾을 수 있지만, '황야'라는 단어는 그리 흔하지가 않으니 쉽게 찾을 수가 없었을 겁니다."

"정말, 그럴 수도 있군요. 이 메시지에서 또 다른 것도 알아내셨습니까, 홈즈 선생님?"

"단서를 없애려고 무척 애를 쓰긴 했지만, 한두 가지 알 수 있는 것이 있습니다. 주소를 조잡한 글씨로 썼다는 것을 알고 있죠? 그러나 ≪타임스≫는 상당한 교육을 받은 사람이 아니면 거의 읽지 않는 신문입니다. 그러므로 이 편지는 학식 있는 사람이 만든 것이라고 볼

수 있고, 자신의 필적을 감추려고 애쓴 것은 당신이 그 필적을 알고 있거나 알게 될지도 모른다는 것을 암시합니다. 또 단어들이 나란히 붙어 있지 않고 어떤 것은 다른 것보다 훨씬 높은 위치에 붙어 있다는 것을 알 수 있을 것입니다. 특히 '삶'이란 글자는 제자리에서 상당히 벗어나 있습니다. 이것은 상대방이 조심성이 없기 때문일 수도 있지만, 이 부분에서 심적 동요를 일으켜 서둘렀기 때문일 수도 있습니다. 나는 후자일 것이라고 생각하고 있습니다. 왜냐하면 이런 편지를 만든 사람이 조심성이 없을 리는 만무하기 때문입니다. 그가 서둘렀다면 왜 그랬을까요? 이유는 이 편지가 이른 아침 헨리 경이 호텔을 떠나기 전까지 배달되어야 했기 때문입니다. 이 편지의 작성자가 방해를 두려워했다면, 누구로부터의 방해였을까요?"

"이제 우리는 추리의 영역에 들어왔군."

모티머 의사가 말했다.

"차라리 가능성을 비교, 검토해 보고 가장 그럴듯한 것을 선택하는 영역이라고 해야겠죠. 상상력을 과학적으로 활용하는 것입니다. 우리는 항상 고찰을 시작할 수 있는 구체적인 근거를 가지고 있소. 지금 박사께서 우리가 하고 있는 일을 추측이라 생각하고 있지만, 나는 이 주소를 쓴 곳이 호텔이라는 것을 거의 확신할 수 있습니다."

"어떻게 아실 수 있죠?"

"편지를 자세히 살펴보시면 알 수 있습니다. 한 단어를 펜으로 두 번씩 겹쳐 썼고, 이 짧은 주소를 쓰는데 잉크가 세 번이나 마른 것으로 보아 병에 잉크가 거의 없었다는 것을 알 수 있습니다. 개인 소유의 펜이나 잉크는 그런 상태가 되는 일이 좀처럼 드문 일입니다. 그것도 펜과 잉크가 한꺼번에 그렇게 되는 일은 극히 드뭅니다. 여러분도 호텔에서는 호텔 잉크와 펜으로 편지를 쓰지 그밖에 다른 것으로 쓰는 일은 극히 드물다는 것을 알고 계실 것입니다. 그러므로 잘려 나간 ≪타임스≫ 사설의 나머지 부분을 찾아내어 이 기괴한 메시지를 보낸 사람을 우리 손으로 직접 잡을 수 있을 때까지 채링 크로스 병원의 주변에 있는 호텔의 쓰레기통을 뒤지도록 제안하는 바입니다. 이건 뭐지?"

홈즈가 단어를 붙인 편지를 눈에 바짝 갖다 대고 주의 깊게 살폈다.

"뭔가?"

"아무것도 아니야."

종이를 내동댕이치며 홈즈가 말했다.

"이건 투명무늬조차 없는 백지야. 이 이상한 편지에서는 찾아낼 만큼 찾아낸 것 같군. 그런데, 헨리 경, 런던에 도착한 이후로 다른 흥미 있는 일은 없었습니까?"

"글쎄요. 없는 것 같습니다."

"누군가 미행하거나 감시하는 것 같은 낌새는 없었습니까?"

"지금 저는 마치 탐정소설 속으로 걸어 들어온 것 같은 기분입니다."

헨리 경이 말했다.

"도대체 누군가가 저를 미행하거나 감시할 이유라도 있습니까?"

"바로 그겁니다. 그 문제에 대해 논의를 시작하기 전에 헨리 경이 우리에게 뭔가 얘기해 줄 만한 것은 없습니까? 판에 박힌 일상생활 중에서도 뭔가 얘기할 만한 것이 있을 거라고 생각됩니다."

헨리 경이 미소 지었다.

"저는 지금까지 미국과 캐나다에서 지냈기 때문에 아직 영국 사람의 생활방식에 대해 아는 것이 별로 없습니다. 그렇긴 하지만 구두 한 짝을 잃어버리는 일이 영국에서는 일상적인 일은 아닌 듯싶습니다."

"구두 한 짝을 잃어버리셨다구요?"

"그것은 헨리 경!"

모티머 의사가 큰 소리로 말했다.

"어딘가에 벗어 두고 잊은 것으로 호텔로 돌아가면 찾게 되겠지요. 그런 사소한 일로 홈즈 씨를 괴롭혀 드릴 필요가 있습니까?"

"일상적인 일 외에 어떤 것이든 얘기하라고 하시니 드린 말씀입니다."

"그렇습니다. 아무리 사소한 일이라도 상관하지 말고 말씀하십시오."

홈즈가 말했다.

"그러니까 구두 한 짝을 잃어버렸단 말이죠?"

"글쎄요, 어쩌면 어딘가에 벗어 놓고 잊었을 수도 있지요. 저는 어젯밤에 구두를 모두 문 밖에 내놓았는데 아침에 일어나 보니 한 짝밖에 없었습니다. 그래서 신발을 닦는 아이에게 물어봤지만 그 아이도 모르겠다고 하더군요. 가장 유감스러운 것은 어젯밤에 스트랜드가에서 그 신발을 막 구입했다는 것입니다. 그래서 한 번도 신어보지 못했습니다."

"한 번도 신지 않았다면, 무엇 때문에 닦으라고 밖에 내놓았습니까?"

"그 신발은 광택제를 바른 적이 없는 무두질한 가죽 구두였습니다. 그래서 밖에다 내놓았습니다."

"그러니까 어제 런던에 도착하자마자 바로 밖에 나가서 구두 한 켤레를 샀단 말씀이로군요?"

"저는 어제 물건을 상당히 많이 샀습니다. 여기 계신 모티머 씨가 저와 동행해 주셨습니다. 제가 시골 지주가 되려면 그곳에 어울리는 복장을 갖춰야 한다고 생각했습니다. 미국의 생활양식이 몸에 배어 그런 것들에는 다소 무심했던 것 같습니다. 제가 산 것들 중에 6달러 주고 산 그 갈색구두도 있었는데 신어보기도 전에 도둑맞고 말았습니다."

"그런 물건은 훔쳐 가도 별 소용도 없을 텐데…."

홈즈가 말했다.

"하지만 머지않아 없어진 구두를 찾게 될 거라는 모티머 씨의 생각에 공감하는 바입니다. 자, 이제 제가 알고 있는 사소한 일에 대해 충분히 말씀드렸으니 약속대로 어찌된 영문인지 전부 설명해 주셨으면 합니다."

준남작이 단호하게 말했다.

"아주 지당하신 요구입니다."

홈즈가 대답했다.

"모티머 씨가 우리에게 말한 것처럼 직접 얘기하시는 게 가장 좋을 듯싶습니다."

우리의 과학자 친구 모티머 의사는 주머니에서 서류를 꺼내어 어제 아침에 했던 것처럼 사건의 전모를 알려 줬다. 헨리 배스커빌 경은 아주 주의 깊게 듣고 있다가 때때로 놀라서 비명을 질렀다.

"그러니까 제가 원한과 상속을 동시에 물려받게 된 거로군요."

긴 이야기가 끝나자 준남작이 말했다.

"물론 저는 아이 때부터 그 사냥개에 대해 들었습니다. 그것은 집안에서 오래전부터 내려오는 이야기였지만 전 한번도 심각하게 생각해 본 적이 없습니다. 그렇지만 제 삼촌의 죽음에 대해서는…, 머릿속이 온통 뒤죽박죽된 것 같습니다. 아직 잘 이해하지 못하겠습니다. 홈즈 씨도 이번 사건이 경찰이 다뤄야 할 사건인지 성직자가 다뤄야 할 사건인지 전혀 결정을 내리지 못하신 것 같습니다."

"그렇소."

"그리고 이 편지가 호텔까지 배달되는 의문의 사건이 일어난 것이군요. 아주 딱 들어맞는 일 같습니다."

"황야에서 일어나는 일에 대해 우리보다 더 잘 알고 있는 사람이 있는 것 같습니다."

모티머 의사가 말했다.

"하지만 경에게 위험을 경고해 준 것으로 보아 특별히 악의를 품고 있는 것 같지는 않소."

홈즈가 덧붙였다

"아니면 자신들의 목적을 위해서 겁을 주어 쫓아 버리고 싶은 것인지도 모르구요."

"물론 그럴 수도 있소. 모티머 씨, 몇 가지 흥미 있는 대안을 제시하는 빌미를 나에게 제공해 줘서 정말 고맙소. 그렇긴 하지만 우리는 헨리 경이 배스커빌 저택에 가는 것이 바람직한지 어떤지에 대한 결정을 해야만 합니다."

"왜 가면 안 됩니까?"

"위험하기 때문이지요."

"우리 집안의 마귀에게서 오는 위험을 말씀하시는 겁니까? 아니면 인간에게서 오는 위험에 대해서 말씀하시는 겁니까?"

"그것이 우리가 알아내야 할 일입니다."

"그것이 무엇이든지 간에 제 대답은 정해져 있습니다. 홈즈 씨, 세상에 악마는 없습니다. 그리고 이 지상에서 제가 저희 집안의 저택으로 가는 걸 막을 사람은 아무도 없습니다. 이것을 저의 최종적인 대답으로 여기셔도 좋을 것입니다."

헨리 경은 검은 눈썹을 잔뜩 찌푸리고 얼굴이 벌겋게 상기된 채 말했다. 배스커빌 가문의 불같은 기질이 그들의 마지막 상속자에게도 대물림되었음이 분명했다.

"제게 말씀해 주신 모든 일들에 대해 생각할 시간이 없었습니다. 이 일은 한자리에서 듣고 결정하기에는 너무 큰 사건입니다. 혼자서 조용히 생각할 수 있는 시간을 가졌으면 합니다. 홈즈 씨, 저는 모티머 씨와 함께 호텔로 돌아가려고 합니다. 지금 시각이 열한 시 삼십 분이니까 왓슨 씨와 함께 두 시에 저희와 점심식사를 하시겠습니까? 그때쯤이면 이 일에 대한 저의 생각을 정리해서 좀더 분명하게 말씀드릴 수 있을 것입니다."

"좋소."

"헨리 경, 그렇게 하겠습니다. 마차를 부를까요?"

"걷고 싶습니다. 이 사건 때문에 다소 혼란스럽습니다."

"나도 기꺼이 함께 걷겠소."

모티머 의사가 말했다.

두 사람이 계단을 내려가는 소리와 현관문이 닫히는 소리가 들리자 홈즈는 순식간에 맥없는 몽상가에서 활동적인 인물로 변했다.

"모자와 신발을 신게, 왓슨! 서두르게! 꾸물거릴 시간이 없네!"

그는 방으로 뛰어 들어가 몇 초도 안 되어 프록코트로 갈아입고 왔다. 우리는 급히 계단을 내려와 거리로 들어섰다. 모티머 의사와 헨리 경이 약 200야드 전방에서 옥스퍼드가로 가고 있는 것이 눈에 들어왔다.

"내가 달려가서 그들을 부를까?"

"그러지 말게, 왓슨. 자네만 괜찮다면, 나는 자네와 함께 가는 것만으로도 아주 흡족하다네. 저 친구들은 참 현명하군. 산책하기에 기막히게 화창한 날씨 아닌가."

홈즈는 발걸음을 빨리하면서 100야드 정도의 거리를 유지한 채 옥스퍼드가에서 리젠트가로 뒤따라 내려갔다. 두 사람이 어떤 가게 유리창 앞에 멈추어 들여다보자, 홈즈도 그곳에서 그들과 같은 행동을 했다. 잠시 후에 그는 낮은 음성으로 환호성을 질렀다. 그의 뜨거운 눈길이 가 있는 곳에서 나는 승객용 마차가 멈춰 있고 한 남자가 그 안에 타고 있는 것을 보았다. 맞은편에 있던 그 마차가 이제 앞으로 서서히 움직이기 시작했다.

"저 남자야, 왓슨! 우리가 할 수 있는 일이라곤 그의 얼굴을 봐 두는 일뿐이라네. 자, 잘 봐 두세!"

그 순간 나는 덥수룩한 검은 수염의 남자가 마차 옆 유리창을 통해 우리를 보고 있는 날카로운 두 눈을 의식했다. 위 지붕이 홱 올려지며 마부에게 뭐라고 소리를 지르자 마차가 미친 듯이 달렸다. 홈즈가 다른 마차를 잡으려고 위를 열심히 둘러보았지만 빈 마차는 전혀 보이지 않았다. 그러자 홈즈는 마차들이 물결을 이루고 있는 거리 한가운데로 달려들어가 맹렬히 추격하기 시작했다. 그러나 출발이 너무

빨랐기 때문에 마차는 이미 시야에서 사라져 버린 뒤였다.

"이런!"

홈즈가 마차의 물결 사이에서 하얗게 질린 얼굴로 헐떡거리며 나타나 원통하다는 듯이 소리쳤다.

"이렇게 재수 없게 일이 꼬이다니! 왓슨, 자네가 정직한 사람이라면 내 성공담에 오늘 일도 꼭 기록해 주게나!"

"그런데 그 남자는 누구지?"

"모르겠네."

"스파이였을까?"

"글쎄, 우리가 들은 것으로 판단컨대, 배스커빌이 시내에 도착한 이후로 누군가가 용의주도하게 그를 미행하고 있다는 것만은 분명하네. 그렇지 않고서야 그가 노섬버랜드 호텔로 갈 거라는 것을 그렇게 빨리 알 수 있었겠나? 그들이 첫 날부터 배스커빌을 미행했다면, 둘째 날도 미행할 거라고 생각하네. 자네는 아까 모티머 의사가 이야기하는 동안 내가 창가로 두 번 갔던 것을 알고 있을 것이네."

"암, 기억하고 있지."

"나는 거리에 배회하는 사람이 있는지 내다보았지만, 아무도 없었네. 지금 우리는 아주 영리한 사람과 상대하고 있어, 왓슨. 게다가 이 사건에는 해결의 실마리가 없을 뿐만 아니라, 나는 우리가 접촉하고 있는 존재가 선의를 품고 있는지 악의를 품고 있는지 아직도 최종적인 결론을 내리지 못한 상태라네. 하지만 여러 가지 면으로 볼 때 음모를 꾸미고 있는 세력이라는 건 확실하네. 우리 친구들이 떠났을 때, 나는 그들을 미행하고 있는 사람을 알아낼 수 있을까 해서 그들을 즉시 따라나섰네. 그는 아주 교활해서 걷지 않고, 영업용 마차를 이용했지. 때문에 그는 눈에 띄지 않고 천천히 뒤에서 배회하거나 그들 곁을 스쳐 지나갈 수 있었을 거라네. 그리고 우리 친구들이 마차를 탈 경우 언제든지 따라갈 수 있다는 장점도 가지고 있네. 그러나 마차를 탈 때는 한 가지 불리한 점이 있네."

"마부에게 의존해야 하네."

"정확해."

"번호를 알아 두지 못한 게 유감이로군!"

"친구, 내가 오늘 아무리 서툴렀다지만 설마 번호까지 놓쳤을 거라고 생각하는 건 아니겠지. 그 마차 번호는 2704번이었네. 그렇지만 그게 지금 당장 중요한 건 아니야."

"홈즈, 자네는 충분히 할 만큼 했다고 생각하네."

"그 마차를 알아봤을 때, 즉시 돌아서서 다른 방향으로 걸어가 여유 있게 다른 마차를 타고 적당한 거리에서 그 마차를 뒤따라가거나, 아니면 마차를 타고 노섬버랜드 호텔로 가서 기다렸어야 했네. 미지의 인물이 배스커빌을 집까지 미행할 때, 우리도 그 사람이 하고 있는 게임을 마찬가지로 즐기면서 그가 어디로 가는지 알아둘 기회를 포착해야 했어. 그러나 실상은 분별없는 열의 때문에 그 사람에게 발각되어 놓쳤고, 상대방은 놀라우리만치 신속하게 우리 시야를 벗어났네."

우리는 이런 대화를 나누면서 리젠트가를 천천히 걸어 내려가고 있었다. 모티머 의사와 헨리 경은 우리 앞에서 사라진 지 오래였다.

"이제 우리의 친구들을 쫓아가도 아무런 장애가 없을 걸세. 미행자는 가 버렸고 돌아오지 않을 거야. 자네, 마차 안에 있던 사람의 얼굴을 정확하게 묘사할 수 있겠나?

홈즈가 말했다.

"수염만은 정확히 말할 수 있네."

"나도 그렇다네. 아마도 그 수염은 가짜였을 거야. 그렇게 어려운 임무를 지닌 영리한 인물이 자신의 모습을 감추려는 의도가 아니라면 그렇게 눈에 띄는 수염이 길렀겠나? 이리로 들어가세, 왓슨!"

홈즈는 심부름센터가 밀집해 있는 주변의 어떤 한 곳을 가리켰다. 거기에 들어가자, 매니저가 공손하게 맞이했다.

"아, 윌슨! 운 좋게도 내가 자네를 도운 그 사건을 잊지 않았겠지?"

"예, 선생님. 어떻게 잊겠습니까? 선생님께서 제 명예를 지켜 주시고 어쩌면 목숨까지도 구해 주셨는데요."

"하하, 과장이 지나쳐. 윌슨, 부탁이 있는데 자네가 부리는 소년 중에 카트라이트라는 아이가 지금도 여기에 있는가? 조사 과정에서 그 아이의 재능이 가장 돋보였었지."

"예, 선생님. 지금도 여기에 있습니다."

"그 아이를 좀 불러 주겠나? 고맙네! 그리고 이 5파운드 지폐를 바꿔 줬으면 좋겠네."

곧 영리하고 예리한 얼굴을 한 14세 소년이 매니저의 호출에 나왔다. 소년은 경외심을 가지고 유명한 탐정을 응시하며 서 있었다.

"호텔 주소록을 가져다주겠나?"

홈즈가 말했다.

"고마워! 카트라이트, 여기 스물세 개의 호텔 이름이 있다. 모두 채링 크로스 병원 주위에 있는 호텔들이다. 알았나?"

"예, 선생님."

"이 호텔들을 차례로 방문해라."

"예, 선생님."

"그리고 각 호텔의 수위에게는 먼저 1실링씩 주고 일을 시작해라. 자, 여기 23실링이 있다."

"예, 선생님."

"수위에게 어제 중요한 전보가 잘못 배달된 관계로 폐휴지함에서 찾아 볼 것이 있다고 말해라. 그리고 너는 곧장 버려진 어제 신문을 찾아봐야 한다. 알았지?"

"예, 선생님."

"네가 찾아야 할 것은 가위로 오려 낸 흔적이 있는 ≪타임스≫의 사설이다. 이것은 ≪타임스≫의 견본이다. 이 페이지인데, 쉽게 알아볼 수 있겠지?"

"예, 선생님."

"매번 수위가 홀 급사를 부를 것이다. 그에게도 1실링씩 주거라. 여

SP

기 23실링이 더 있다. 그러면 대부분 어제 쓰레기를 소각했거나 치웠다고 할 것이다. 그렇지 않다면 종이 더미가 있는 데로 안내될 것이고, 그러면 ≪타임스≫의 이쪽 페이지를 찾아 보거라. 네가 그것을 찾아내는 데 방해가 되는 일들이 상당히 많을 것이다. 위급할 경우를 대비해서 10실링을 더 주겠다. 저녁이 되기 전에 베이커가로 전보를 쳐서 알리도록 해라."

그리고 홈즈는 나에게 말했다.

"왓슨, 이제 전보로 2704번 마부의 신원을 알아내는 일만 남았네. 그리고 본드가에 있는 화랑에 들러서 약속시간이 될 때까지 시간이나 때우세."

5
끊어진 실 세 가닥

셜록 홈즈는 자유자재로 마음을 분리시킬 수 있는 놀라운 능력의 소유자이다. 두 시간 동안 우리가 몰입해 있던 이상한 사건을 잊은 듯 홈즈는 현대 벨기에 거장들의 작품에 완전히 빠졌다. 그는 화랑을 나와 노섬버랜드 호텔에 도착할 때까지 그다지 잘 알지도 못하는 미술에 대해서만 얘기했다.

"헨리 배스커빌 경이 위층에서 기다리고 계십니다."

호텔 프런트 담당이 말했다.

"그분이 선생님들께서 도착하시면 즉시 안내하라고 부탁하셨습니다."

"숙박부를 보아도 괜찮겠습니까?"

홈즈가 물었다.

"물론입니다."

거기에는 배스커빌 경보다 나중에 온 두 사람의 이름이 적혀 있었다. 한 사람은 테오필루스 존슨과 그 가족으로 뉴캐슬에서 왔고, 다른 한 사람은 하이 로지에서 온 올드모어 여사와 하녀였다.

"이 사람은 내가 알고 있는 그 존슨이 틀림없겠죠?"

홈즈가 프런트 담당에게 물었다.

"변호사고, 백발에 절룩거리며 걷는 사람 아닙니까?"

"아닙니다. 선생님. 그분은 탄광주로 아주 활동적인 신사 분이고, 선생님에 비해 나이도 적습니다."

"그의 직업에 대해 잘못 알고 있는 것이 분명하군요."

"전혀 그렇지 않습니다. 그분은 오랫동안 이 호텔을 이용해 오셨기 때문에 아주 잘 알고 있습니다."

"아, 그럼 문제가 해결된 셈이군요. 올드모어 여사라…, 이 이름도 기억날 듯한데요. 이것저것 자꾸 물어서 미안하오만, 한 친구를 방문했다가 또 다른 친구를 찾게 될 수도 있는 것 아니겠소."

"그분은 병약한 부인입니다, 선생님. 그분 부군께서는 예전에 글로시스터의 시장이셨습니다. 부인께서는 도시에 올 때마다 항상 저희 호텔을 찾아 주십니다."

"고맙소. 그녀는 내가 아는 사람이 아닌 것 같군요. 왓슨, 이 질문들을 통해 중요한 한 가지 사실을 확인할 수 있게 됐네."

함께 계단을 올라가면서 홈즈가 조그만 목소리로 얘기를 계속했다.

"그것은 우리 친구 배스커빌에게 그토록 관심을 가지고 있는 사람들이 이 호텔에 묵고 있지 않다는 것일세. 그것은 배스커빌을 감시하고자 하면서 그의 눈에 띄는 것은 원하지 않는다는 뜻일세. 이것이 시사하는 바가 크네."

"시사하는 바라니?"

"그것은…, 아니, 헨리 경, 여기서 뭐하시는 겁니까?"

계단을 거의 다 올라온 우리는 헨리 배스커빌 경과 마주쳤다. 그는 화가 나서 얼굴이 벌게져 있었고, 한 손에는 먼지투성이의 낡은 구두 하나를 들고 있었다. 너무 화가 나서 어쩔 줄 모르던 그가 입을 열자, 아침에 들었던 것보다 훨씬 더 분명한 서부 사투리가 튀어 나왔다.

"이 호텔에서는 저를 바보로 취급하려는 모양입니다!"

그가 소리쳤다.

"계속 이런 식으로 나오면 사람을 잘못 건드렸다는 것을 알게 될 거요! 빌어먹을, 저 녀석이 없어진 구두를 찾아내지 못한다면, 가만두지 않을 겁니다. 홈즈 씨, 저는 누구 못지않게 놀림을 받아도 화를 내지 않습니다만, 이번에는 정도가 좀 지나친 것 같지 않습니까?"

"아직도 구두를 찾고 있습니까?"

"예, 꼭 찾아낼 작정입니다."

"그런데 분명히 새로 산 갈색 구두라고 하지 않았소?"

"그랬습니다. 지금은 헌 검은 구두입니다."

"뭐라구요? 설마?"

"예, 제가 하는 말이 바로 그겁니다. 제가 가진 구두는 딱 세 켤레였습니다. 하나는 새 갈색 구두, 다른 하나는 헌 검은 구두, 또 다른 하나는 지금 신고 있는 에나멜 가죽 구두입니다. 어젯밤에 그들이 제

갈색 구두 하나를 가져갔는데 오늘은 검은 구두 한 짝을 몰래 집어 갔습니다. 자네가 가져갔나? 이보게, 솔직히 말하게! 노려보면서 서 있지 말란 말일세!"

흥분한 독일인 웨이터가 그때 나타났다.

"아닙니다, 손님. 호텔 사람들에게 온통 물어보고 다녔지만, 아무 말도 듣지 못했습니다."

"어쨌든 해지기 전에 구두를 제자리에 갖다 놓지 않으면, 지배인에게 곧장 이 호텔에서 나가겠다고 말하겠소."

"찾으실 겁니다, 손님. 조금만 기다리시면 틀림없이 찾게 될 것입니다."

"당연하지! 그게 내가 이 도둑 소굴에서 잃어버릴 마지막 물건이니 말일세. 홈즈 씨, 이렇게 사소한 일로 심려를 끼쳐 드려서 죄송합니다."

"그럴 수 있다고 생각합니다."

"아니, 이 일을 아주 심각하게 생각하시는 것 같습니다."

"헨리 경은 이 일을 어떻게 생각하십니까?"

"저는 이 일에 대해 아무 설명도 하고 싶지 않습니다. 이 일은 이제까지 제게 일어났던 일들 중 가장 어리석고 기이한 일로 여겨집니다."

"아마도 가장 기이할 테지요."

홈즈가 생각에 잠긴 채 말했다.

"홈즈 씨는 어떻게 생각하십니까?"

"글쎄요, 저도 잘 모르겠습니다. 게다가 이번 사건은 아주 복잡합니다. 찰스 경의 죽음과 관련해서 생각해 볼 때, 내가 처리했던 중요한 500여 건의 사건 중에서 이렇게 오리무중인 사건이 있으리라고는 생각지도 못했소. 그렇지만 우리는 몇 가지 실오라기 같은 단서를 가지고 있으니 그 중 어느 것 하나는 우리가 진실을 규명할 수 있도록 안내해 줄 것입니다. 잘못된 실오라기를 따라가다가 시간을 낭비하게 될지도 모르지만, 조만간 제대로 된 단서는 잡게 될 것입니다."

우리는 즐겁게 점심 식사를 마쳤다. 식사를 하는 중에는 그 누구도 우리를 함께 모이게 만든 사건에 대해서 언급하지 않았다. 홈즈가 헨리 경에게 어떻게 할 의향인지 물었던 것은 나중에 우리가 함께 모인 홈즈의 거실이었다.

"배스커빌 저택으로 가겠습니다."

"언제 가실 겁니까?"

"주말쯤입니다."

"나도 대체로 헨리 경의 결정이 현명하다고 생각합니다. 나는 경이 미행당하고 있다는 증거를 충분히 가지고 있습니다. 그런데 이 거대한 도시에 살고 있는 수백만 명 중에 그들이 누구고 또 목적이 뭔지를 알아내기란 쉬운 일이 아니지요. 만약 그자들의 의도가 사악하다면, 경에게 해를 끼칠 것이고 우리에게는 그것을 막아 낼 힘이 없습니다. 모티머 씨, 오늘 아침 이 집을 나섰을 때부터 미행당했다는 것을 모르고 계셨지요?"

모티머 의사가 벌떡 일어섰다.

"미행이라니요? 누가 말입니까?"

"유감스럽게도 그에 대한 답을 드릴 수가 없소. 다트무어의 이웃이나 아는 사람 중에 검은 수염을 덥수룩하게 기른 사람이 있소?"

"아뇨. 아, 찰스 경의 집사 배리모어는 검은 수염이 덥수룩한 사람입니다."

"하! 배리모어라는 사람은 어디 있습니까?"

"그는 저택을 관리하고 있습니다."

"그가 진짜로 거기 있는지 아니면 혹시라도 런던에 있는지 확인해 봐야겠소."

"어떻게 확인하죠?"

"전보용지가 있으면 한 장 주시겠습니까? '헨리 경을 맞을 준비는 다 되었습니까?'라고 쓰면 되오. 주소는 배스커빌 저택의 배리모어에게로 하고. 가장 가까운 전신국이 어디지요? 그림펜. 좋소, 그럼 그림펜의 우체국장에게 전보를 또 하나 보내는 거요: '배리모어에게 가는 전보를 그에게 직접 전달하십시오. 만약 그가 부재중이라면 노섬버랜드 호텔에 묵고 있는 헨리 배스커빌 경에게 다시 전보를 돌려보내십시오.'라고. 이렇게 해서 배리모어가 데번셔에서 제자리를 지키고 있는지 아닌지 저녁이 되기 전에 알 수 있을 겁니다."

"그렇군요. 그런데 모티머 씨, 배리모어는 대체 누굽니까?"

배스커빌이 말했다.

"그는 고인이 된 늙은 관리인의 아들입니다. 그들은 4대째 저택을 관리하고 있습니다. 내가 아는 한 배리모어와 그의 아내는 보기 드문 훌륭하고 성실한 부부입니다."

"그런데 저택에는 아무도 없는 관계로 그 사람들은 아주 좋은 집에서 별다르게 하는 일 없이 지내고 있는 것이 틀림없겠군요."

헨리 배스커빌이 말했다.

"그렇습니다."

"배리모어는 찰스 경의 유언으로 조금이라도 이익을 보게 됩니까?"

홈즈가 물었다.

"그와 그의 아내는 각각 500파운드를 받았습니다."

"하! 그들은 이 사실을 알고 있었습니까?"

"예! 찰스 경은 생전에 자신의 유서 내용에 대해 말하는 것을 아주 좋아했습니다."

"그거 굉장히 흥미 있군요."

"찰스 경에게서 유산을 받은 사람들 모두를 의심의 눈으로 보지 말아 주셨으면 합니다. 제 몫으로도 1,000파운드가 남겨졌으니까요."

"그래요? 또 누군가 다른 사람은 없습니까?"

"개인들과 많은 공립 자선단체에 상당한 금액을 남겼습니다. 그리고 나머지는 모두 헨리 경에게 돌아갔습니다."

"그럼 나머지는 얼마입니까?"

"74만 파운드입니다."

홈즈와 나는 놀라서 한동안 입을 다물지 못했다. 하지만 홈즈는 눈썹을 치켜올리며 생각을 정리했다.

"그렇게 막대한 돈이 관련돼 있다고는 생각하지 못했군요."

"찰스 경이 부자라는 평판은 있었지만, 그가 가진 담보물을 살펴보고 나서야 그가 얼마나 부자인지 알 수 있었습니다. 그가 소유하고 있는 부동산의 총액은 100만 파운드에 달했습니다."

"세상에! 그 정도면 목숨을 걸고라도 도박할 만하겠군요. 질문을 한 가지 더하겠소, 모티머 씨. 여기 준남작에게 무슨 일이라도 생긴다고 한다면, 기분 나쁜 가정을 하는 걸 양해하십시오. 그러면 누가 부동산을 상속받게 됩니까?"

"찰스 경의 동생인 로저 배스커빌 경이 결혼하지 않고 죽었기 때문에 먼 사촌뻘 되는 데스몬드 집안으로 넘어가게 됩니다. 제임스 데스몬드는 초로의 성직자로 웨스트모랜드에 있습니다."

"고맙소. 이 자세한 사항들 모두가 굉장한 흥미를 자아내는군요. 제임스 데스몬드 씨를 만나본 적이 있습니까?"

"예, 예전에 그가 찰스 경을 방문하러 온 적이 있습니다. 그는 덕망 있는 외모에 성인 같은 삶을 사는 사람이었습니다. 찰스 경이 그에게 억지로 주려고 했지만 그분은 끝내 재산상속을 거절했던 것으로 기억됩니다."

"그러니까, 소박한 취향의 그 사람이 찰스 경의 어마어마한 재산을 상속받게 된다는 거로군요?"

"현 소유자가 달리 유언을 남기지 않는다면 현금도 함께 상속받게 됩니다."

"그러면 헨리 경은 유서를 작성해 두었습니까?"

"아닙니다, 홈즈 선생님. 어떻게 된 일인지 상속에 관한 유언을 알게 된 것도 바로 어제였기 때문에 작성할 시간이 없었습니다. 그렇지만 어쨌든 돈과 작위와 부동산이 함께 움직여야 한다고 생각합니다. 그것이 저의 불쌍한 삼촌의 생각이었습니다. 재산을 지킬 돈이 충분치 않다면 소유주가 배스커빌 가문의 명예를 회복할 수 있겠습니까? 집과 땅과 돈은 함께 움직여야 합니다."

"지당하오. 그런데, 헨리 경, 경이 지체 없이 데번셔로 내려가야 한다는 데 대해서는 나도 동의하지만, 준비해야 할 것이 한 가지 있소. 그것은 바로 경 혼자 가서는 안 된다는 것입니다."

"모티머 씨가 저와 함께 돌아갑니다."

"그러나 모티머 씨는 진료를 해야 하고, 그의 집은 경의 집에서 멀리 떨어져 있지 않습니까? 헨리 경, 경에게는 누군가 믿을 수 있고 항상 곁에 있어 줄 사람을 데리고 가야 합니다."

"가능하다면 홈즈 씨가 직접 가주시겠습니까?"

"일이 급박한 위기에 처했다면 기꺼이 직접 가도록 해보겠지만, 경도 알다시피 내가 맡고 있는 광범위한 자문 업무와 여러 지방에서 들

어오는 지속적인 사건의뢰 때문에 런던에서 떠나 있는 것은 불가능합니다. 요즈음 다루고 있는 사건은 영국에서 가장 존경받는 유명 인사 중 한 사람의 일입니다. 그는 공갈범들에 의해 명예가 실추된 상태인데, 나만이 그 지독한 스캔들을 잠재울 수 있습니다. 그러니 경께서는 내가 다트무어에 가지 못하는 것을 이해해 주시면 감사하겠습니다."

"그러면 누구 추천해 줄 사람이라도 있습니까?"

홈즈는 내 팔 위에 손을 얹었다.

"내 친구 왓슨이 수락만 한다면 그 이상 좋은 사람은 없소. 경이 위기에 처했을 때 든든하게 힘이 되어 줄 사람은 이 사람 이상 가는 인물이 없을 것이오. 나보다 더 자신 있게 이런 말을 할 수 있는 사람은 없을 거요."

그 제안은 너무도 갑작스러운 것이었다. 그러나 내가 미처 대답도 하기 전에 배스커빌은 내 손을 힘껏 꽉 쥐었다.

"오, 왓슨 씨, 정말 감사합니다."

그가 말했다.

"당신은 제 사정을 알고 계시고 게다가 제가 알고 있는 것만큼이나 이 일에 대해 잘 알고 계십니다. 당신이 배스커빌 저택에 같이 가셔서 저를 도와주신다면 이 은혜는 평생 잊지 않겠습니다."

진기한 경험을 할 수 있는 가능성은 항상 나를 매료시킨다. 게다가 홈즈가 나에 대한 찬사를 아끼지 않았고 준남작이 나를 동료라 부르며 간곡히 원하고 있기 때문에 뿌리치기기 더욱 어려웠다.

"기꺼이 가겠습니다."

내가 말했다.

"이 이상 보람된 일이 어디 있겠습니까?"

"왓슨, 자네는 하루의 일과 하나하나를 신중하고도 자세하게 나에게 알려줘야 하네."

홈즈가 말했다.

"실제로 위기가 닥치면 어떤 조치를 해야 할지 알려 주겠네. 토요일쯤에는 준비가 모두 끝날 거라고 생각되는데?"

"왓슨 씨, 그때쯤이면 괜찮겠습니까?"

"예, 좋습니다."

"그럼, 별다른 일이 발생하지 않는다면 토요일에 패딩턴발 열 시 삼십 분 기차에서 만나는 걸로 하겠습니다."

우리가 출발하려고 자리에서 일어났을 때 배스커빌이 환호성을 지르며 방 한 쪽에 있는 캐비닛 구석에 손을 집어넣어 갈색 구두 한 짝을 꺼냈다.

"잃어버렸던 구두다!"

그가 외쳤다.

"어쩌면 우리가 직면한 모든 어려움이 쉽게 사라질지도 모르겠군요!"

홈즈가 말했다.

"그런데 참 이상한 일이군요."

모티머 의사가 말했다.

"점심 식사 전에 이 방을 샅샅이 뒤졌는데 말이에요."

"저도 그랬습니다."

배스커빌이 말했다.

"모두 뒤졌는데."

"그때는 틀림없이 구두가 없었습니다."

"그렇다면 우리가 식사하고 있을 때 웨이터가 거기에 갖다 뒀을지도 모르겠군요."

독일인 종업원을 불러왔지만 그는 이 일에 대해 아는 것이 아무것도 없다고 분명히 밝혔고, 어떤 질문으로도 그 문제를 풀어내지 못했다. 눈 깜짝할 사이에 연속해서 일어난 일련의 수수께끼 같은 사건들에 또 하나의 항목이 추가되었다. 찰스 경의 죽음에 관한 불길한 이야기는 제쳐 두고라도, 우리는 만 이틀도 안 되어 설명할 수 없는 일련의 사건들을 경험했다. 편지를 받은 것, 검은 수염의 스파이가 마차에 타고 있었던 것, 새 갈색 구두를 잃어버린 것, 낡은 검은 구두를 잃어버린 것, 그리고 새 갈색 구두가 돌아온 것이 그것들이었다.

베이커가로 돌아오는 마차 안에서 홈즈는 아무 말 없이 앉아 있었다. 그의 찌푸린 눈썹과 예리한 얼굴로 보아 그도 나처럼 이상하고 연관성 없어 보이는 사건들의 틀을 짜 맞추느라 마음이 분주하다는 것을 알 수 있었다. 홈즈는 날이 저물도록 생각에 잠겨 담배만 피우고 앉아 있었다.

저녁 식사 직전에 전보 두 통이 배달되었다. 첫 번째 전보는 다음과 같았다.

배리모어가 저택에 있다는 소식을 방금 들었습니다.

— 배스커빌에서

두 번째 것은 다음과 같았다.

지시하신 대로 호텔 23곳을 돌아다녔지만, 유감스럽게도 오려 낸 자국이 있는 ≪타임스≫를 찾지 못했습니다.

– 카트라이트

"왓슨, 우리의 실낱 같은 희망 두 개가 사라졌네. 하지만 상황이 불리해 보이는 사건일수록 투지가 더욱 발동되는 법이지. 우리는 제3의 단서를 찾아봐야 할 것 같네."

"우리에게는 그 스파이를 태워 줬던 마부가 아직 남아 있네."

"맞는 말일세. 공식 기록 문서에 등록된 그 마부의 이름과 주소를 알아내기 위해 전보를 쳤네. 이것이 내 의문에 대한 해답이 된다고 해도 놀라지는 않겠어."

그러나 문에서 들려오는 벨소리는 우리의 예상보다 훨씬 더 만족스러운 것이었다. 문을 열고 들어온 험상궂은 얼굴의 남자는 바로 그 마부였다.

"본부에서 이 주소의 신사 분이 2704번에 대해 문의하셨다는 전갈을 받았습니다."

그가 말했다.

"저는 7년 동안 이 마차를 몰았습니다만 지금껏 손님들의 불평을 들은 적은 없습니다. 뭐가 못마땅하신지 나리께 직접 여쭤 보려고 역마차 집합소에서 곧장 이리로 왔습니다."

"불만 같은 건 없소, 마부양반."

홈즈가 말했다.

"그와 반대로 내 질문에 명쾌하게 대답해 준다면, 반 파운드 금화를 드리겠소."

"저, 그러니까 저는 오늘 하루를 잘 지냈고 잘못한 것이 없습니다."

마부가 누런 이를 드러내고 히죽 웃으며 말했다.

"뭘 물어보고 싶으신가요, 나리?"

"우선 당신을 또 찾게 될지도 모르니까 먼저 이름과 주소를 말해 주시오."

"존 클레이튼, 버로우 시 터페이 3번가입니다. 제 마차는 워털루 역 근처에 있는 시플레이 집합소에 있습니다."

셜록 홈즈는 그대로 받아 적었다.

"자, 클레이튼 씨. 오늘 아침 열 시경에 와서 이 집을 감시하고 나중에 리젠트가로 두 신사를 뒤따라갔던 승객에 대해 모두 말해 주시오."

마부는 놀라 당황한 듯 보였다.

"저, 제가 알고 있는 것을 이미 다 알고 계신 것 같은데 더 이상 말씀드릴 필요가 있을지 모르겠습니다."

마부가 말했다.

"사실 그 신사 분이 제게 탐정이라고 하면서 아무에게도 얘기하지 말라고 하셨습니다."

"이보게 마부양반, 이건 아주 중대한 일일세. 나에게 뭔가 숨기려고 한다면, 자네 입장이 상당히 곤란해질 걸세. 그러니까 그 손님이 자네에게 자신이 탐정이라고 했단 말인가?"

"예, 그랬습니다."

"언제 그 말을 했나?"

"마차에서 내렸을 때요."

"더 이상 다른 얘기는 없었나?"

"이름을 말했습니다."

홈즈가 재빨리 승리의 눈길을 내게 보냈다.

"허, 그가 이름을 말했다는 건가? 경솔했군. 그가 말한 이름이 뭔가?"

"그의 이름은…."

마부가 말했다.

"셜록 홈즈였습니다."

마부의 대답을 듣고 홈즈는 완전히 아연실색했다. 나는 지금까지 내 친구가 그토록 놀란 것을 한번도 본 적이 없었다. 일순간 그는 놀라서 아무 말 없이 앉아 있다가 갑자기 폭소를 터트렸다.

"대단해, 왓슨! 더할 나위가 없군. 우리는 당했어!"

홈즈가 말했다.

"나만큼이나 민첩하고 유연한 인물이라는 생각이 드네. 그자가 내 급소를 찔렀군. 그러니까 그의 이름이 셜록 홈즈였다는 건가?"

"예, 나리. 그게 그 신사 분의 이름이었습니다."

"좋아! 그를 태운 곳과 무슨 일이 있었는지 전부 말해 보게."

"그 손님은 아홉 시 삼십 분에 트라팔가 광장에서 제 마차를 불러 세웠습니다. 그리고 자신이 탐정이라면서 하루 종일 자기가 원하는 것을 제대로 하고 아무런 질문도 하지 않는다면 2기니를 주겠다고 했습니다. 먼저 우리는 노섬버랜드 호텔로 마차를 타고 갔습니다. 호텔에서 신사 두 분이 나와 마차를 탈 때까지 기다렸다가, 그 마차가 이 근처 어딘가에 멈춰 설 때까지 뒤따라 왔습니다."

"바로 이 집이었나?"

홈즈가 말했다.

"글쎄요, 그건 확실하지 않지만, 제 마차에 타고 계신 손님은 모두 알고 계셨다는 것만은 장담할 수 있습니다. 우리는 길 중간에 멈춰서 한 시간 삼십 분쯤 기다렸습니다. 그러자 신사 분 둘이서 우리 곁을 걸어서 지나갔습니다. 우리는 베이커가로 그분들을 따라 내려갔습니다."

"음, 역시 예상대로야."

홈즈가 말했다.

"리젠트가를 4분의 3쯤 지났을 때, 그 손님이 미행을 그만두고 전속력으로 워털루 역으로 곧장 가라고 소리쳤습니다. 저는 말에게 마구 채찍을 휘둘러 10분도 안 걸려 역에 도착했습니다. 그러자 그 손님은 마음씨 좋은 사람처럼 2기니를 지불하고 역으로 들어가셨습니다. 그 손님이 막 떠나시려다가 돌아서서 말씀하셨습니다. '자네가 궁금해 할 것 같아서 말하지만 오늘 하루 종일 마차에 태우고 다닌 이 사람은 셜록 홈즈라네.' 그래서 제가 그 손님의 성함을 알게 되었습니다."

"알겠네. 그 사람을 더는 보지 못했는가?"

"역 안으로 들어가신 후로는 보지 못했습니다."

"셜록 홈즈라는 사람은 어떻게 생겼지?"

마부는 머리를 긁적였다.

"글쎄요, 그 손님은 묘사하기가 그리 쉽지 않은 신사 분이였습니다. 나이는 40대 가량이고, 키는 중간 정도로 선생님보다 5센티미터에서 8센티미터는 작을 겁니다. 멋쟁이 신사처럼 옷을 입었고 창백한 얼굴에 각이 지고 검은 수염이 나 있었습니다. 그 이상은 아는 것이 없어서 말씀드릴 수 없습니다."

"눈동자는 무슨 색이었소?"

"모르겠습니다."

"더 이상 기억나는 것이 없소?"

"예, 없습니다."

"그렇다면 여기 반 파운드 금화가 있소. 좀더 많은 정보를 가져올 수 있다면, 하나 더 주겠소. 잘 가시오!"

"안녕히 계십시오, 나리. 고맙습니다."

존 클레이트은 싱글거리며 떠나갔다. 홈즈는 내게 돌아서서 어깨를 으쓱해 보이며 애처로운 미소를 보냈다.

"세 번째 단서마저 무참히 사라졌네. 그러나 끝은 곧 시작을 의미하지."

홈즈가 말했다.

"교활한 녀석! 그는 우리의 직업을 알고 있었고, 헨리 배스커빌 경이 내게 자문을 구할 것이라는 것을 알고 있었네. 또 리젠트가에서 내가 누군지 알아보고 내가 마차의 번호를 알아 두었다가 마부에게 손을 쓸 거라고 생각하고 이런 대담한 메시지를 보냈네. 왓슨, 이번에는 겨뤄 볼 만한 상대를 만났군 그래. 런던에서는 내가 졌어. 데번셔에서는 행운이 있기를 바랄 수밖에 없군. 그렇지만 여전히 마음이 편치 않아."

"뭐 때문에 마음이 편치 않나?"

"자네를 보내는 것 말일세. 이번 일은 다루기 어려운 일일세. 왓슨, 어려울 뿐만 아니라 위험한 일이 될 게야. 이 일에 대해 알면 알수록 더 싫어지는군. 친구! 자네는 웃을지 모르지만, 자네가 안전하게 베이커가로 다시 돌아온다면 나는 더 이상 바랄 게 없을 걸세."

6
배스커빌 저택

헨리 배스커빌 경과 모티머 선생은 약속한 날에 맞추어 준비를 했고, 우리는 예정된 대로 데번셔로 출발했다. 셜록 홈즈는 나와 함께 마차를 타고 역으로 향하면서 작별에 즈음하여 마지막 지시와 충고를 잊지 않았다.

"나는 여러 가지 개인적인 생각이나 의심스런 인물에 대한 내 생각을 미리 얘기해서 자네가 편견을 품지 않도록 하겠네, 왓슨."

그가 말했다.

"내가 바라는 것은 자네가 사실을 최대한 있는 그대로 내게 알리고, 그 사실을 이론화하는 것을 나에게 맡기는 것이네."

"어떤 종류의 사실 말인가?"

내가 물었다.

"젊은 배스커빌과 이웃과의 관계라든가, 혹은 찰스 경의 죽음에 관한 어떤 새로운 내용이라든가 하는, 이 사건과 간접적인 관계라도 있는 것처럼 보이는 것은 뭐든지 말이네. 지난 며칠 동안 내가 직접 몇 가지 조사를 했지만, 그 결과는 부정적인 것 같네. 딱 한 가지 확실한 것은 다음 상속자인 제임스 데스몬드 씨는 아주 훌륭한 성품의 노신사여서 이런 못된 일을 꾸몄을 리가 없다는 것일세. 나는 진심으로 그를 우리의 고려 대상에서 완전히 제외해야 된다고 생각하네. 그러면 황야에서 실제로 헨리 배스커빌 경을 둘러싸고 있는 사람들만이 남게 되네."

"배리모어 부부를 애초부터 해고하는 게 낫지 않겠나?"

"더 큰 실수를 저지르기 전엔 절대로 안 되네. 만일 그들에게 죄가 없다면 그것은 지독한 부당 행위가 될 거야. 그리고 그들에게 죄가 있다면 벌 받을 기회를 없애 주는 것이나 다름없네. 아니, 그들을 용의선상에 올려놓을 것이네. 현재 내 기억이 정확하다면 배스커빌 저택에는 마부가 한 명 있고, 황야에서 농사짓는 농부 두 명이 있네. 우리의 친구인 모티머 의사가 있는데 나는 그의 정직성을 전적으로 신뢰하고 있네. 그리고 모티머 의사의 부인이 있는데 그녀에 대해 우리는 아는 것이 전혀 없군. 박물학자 스태플턴과 그의 여동생이 있는데 이 젊은 처녀는 매력적인 여인이라고 들었네. 래프터 저택의 프랭클랜드 씨 역시 우리가 잘 알지 못하고 있고, 그 외에 한두 명의 다른 이웃들이 있네. 이 사람들은 자네가 아주 특별한 관심을 가지고 지켜

봐야 할 인물들이네. 어떤가? 할 수 있겠지?"

"최선을 다 하겠네."

"그런데 무기는 가지고 가는가?"

"암, 무기를 가지고 갈 필요성이 있다고 생각했었네."

"좋아. 밤낮으로 언제나 권총을 소지하고 절대로 주의를 게을리 하지 말게."

우리의 친구들은 이미 일등석을 확보해 두고 플랫폼에서 우리를 기다리고 있었다.

"아니오. 새로운 소식은 전혀 없습니다."

모티머 의사가 홈즈의 질문에 대답했다.

"한 가지 확실히 말씀드릴 수 있는 것은 지난 이틀 동안 우리를 미행한 사람은 없었다는 것입니다. 우리는 나갈 때마다 주위를 예리하게 살폈기 때문에 아무도 우리의 시야에서 빠져나갈 수 없었습니다."

"항상 같이 있었겠지요?"

"어제 오후를 제외하고는요. 저는 시내에 나오면 언제나 순수한 마음으로 하루를 지냅니다. 그래서 어제 오후에는 외과 대학 박물관을 둘러보았고, 공원에 놀러 나온 사람들을 보러 갔었습니다. 그렇지만 아무런 문제도 생기지 않았습니다."

준남작의 말에 홈즈는 심각한 표정으로 머리를 좌우로 흔들며 말했다.

"어쨌거나 경솔했습니다. 헨리 경, 앞으론 절대로 혼자 돌아다니지

말아 주십시오. 그렇지 않으면, 커다란 재난을 당하게 될지도 모릅니다. 그런데 잃어버린 다른 구두는 찾았소?"

"아니오. 영원히 사라졌습니다."

"이상한 일이군. 그럼, 조심해서 가십시오."

기차가 플랫폼을 미끄러지듯 움직이기 시작할 때 홈즈가 덧붙였다.

"헨리 경, 모티머 의사가 우리에게 읽어 줬던 그 이상한 전설 속의 한 구절, '악의 세력이 판치는 어둠의 시간에 황야를 피하라.'는 그 구절을 명심하시오."

기차가 플랫폼에서 점점 멀어질 때 나는 뒤를 돌아보았다. 그곳에는 꼼짝도 하지 않고 멀어져 가는 우리의 뒷모습을 보고 있는 키 큰 홈즈의 엄숙한 모습이 보였다.

여행은 대체로 즐거웠다. 나는 여행하는 동안 모티머 의사의 스패니얼과 놀면서 두 사람과 더 친밀해지기 위한 시간을 보냈다. 몇 시간이 지나지 않아 갈색 토양은 붉은 색이 되었고, 벽돌은 화강암으로 바뀌었다. 기후가 좀더 습했더라면 울창한 초목이 풍성하게 자랐을 들판에서 붉은 소들이 풀을 뜯고 있었다. 배스커빌의 젊은 후계자는 창 밖을 열심히 보다가 데번셔의 낯익은 경치가 눈에 들어오자 기쁨으로 가득 찬 음성으로 외쳤다.

"왓슨 씨, 저는 이곳을 떠난 후 세상에서 멋지다고 하는 곳은 두루두루 다 다녀 봤지만, 여기 같은 곳은 절대로 본 적이 없습니다."

"데번셔 출신의 남자는 맹세를 할 때도 자신의 고향을 내걸고 할 정도니까요."

내가 말했다.

"그건 고향이 어디인가에 따라 다를 수도 있지만 그에 못지않게 인종과 관련돼 있습니다."

모티머 의사가 말했다.

"여기 있는 이 친구를 보면 켈트 족임을 드러내는 둥근 머리를 가지고 있는데 이 머리 속에는 켈트 인의 열의와 애착이 담겨 있습니다. 가엾은 찰스 경의 머리는 아주 드문 유형이었는데 절반은 게일 족의 특성을 절반은 이베리아 족의 특성을 지녔었습니다. 그런데 헨리 경이 배스커빌 저택을 마지막으로 본 건 아주 어렸을 때지요?"

"아버지가 돌아가셨을 때 저는 10대였고, 아버지께서 남쪽 해안의 작은 집에서 사셨기 때문에 저택을 본 적이 없었습니다. 게다가 당시 저는 곧장 미국에 있는 친구에게로 갔습니다. 왓슨 씨와 마찬가지로 저택은 제가 처음 와 보는 곳입니다. 저는 지금 황야를 보기 위해서 온 신경을 곤두세우고 있습니다."

"그렇습니까? 그렇다면 그 소원은 쉽게 이루어진 셈이군요. 헨리 경, 황야의 경치가 이렇게 펼쳐져 있습니다."

모티머 의사가 차창 밖을 가리키며 말했다. 푸른 들판과 만곡을 그리고 있는 수풀 너머 음울한 회색빛 언덕이 솟아 있었다. 멀리서 어렴풋이 흐릿하게 보이는 들쭉날쭉한 언덕 꼭대기는 마치 꿈속에서나 볼 수 있는 기이한 풍경 같았다. 배스커빌은 한참 동안 그곳에 눈을 고정시킨 채 앉아 있었다. 나는 배스커빌 가의 조상이 그토록 오랫동안 지배하고 깊은 흔적을 남긴 저 낯선 곳을 처음 보는 헨리 경의 감회를 그의 열렬한 얼굴 표정을 통해 읽을 수 있었다. 그는 트위드 정장을 입고 미국식 억양으로 얘기하며 철도 객차의 한쪽 구석에 앉아 있었다. 그러나 그의 거무스름하고 풍부한 표정의 얼굴을 보았을 때, 혈통이 좋고 불같은 성미를 지닌 배스커빌 가문의 진정한 후손이라는 것을 보다 확연히 느낄 수 있었다. 그의 두꺼운 눈썹과 예민한 콧날, 커다란 갈색 눈동자에는 자부심과 용기와 힘이 서려 있었다. 저 꺼림칙한 황야에서 그 아무리 어렵고 위험한 문제가 우리를 기다리고 있어도, 이 사람은 동료와 함께 하기 위해서는 어떤 위험이라도 무릅쓸 인물로 보였다.

기차는 조그만 역에서 멈췄다. 우리가 기차에서 내리자, 낮은 하얀색 울타리 너머 바깥쪽에 한 쌍의 말이 끄는 승객용 마차가 기다리고 있었다. 역장과 짐꾼들이 우리의 짐을 운반하기 위해 떼를 지어 둘러싸고 있는 것으로 보아 우리가 온 게 큰 사건임에 틀림없었다. 그곳은 쾌적하고 소박한 곳이었다. 그러나 우리가 지나갈 때 검은 제복을 입은 군인 둘이 문 옆에서 소총에 기대어 날카롭게 쳐다보는 것을 보고는 깜짝 놀랐다. 마부가 헨리 배스커빌 경을 맞이했는데, 그는 뻔뻔스럽고도 마음이 비비 꼬인 것 같은 인상이었다. 몇 분 지나지 않아 우리는 텅 비어 있는 넓은 길을 날듯이 달려가고 있었다. 길 양쪽으로 완만히 솟아 있는 목초지를 지날 때 짙푸른 잎들 사이로 박공을 단 옛집들이 언뜻언뜻 보였다. 그러나 평화롭게 햇빛이 비추고 있는 시골 길 뒤에는 길고 음울한 황야가 들쭉날쭉 사라졌다 나타났다 하며 저녁 하늘을 배경으로 어둡게 펼쳐져 있었다.

마차가 샛길로 접어들었고 다시 좁은 길을 따라 올라갔다. 그 길은 수세기에 걸쳐 바퀴에 의해 마모되어 깊이 패여 있었다. 길 양쪽에 높이 쌓여 있는 둑에는 물기를 잔뜩 머금은 이끼와 다육질의 양치류 식물들이 빽빽이 자라고 있었다. 퇴색한 고사리와 얼룩덜룩한 가시나무는 노을빛을 받아 어슴푸레 빛나고 있었다. 오르막길을 계속 올라가 좁은 화강암 다리를 건너 시끄러운 시내 언저리를 지나갔다. 시냇물은 회색 표석들 사이에서 요란하게 거품을 일으키며 세차게 흐르고 있었다. 길과 시내 모두 참나무와 전나무 잡목이 빽빽한 계곡을 꼬불꼬불 지나가고 있었다.

배스커빌은 방향이 바뀔 때마다 위를 열심히 둘러보고 끊임없이 질문을 하며 환호성을 질렀다. 그의 눈에는 모든 것이 아름답고 신비롭게 보이는 듯했다. 그러나 내게 이곳은 우울한 색채를 가진 채, 한 해가 저물고 있음을 분명하게 알려 주는 표시를 지니고 있을 뿐이었다. 노란 잎사귀들이 길을 온통 뒤덮고 있었고, 달리는 마차 위로 잎사귀들이 팔랑팔랑 떨어져 내렸다. 이것이 내게는 돌아온 배스커빌 가의 상속자가 탄 마차 앞에 자연이 던져 주는 슬픈 선물처럼 보였다.

"맙소사!"

모티머 의사가 소리쳤다.

"저게 뭐지?"

황야의 돌출부, 히스 꽃으로 뒤덮여 있는 가파른 비탈이 우리 앞에 나타났다. 그 꼭대기에는 말 탄 기수의 동상처럼 부동자세로 서서 사격할 준비를 갖춘 무시무시한 군인이 말을 타고 있었다. 그는 우리가 마차를 타고 온 길을 계속 지켜보고 있었다.

"퍼킨스, 무슨 일인가?"

모티머 의사가 물었다. 마부는 자리에서 절반쯤 돌아앉았다.

"프린스타운에서 죄수가 도망쳤습니다. 그 죄수가 도망친 지 벌써 3일이나 됐고 교도관들이 모든 길과 역을 지키고 있지만, 아직 그를 찾지 못했습니다. 이 근처 농부들은 이 일 때문에 계속 불안에 떨고 있습죠."

"그래서 정보를 제공하면 5파운드를 받게 된다는 거였군."

"예, 그렇지만 5파운드를 받을 수 있는 그 기회라는 것이 목숨이 달아날 가망성에 비하면 하찮은 것에 불과합니다. 선생도 아시겠지만, 그놈은 보통 죄수와는 다릅니다. 그놈은 주저하는 것이 아무것도 없는 녀석입니다."

"그런데, 그가 누군가?"

"노팅 힐에서 살인을 한 셀든입니다."

나는 그 사건을 잘 기억하고 있다. 왜냐하면 그 범죄는 유난히 특이하고 잔혹해서 홈즈가 깊은 관심을 가졌기 때문이다. 셀든이 사형을 면한 것은 그의 정신 상태가 정상이라는 데 의심이 갔기 때문이다.

마차가 오르막길을 끝까지 다 올라가자 우리 앞에는 바위산이 울퉁불퉁 솟아 있는 광대한 황야가 나타났다. 거기에서 차가운 바람이 휘몰아쳐 우리들을 추위에 떨게 했다. 저 황량한 평원 어딘가에 마귀 같은 인간이 자신을 쫓아낸 모든 인간 종족에 대한 원한을 마음속에 가득 품고 야수처럼 굴 안에 숨어 기다리고 있다. 불모의 황무지, 쌀쌀한 바람, 어둠침침한 하늘은 불길한 생각을 하나의 완벽한 모습으로 만들기에 충분했다. 젊은 배스커빌조차도 아무 말 없이 코트를 몸으로 바짝 끌어당겼다. 우리는 비옥한 지방을 등지고 계속 올라갔다. 뒤를 돌아보니 석양의 비스듬한 광선이 시냇물을 황금물결로 변화시키고 새로 쟁기질한 붉은 대지 위에서 작렬하고 있었다. 그곳에는 오랜 세월 맹렬한 폭풍우에 시달려 비틀어지고 구부러진 작은 참나무와 전나무가 뒤엉킨 숲이 있었다. 그리고 갑자기 컵같이 움푹 들어간 분지가 보이더니 높고 좁은 탑 두 개가 나무 위로 솟아 있었다. 마부가 채찍으로 가리켰다.

"배스커빌 저택입니다."

그 집의 주인은 상기된 얼굴로 일어나 빛나는 눈으로 보았다. 몇 분 후에 우리는 저택으로 들어가는 문에 닿았다. 문 양쪽에는 비바람에 시달린 기둥이 이끼로 얼룩져 있었으며 배스커빌 가의 상징인 돼지 머리가 쇠로 세공되어 있었다. 별관은 서까래의 늑재가 다 떨어져 나간 검은 화강암으로 된 폐허였지만, 그 맞은편에 반쯤 지어진 새 건물이 있었고 그것은 찰스 경이 남아프리카 금광에서 가져온 첫 결실이었다.

우리는 대문을 지나 나무가 심어진 현관 통로로 들어갔다. 그곳 나뭇잎들 사이에서 바퀴는 다시 조용해졌다. 우리 머리 위의 고목들은 어두운 터널에 가지를 드리우고 있었다. 배스커빌은 길고 어두운 진입로를 보면서 몸을 부르르 떨었다. 진입로 끝에는 집이 유령처럼 희미하게 나타나 있었다.

"여기였습니까?"

배스커빌이 조그만 목소리로 물었다.

"아닙니다. 상록수 오솔길은 다른 쪽에 있습니다."

젊은 상속자가 음울한 얼굴로 주위를 둘러보았다.

"직접 눈으로 이곳을 보니 삼촌이 항상 위험이 닥쳐오리라는 불안에 떠셨던 것도 무리가 아닌 듯싶군요."

배스커빌이 말했다.

"이곳은 그 누구라도 겁먹게 만들기에 충분해요. 전 6개월 안에 여기에 램프를 모두 달겠어요. 현관 문 바로 앞에 휘황찬란하게 불을 밝히면 다시는 두려움을 느끼지 못할 겁니다."

가로수 길을 지나자 넓은 정원이 펼쳐지면서 우리들 앞에 집이 나타났는데, 희미한 불빛 속에서도 현관이 돌출되어 거대한 중앙 건물을 볼 수 있었다. 건물의 앞면 전체가 담쟁이 넝쿨로 뒤덮여 있었고, 창문과 문장이 드러날 수 있도록 군데군데 베어 낸 부분들이 보였다. 이 중앙 건물에는 총안이 많이 뚫려 있는 고대의 쌍둥이 탑이 솟아

있었다. 이 탑들의 좌우에는 검은 화강암으로 지은 현대식 건물이 있었다. 육중한 쇠창살 사이로 희미한 불빛이 새어나오고, 가파르게 각진 지붕 위로 솟아 있는 높은 굴뚝에서 한줄기 검은 연기가 피어오르고 있었다.

"어서 오세요, 주인님! 배스커빌 저택에 오신 것을 환영합니다!"

키가 큰 사람이 마차 문을 열기 위해 현관의 그늘진 곳에서 걸어 나왔다. 그 뒤에는 한 여자가 현관의 노란 불빛을 배경으로 서 있었다. 그 여자가 밖으로 나와 우리의 가방을 내리는 것을 도왔다.

"헨리 경, 저는 곧장 집으로 가도 괜찮겠죠? 아내가 기다리고 있어서요."

모티머 의사가 말했다.

"저녁이나 하고 가지 그러세요?"

"아니오, 가야 합니다. 해야 할 일들이 많이 밀려 있습니다. 헨리 경에게 집을 안내해 드리고 싶지만, 배리모어가 나보다 더 잘 안내해 줄 겁니다. 그럼, 안녕히 계십시오. 그리고 내 도움이 필요하면 언제고 주저하지 말고 연락하십시오."

헨리 경과 내가 현관으로 들어가는 동안 마차 소리가 진입로에서 멀어져 갔다. 문이 뒤에서 철커덩 소리를 내며 육중하게 닫혔다. 우리가 들어온 곳은 오랜 세월 속에서도 잘 보존된 깨끗하고 고상한 방이었다. 쇠로 만든 큼지막한 개의 조형물이 있었고, 커다란 구식 벽난로에서 통나무가 탁탁 소리를 내며 타고 있었다. 헨리 경과 나는 난로에 손을 내밀었다. 오랫동안 마차를 타고 왔기 때문에 손이 얼어 있었다. 그리고 우리는 주위에 있는 오래된 색유리를 끼운 창과 참나무 창틀, 수사슴들의 머리, 벽에 있는 문장들을 둘러보았다. 모두가 중앙에 있는 등불의 부드러운 빛 속에서 흐릿하고 어둠침침하게 보였다.

"제가 상상했던 것과 꼭 같군요."

헨리 경이 말했다.

"조상 대대로 내려 온 본가의 모습이 바로 이런 것 아니겠습니까? 바로 이 집에서 우리 조상들이 500년 동안 살아왔다니! 생각만 해도 숙연해지는 군요."

나는 헨리 경이 주위를 둘러볼 때 그의 얼굴이 소년과 같은 열의로 빛나는 것을 보았다. 불빛 때문에 그가 서 있는 곳에서 그림자가 벽 아래로 길게 끌렸다가 다시 그의 머리 위쪽에 검은 덮개처럼 걸쳐졌다. 배리모어가 우리 짐을 방에 갖다 놓으러 돌아왔다. 하인은 훈련을 잘 받은 것처럼 온순한 태도로 우리 앞에 서 있었다. 그는 잘 정돈된 검은 수염과 창백하고 기품 있는 모습을 지닌 사람으로 키가 크고 잘 생겼으며 비범해 보였다.

"지금 저녁 식사를 하시겠습니까, 주인님?"

"준비되어 있습니까?"

"거의 다 되었습니다, 주인님. 방에 따뜻한 물도 준비해 뒀습니다. 저와 제 아내는 주인님이 새로 준비하실 때까지 주인님을 모실 수 있다면 정말 기쁘겠습니다. 그렇지만 새로운 상황에서는 이 집을 꾸려 가는 데 적지 않은 인원이 필요하다는 것을 알고 계실 것입니다."

"새로운 상황이라뇨?"

"그러니까, 주인님. 찰스 나리는 한적한 삶을 사셨기 때문에 저희는 그분의 뜻을 채워 드릴 수 있었습니다. 그러나 주인님은 보다 많은 친구들과 교제하기를 바라시는 것이 마땅할 것입니다. 그러다 보면 식솔들을 교체하실 필요가 있을 것입니다."

"그러니까 두 사람이 여기를 떠나고 싶다는 뜻인가요?"

"주인님이 원하시는 경우에 한해서요."

"그러나 당신네 집안은 몇 대에 걸쳐 우리와 함께 하지 않았습니까? 가문의 오랜 유대를 깨고 새로운 사람을 들인다면 그것은 유감스러운 일이 될 것입니다."

나는 집사의 흰 얼굴에서 감동의 흔적을 엿볼 수 있었다.

"저도 그렇게 생각하고 제 아내도 그렇게 생각합니다. 그러나 솔직히 말씀드리면 저희 두 사람은 찰스 나리에게 대단한 애착을 가지고 있었기 때문에 그분의 죽음이 저희에게는 너무도 큰 충격이었습니다. 그래서 이곳이 저희를 아주 고통스럽게 만들고 있습니다. 앞으로는 배스커빌 저택에서 편한 마음으로 지낼 수 있을 것 같지 않습니다."

"그렇다면 무엇을 할 생각이십니까?"

"뭔가 사업을 해볼까 생각합니다, 주인님. 찰스 나리가 아량을 베푸셔서 저희들에 그만한 돈을 남겨 주셨습니다. 그러면 이제 주인님을 방으로 안내해 드리겠습니다."

홀은 두 개로 된 계단을 통해 갈 수 있었고, 이 중간 지점에서 두 개의 긴 복도가 건물 끝까지 통해 있었다. 각 침실로 들어가는 문은 모두 이 복도로 나 있었다. 내 침실은 헨리 경의 침실과 같은 복도로 거의 옆방이라고 할 수 있었다. 이 방들은 집의 중앙 부분보다 훨씬

더 현대적으로 보였다. 밝은 색 벽지와 수많은 촛불들은 내 마음에 있던 어둠침침한 인상을 없애는데 한몫을 해주었다.

그러나 홀을 통해 갈 수 있는 식당은 그늘진 음침한 곳이었다. 이곳은 배스커빌 가족이 앉는 높은 자리와 하인들을 위해 마련된 낮은 부분을 구분하는 단이 있는 긴 방이었다. 또 한쪽 구석에는 음유 시인을 위한 자그마한 무대도 있었다. 머리 위에는 검은색 들보들이 있었고 그것들 너머로는 연기에 그을린 천장이 있었다. 활활 타오르는 횃불들을 줄줄이 불을 밝히고 떠들썩한 옛 연회의 흥취라도 있었더라면 분위기가 훨씬 누그러졌을지도 모른다. 그러나 지금은 검은 옷을 입은 신사 둘이서 흐릿한 등불이 그려낸 작은 동그라미 불빛 아래 앉아 있으려니 한 사람의 목소리는 작아지고 한 사람은 의기소침해졌다. 게다가 엘리자베스 여왕시대의 기사로부터 섭정기의 멋쟁이에 이르기까지 다양한 의상을 입은 조상들의 희미한 모습이 말없이 내려다보고 있으니 우리는 더욱 의기소침해져서 대화는 거의 나누지 못했다.

식사가 끝나고 현대식 당구장에 물러가 담배를 피울 수 있게 된 것이 나로서는 매우 기뻤다.

"이런, 이곳은 그다지 유쾌한 곳은 아니군요."

헨리 경이 말했다.

"곧 익숙해질 거라고 여겼는데, 지금으로서는 별로 그럴 자신이 없군요. 제 삼촌이 이런 집에서 혼자 사셨으니 예민해지셨던 것도 이상한 일은 아닙니다. 왓슨 씨, 괜찮으시다면 오늘 밤은 일찍 들어가서 쉬는 게 좋겠습니다. 내일 아침이 되면 만사가 좀더 나아 보이겠지요."

나는 잠자리에 들기 전에 커튼을 젖히고 창 밖을 바라보았다. 창은 현관문 앞에 있는 잔디밭을 향해 있었고, 바람에 의해 두 그루의 잡목이 흔들리고 있었다. 흘러가는 구름 틈새로 나타난 달이 울퉁불퉁한 바위들의 윤곽에 길고 완만한 곡선을 그리고 있었고, 저편 너머에는 음울한 황야가 보였다. 나는 지금의 인상과 마음속에 남아 있던 다른 인상들이 교차하는 것을 느끼며 커튼을 닫았다. 몸은 기진맥진했지만 잠이 오진 않았다. 나는 이리저리 뒤척이며 오지 않는 잠을 청했고, 멀리서 15분마다 시계 종이 울렸다. 그런데 밤의 완전한 정적 속에서 갑자기 슬픔을 억제하지 못하고 비통하게 숨죽여 우는 여자의 소리가 선명하게 들려왔다. 나는 침대에서 일어나 앉아 주의 깊게 귀를 기울였다. 그 소리는 멀리서 들려오는 것이 아니라 분명 집안에서 들려오는 것이었다. 그러나 그 소리는 어느 순간 사라졌다. 나는 30분 동안 신경을 곤두세우고 그 소리를 들으려고 애를 썼지만, 시계 종소리와 담쟁이 넝쿨이 바스락거리는 소리 말고는 더 이상 아무런 소리도 들을 수 없었다.

7
메리핏 하우스의 스태플턴 남매

다음 날, 이곳에서 처음 맞은 싱그러운 아침은 우리 두 사람이 어제 배스커빌 저택에서 받은 음울한 인상을 지워 버리기에 충분했다. 헨리 경과 내가 아침 식사를 하고 있을 때, 높은 쇠창살 창문을 통해 햇빛이 쏟아져 들어왔고, 문장이 덮고 있는 부분에는 색색이 엷은 빛이 흘러들었다. 검은 창틀은 황금빛 광선에서 청동 빛을 발했다. 이 방이 어제 저녁 그토록 음울하게 느껴졌던 방이라고는 정말로 믿기 어려울 정도였다.

"문제는 방에 있었던 게 아니라 우리 자신에게 있었던 것 같습니다!"

준남작이 말했다.

"여행하느라 지치기도 했고, 마차를 타고 와서 한기가 들었기 때문에 이곳이 암울하게 느껴졌었나 봅니다. 이제 몸이 가뿐해지니까 모든 것이 유쾌하게 느껴집니다."

"그렇지만 전적으로 생각만의 문제는 아닌 것 같소."

내가 말했다.

"그러니까 내 생각엔 여자였던 것 같은데, 간밤에 누군가 흐느끼는 소리를 듣지 못했소?"

"그거 참 이상하네요. 저도 어제 깜빡 잠이 들었을 때 그 비슷한 소리를 들었습니다. 하지만 더 이상 들리지 않기에 꿈이라고 생각했죠."

"헨리 경, 나는 분명히 들었소. 그것은 분명 여자가 흐느끼는 소리였소."

"즉시 이 일에 대해 물어 봐야겠네요."

그는 벨을 울려 배리모어를 불렀고, 그가 오자 어떻게 된 일인지 영문을 물었다. 갑작스런 주인의 질문에 집사의 창백한 얼굴이 더욱 창백하게 보였다.

"이 집에는 여자가 두 명뿐입니다. 한 명은 부엌에서 일하는 하녀인데 잠은 밖의 건물에서 잡니다. 다른 한 명은 제 아내인데 제 아내는 어젯밤에 절대로 울지 않았다는 것을 맹세합니다."

집사가 단호하게 대답했다.

그러나 그의 말은 거짓이었다. 아침 식사 후에 긴 복도에서 배리모어 부인과 우연히 마주쳤는데, 그녀의 얼굴과 눈이 벌겋게 부어 있었다. 부인은 무표정하고 비대한 체격의 여자로 엄격하고 단호한 입을 가지고 있었다. 숨기려 해도 자연히 드러나는 눈은 충혈되어 있었고 부어오른 눈으로 나를 보았다. 그렇다면 간밤에 서럽게 흐느꼈던 장본인이라면 그녀의 남편은 알고 있었을 것이다. 그러나 배리모어는 모른다고 시치미를 떼면서 들통날 뻔한 거짓말을 했다. 그가 왜 그랬을까? 그리고 그녀는 왜 그렇게 비통하게 울었을까? 이 창백하고 잘생긴 검은 수염의 사나이에게 어느새 수수께끼 같은 음울한 분위기가 짙게 깔리고 있었다. 그는 찰스 경의 사체를 발견한 최초의 사람이었고, 그의 증언만이 찰스 경이 죽음에 이르게 된 모든 상황을 설명해 주었다. 결국 배리모어가 리젠트가에서 봤던 마차 속 검은 수염의 사나이일까? 수염은 같다고 할 수 있을지 모르지만 마부는 그 보다 작은 사람으로 묘사했었다. 그러나 그런 인상은 잘못될 가능성이 농후하다. 이 문제를 어떻게 해결할 수 있을까? 홈즈가 보낸 전보가 정말로 배리모어의 손에 직접 전해졌는지 알아보는 것이 우선이다. 그러기 위해서 내가 먼저 해야 할 일은 그림펜의 우체국장을 만나 보는 것이었다. 그 대답이 어떤 것이든 간에 나는 최소한 셜록 홈즈에게 보고할 것을 얻게 될 것이다.

헨리 경은 아침 식사 후 많은 서류들을 검토해야 했기 때문에 나는 홀로 탐색의 시간을 보낼 수 있었다. 황야의 끝자락을 따라 4마일 가량의 즐거운 산보를 하다 보니 어느덧 자그만 외딴 마을에 도착했다. 그곳에는 다른 건물보다 높은 두 개의 건물이 있었는데 그것은 여관과 모티머 의사의 집이었다. 마을 식료품상이기도 한 우체국장은 그 전보가 왔었던 것을 분명히 기억하고 있었다.

"물론입니다, 선생님. 그 전보는 지시하신 대로 배리모어 씨에게 직접 전달했습니다."

우체국장이 말했다.

"누가 전달했습니까?"

"여기 제 아들이지요. 제임스, 네가 지난주에 배리모어 씨에게 전보를 전했었지?"

"예, 아빠. 전했어요."

"그의 손에 직접 전했니?"

내가 물었다.

"아니요. 배리모어 아저씨가 안 계셔서 직접 전해 주지는 못했고, 배리모어 아줌마에게 대신 주었어요. 아줌마가 즉시 전하겠다고 말씀하셨어요."

"배리모어 씨를 보았니?"

"아니요, 선생님. 아저씨는 다락에 있었어요."

"배리모어 씨가 다락에 있다는 건 어떻게 알았니?"

"그의 아내는 남편이 어디 있는지 알고 있었을 것 아닙니까?"

우체국장이 퉁명스럽게 말했다.

"배리모어 씨가 전보를 받지 못했습니까? 무슨 문제가 있다면, 배리모어 씨에게 직접 물어보세요."

더 이상 물어 봤자 소용이 없을 것 같았다. 게다가 홈즈의 책략에도 불구하고 배리모어가 런던에 왔었다는 증거를 확보하지 못한 게 분명했다. 만약 배리모어가 찰스 경이 살아 있는 것을 본 마지막 인물이었다면, 그리고 새로운 상속자가 영국에 돌아오자 그를 미행했던 최초의 인물이었다면 어떻게 될 것인가? 그는 다른 사람의 앞잡이일까? 아니면 음모를 꾸민 장본인일까? 그가 배스커빌 집안을 괴롭힘으로써 얻게 되는 이익은 무엇일까? 나는 ≪타임스≫의 사설을 오려 만든 이상한 경고문에 대해서도 생각했다. 과연 그것도 배리모어의 짓일까, 아니면 그의 음모를 방해하려는 누군가가 한 일일까? 생각할 수 있는 유일한 동기는 헨리 경이 시사한 바 있듯이 만약 자신마저 배스커빌 저택에서 사라진다면 배리모어 부부가 저택을 평생 차지할 수 있다는 것이다. 하지만 그런 설명은 젊은 준남작 주위에서 눈에 보이지 않게 일어나고 있는 음모에 대한 설명이 전혀 되지 못한다. 홈즈 자신도 세상을 놀라게 한 일련의 사건들을 많이 맡았었지만, 이 사건보다 더 복잡한 사건은 없다고 말했다. 나는 한적한 외딴길을 따라가면서, 나의 친구 홈즈가 하루빨리 그런 선입견을 벗어 던지고 이 무거운 짐을 내 어깨에서 벗겨 주러 나타나길 기도했다.

이런 생각은 뒤에서 달려오는 발소리와 내 이름을 부르는 목소리 때문에 갑자기 중단됐다. 모티머 의사라고 생각했지만 놀랍게도 나를 뒤따라오고 있는 사람은 낯선 사람이었다. 그는 작고 호리호리하며 깨끗이 면도한 깔끔한 얼굴, 황금빛 머리카락과 야윈 턱을 가진 30대

가량으로 회색 정장에 밀짚모자를 쓰고 있었다. 그의 어깨에는 식물 표본을 담기 위한 주석 상자가 매달려 있었고, 한 손에는 녹색 포충망을 들고 있었다.

"저의 무례를 용서해 주십시오, 왓슨 씨."

내가 서 있는 곳까지 숨을 헐떡이며 뛰어오던 그가 말했다.

"여기 황야에서는 모두 가족 같은 사람들이기 때문에 형식적인 소개를 받을 때까지 기다리지 않습니다. 아마 당신도 우리들의 친구 모티머 선생에게서 제 이름을 들으셨을 것입니다. 저는 메리핏 하우스의 스태플턴입니다."

"선생이 들고 있는 그물과 상자가 그렇다는 것을 말해 주고 있군요."

내가 말했다.

"스태플턴 씨가 박물학자라는 건 알고 있지만, 당신은 어떻게 나를 아십니까?"

"저는 모티머 씨를 방문하고 있던 중이었는데, 당신이 진찰실 창밖에 보였기 때문에 모티머 씨가 알려 주셨습니다. 저도 가는 길이 같기 때문에 당신에게 나를 소개하기로 마음먹었지요. 그나저나 헨리 경은 긴 여행으로 많이 지치셨겠죠?"

"아니요, 아주 건강합니다."

"우리 모두 찰스 경이 비명횡사한 일 때문에 새로 준남작이 되신 분께서 이곳에 오지 않으실까 봐 염려했습니다. 상당한 재산가에게 이런 곳에 내려와 뼈를 묻으라고 요구하는 것이긴 하지만, 이런 시골에서는 굉장히 큰 의미가 있다는 것은 말씀드릴 필요도 없겠지요. 혹시 헨리 경이 그 사건에 대해 미신적인 두려움을 가지고 있습니까?"

"그런 것 같지는 않습니다."

"당신도 물론 그 집안을 괴롭히고 있는 악마 같은 개의 전설에 대해 들었겠지요?"

"들었습니다."

"이 근처의 농부들이 그토록 남의 말을 잘 믿는다니 이상합니다. 그들은 너나 할 것 없이 황야에서 그런 짐승을 보았다고 주저하지 않고 맹세합니다."

스태플턴은 미소를 지으며 말했지만, 그의 눈은 저주스런 사건을 누구보다 심각하게 받아들이고 있는 것처럼 보였다.

"그 이야기는 찰스 경의 상상력에 지대한 영향을 끼쳤고, 때문에 그분이 비극적인 종말을 맞이하게 됐다는 것을 믿어 의심치 않습니다."

"그렇지만, 어떻게?"

"찰스 경은 신경이 아주 예민해져 있어서 어떤 개가 나타났다 해도 병들어 있던 그분의 심장에 치명적인 영향을 주었을 겁니다. 저는 그분이 사고가 있었던 날 밤에 상록수 오솔길에서 그런 종류의 뭔가를 보았을 거라고 확신합니다. 또 그분의 심장이 약하다는 것을 알고 있었기 때문에 뭔가 재난이라도 일어날까 봐 노심초사했었지요."

"어떻게 그걸 알았습니까?"

"모티머 씨가 말해 주었습니다."

"그렇다면 어떤 개가 찰스 경을 뒤쫓아 와서 그 공포 때문에 죽었다고 생각하고 있습니까?"

"그보다 나은 설명을 하실 수 있습니까?"

"아직 어떤 결론도 내리지 못했습니다."

"셜록 홈즈 씨는요?"

그 말에 잠시 숨이 멎을 것 같았지만 그의 평온한 얼굴과 흔들림 없는 눈을 보자 나를 놀라게 할 뜻은 없었다는 것을 알 수 있었다.

"왓슨 씨, 당신에 대해 모르는 척 하는 게 무슨 소용이겠습니까."

그가 말했다.

"탐정으로서 당신의 경력이 여기 있는 우리들에게는 잘 알려져 있습니다. 당연히 홈즈 씨 얘기를 꺼내자면 왓슨 씨 얘기가 안 나올 수 없습니다. 모티머가 제게 당신의 이름을 말했을 때 당신이 누구인지 제게 숨길 수는 없었습니다. 당신이 여기 계시다는 것은 셜록 홈즈 씨가 이 사건에 흥미를 가졌다는 것을 뜻하는 것이므로 제가 홈즈 씨의 견해에 대해 궁금히 여기는 게 당연하겠지요."

"그 질문에 대답할 수 없어서 유감입니다."

"홈즈 씨가 이곳에 직접 방문하시는지 물어봐도 되겠습니까?"

"그는 다른 사건을 맡고 있기 때문에 당장은 런던을 떠날 수 없습니다."

"유감이군요! 그분은 우리가 빠져 있는 어둠에 빛을 던져 줄 희망일지도 모르는데 말입니다. 하지만 당신이 직접 조사해 보시고 제가 도움을 줄 만한 일이 있다면 뭐든지 말씀해 주십시오. 뭔가 의심이 가거나 그 사건을 어떻게 조사할 것인지 말씀해 주신다면, 지금이라도 도움이나 조언을 드릴 수 있을 것입니다."

"스태플턴 씨, 저는 단지 헨리 경을 방문하러 온 것이지 다른 도움은 필요하지 않습니다."

"좋습니다! 당신이 신중하게 경계하시는 것은 전적으로 옳은 일입니다. 제가 지나친 참견을 한 것은 비난받아 마땅하다는 생각이 드는군요. 이제부터 다시는 이 일에 대해 언급하지 않겠습니다."

우리는 도로에서 옆길로 빠져 황야로 나 있는 풀로 뒤덮인 꼬불꼬불한 좁은 길이 있는 곳까지 왔다. 가파른 표석들이 점재하는 오른쪽 언덕은 그 옛날 화강암 돌산으로 형성되었다. 우리 쪽으로 향하고 있는 면은 양치류나 가시나무가 틈새에서 자라고 있는 캄캄한 낭떠러지였다. 멀리 언덕 위로 깃털 모양의 회색 연기가 떠다니고 있었다.

"이 길을 따라 조금 가다 보면 메리핏 하우스가 나옵니다."

스태플턴이 말했다.

"한 시간 정도 시간을 내 주시면 제 여동생을 소개하고 싶은데요."

처음에는 헨리 경 곁에 있어야 한다고 생각했지만, 순간 그의 책상 위에 흩어져 있는 서류와 청구서 더미가 떠올랐다. 그런 일에 내가 도움이 되어 줄 수 없는 것은 뻔한 일이었다. 그리고 홈즈는 황야의 이웃들을 잘 살피라고 특별히 말했었다. 나는 스태플턴의 초대를 받아들여 그와 함께 그 길로 내려갔다.

"황야는 정말 멋진 곳입니다."

굽이치는 구릉과 울퉁불퉁한 화강암 꼭대기들이 환상적인 물결을 이루고 있는 드넓은 황야를 둘러보며 스태플턴이 말했다.

"결코 황야에는 싫증이 나지 않습니다. 또 황야가 지닌 굉장한 비밀을 상상할 수도 없습니다. 황야는 너무도 광대하고 너무도 황량하며 신비스럽습니다."

"그러면, 당신은 황야를 잘 아시오?"

"제가 여기 온 건 겨우 2년밖에 안 되었습니다. 그래서 이곳 사람들은 저를 '새로 이사 온 사람'이라고 부르더군요. 우리는 찰스 경이 정착한 직후에 여기에 왔습니다. 그렇지만 전 제 취미로 인해 이곳을 아주 샅샅이 탐색했습니다. 그래서 저보다 황야를 더 잘 아는 사람은 거의 없을 거라고 생각합니다."

"황야를 알기가 그렇게도 어렵습니까?"

"아주 어렵습니다. 자, 여기에서 북쪽으로 기묘한 언덕들이 솟아 있는 저 거대한 평원을 예로 들어보기로 하죠. 그 주위에 눈에 띄는 것이 보입니까?"

"말을 타고 질주할 수 있는 드문 곳인 것 같군요."

"그렇게 생각하시는 게 당연합니다. 그런 생각 때문에 사람들이 많은 목숨을 잃었지요. 그 위쪽에 온통 흩어져 있는 저 연한 녹색 점들

SP

이 보이지요?"

"예, 그것들은 다른 곳보다 비옥해 보이는군요."

스태플턴이 웃음을 터뜨렸다.

"저곳이 그 유명한 그림펜 늪지대입니다."

그가 말했다.

"저곳에 발을 한 번 잘못 디디면 사람이든 짐승이든 모두 죽게 됩니다. 바로 어제 저는 황야의 조랑말 한 마리가 저곳에서 헤매다가 늪지대에 걸린 것을 발견했습니다. 조랑말은 꽤 오랫동안 늪 밖으로 나오려고 허우적거렸지만 결국 빨려 들어가고 말았습니다. 그리고 영원히 빠져 나오지 못했죠. 건기에도 저곳을 건너는 일은 아주 위험합니다. 이 가을비가 그치고 나면 저곳은 아주 지독한 곳이 됩니다. 그러나 저만은 저곳 한 가운데에서도 길을 찾아내어 살아 돌아올 수 있습니다. 앗, 또 불쌍한 조랑말 한 마리가 아무것도 모르고 늪으로 가고 있군요!"

푸른 사초들 사이에서 갈색의 뭔가가 뒹굴고 있었다. 그때 몸부림치며 괴로워하는 긴 목이 튀어 올라왔고 차마 듣기에도 괴로운 비명소리가 황야에 메아리쳤다. 그것을 보고 나는 소름이 끼쳐 오싹했지만, 스태플턴의 신경은 나보다 훨씬 강인한 것 같았다.

"사라졌군요!"

그가 말했다.

"늪이 조랑말을 삼켜 버렸습니다. 이틀 만에 둘을 삼켰네요. 어쩌면 그 이상일지도 모르죠. 왜냐하면 평소 짐승들이 건기에 늪을 지나 다니지만 늪에 빠지기 전까지는 저곳이 어떤 곳인지 모르기 때문입니다. 이렇듯 그림펜 늪지대는 무섭고 불길한 곳입니다."

"그러면 선생은 저곳을 통과할 수 있다는 말씀인가요?"

"예, 아주 민첩한 사람만이 갈 수 있는 길이 한두 곳 있는데, 저는 그 길을 찾아냈습니다."

"그렇지만 무엇 때문에 저렇게 끔찍한 곳으로 들어갈 생각을 했습니까?"

"저쪽에 있는 언덕이 보이시죠? 그곳들은 늪 때문에 사방이 막힌, 실제로는 섬과 같은 곳이랍니다. 그리고 저곳은 사람의 흔적이 없기 때문에 희귀한 식물이나 나비들이 많이 서식하고 있습니다. 닿을 수만 있다면 많은 발견을 할 수 있는 좋은 기회이지요."

"언젠가 한번 시도해 봅시다."

스태플턴이 놀란 얼굴로 나를 보았다.

"부디 그런 생각은 하지 마십시오."

그가 말했다.

"당신이 죽으면 그 책임이 저에게 돌아올 것입니다. 저 늪지대에서 당신이 살아 돌아올 가망성은 조금도 없습니다. 제가 그렇게 할 수 있는 것은 어떤 복잡한 이정표를 기억하기 때문입니다."

"세상에! 저게 뭐죠?"

내가 소리쳤다. 형언할 수 없을 만큼 구슬프게 들리는 길고 낮은 신음소리가 황야를 휩쓸고 대기를 가득 메웠다. 그러나 그 소리가 어디에서 들려오는지는 알 수 없었다. 분명치 않은 웅얼거림에서 으르렁거리는 굵은 소리로 커졌다가 다시 한번 고동치는 듯한 낮은 소리가 되었다. 스태플턴은 얼굴에 야릇한 표정을 지으며 나를 보았다.

"황야는 정말 이상한 곳입니다!"

그가 말했다.

"하지만 저게 뭘까요?"

"농부들은 저것을 배스커빌의 사냥개가 먹이를 부르는 소리라고 말합니다. 전에 한두 번 들어본 적은 있지만 이렇게 큰 소리는 들어보지 못했습니다."

나는 두려움에 온몸이 오싹해져서 푸른 골풀이 점점이 흩어져 있는 거대한 광야를 둘러보았다. 뒤에 있는 바위산에서 갈까마귀 한 쌍이 큰 소리로 까옥거릴 뿐 광야에는 이제 어떤 동요도 일지 않았다.

"당신은 교육받은 사람이시니 그런 말도 안 되는 소리를 믿지는 않겠지요? 저런 이상한 소리의 원인이 뭐라고 생각합니까?"

내가 물었다.

"늪은 가끔 이상한 소리를 냅니다. 진흙이 침전되거나 물이 솟아오르는 것과 같은 그런 소리들이죠."

"아뇨, 아닙니다. 저건 살아 있는 무언가의 소리입니다."

"글쎄요, 그랬을지도 모르죠. 알락해오라기가 우는 걸 들어보신 적이 있습니까?"

"없습니다."

"그 새는 아주 희귀합니다. 실제로 지금 영국에서는 멸종됐을 수도 있겠지만, 황야에서는 뭐든지 가능하니까요. 우리가 들은 것이 마지막으로 남은 알락해오라기의 울음소리였다고 해도 그다지 놀라운 일은 아닙니다."

"그것은 평생 처음 들어본 섬뜩하고도 이상한 소리입니다."

"예, 여긴 전반적으로 좀 섬뜩한 곳이긴 합니다. 저기 산허리가 보이시죠? 저것들에 대해 어떻게 생각합니까?"

가파른 비탈 전체에 고리 모양의 회색 돌들이 최소한 20개 정도 덮여 있었다.

"저것들이 뭡니까? 양 우리인가요?"

"아닙니다. 저것들은 위대한 우리 조상들의 집이었습니다. 선사 시대 사람들은 이 황야에 모여 살았습니다. 하지만 그 이후로 아무도 저곳에 살지 않았기 때문에 모든 것이 조상들이 남겨 둔 그대로 있습니다. 저것들은 지붕이 떨어져 나간 오두막입니다. 안에 들어가 보시면 그들이 쓰던 난로와 침대도 볼 수도 있습니다."

"도시나 마찬가지였군요. 언제 사람이 살았었나요?"

"정확한 연대는 추정할 수 없지만, 신석기 시대였습니다."

"그들은 어떻게 살았습니까?"

"이 산비탈에서 소를 방목하고 청동 칼이 돌도끼를 대체하기 시작했을 때 주석을 캐낼 줄 알았습니다. 반대편 언덕에 있는 저 큰 도랑을 보세요. 저것이 신석기인이 남긴 흔적입니다. 당신은 황야에서 몇 가지 아주 보기 드문 점을 발견하게 될 것입니다. 아, 잠깐 실례! 저건 틀림없이 사이클로피데스입니다."

조그만 파린지 나방인지가 길을 가로질러 날아가자 스태플턴이 굉장한 힘과 속도로 그것을 쫓아 마구 달려갔다. 놀랍게도 그것이 늪 쪽으로 곧장 날아갔지만 스태플턴은 멈추지 않고 그것을 뒤따라 덤불에서 덤불로 뛰어다녔다. 그의 녹색 포충망이 공중에서 파도치고 있었고, 회색 옷과 지그재그로 홱홱 움직이는 불안정한 거동은 마치 커다란 나방처럼 보였다. 나는 그의 민첩한 움직임에 대한 감탄과 늪에서 발을 헛디뎌 재난을 당하면 어쩌나 하는 염려가 뒤섞인 채 지켜볼 수밖에 없었다. 그 순간 나는 발소리를 들었다. 뒤를 돌아서자 한 여자가 이곳으로 다가오고 있었다. 여자가 온 방향은 깃털 모양의 연기가 피어오르는 메리핏 하우스였고, 움푹 들어간 황야에 가려져 여자가 가까이 다가올 때까지 보이지 않았었다.

여자는 미스 스태플턴이 틀림없었다. 왜냐하면 황야에서는 이렇게 아름다운 여자가 거의 없기 때문이다. 그리고 누군가 미스 스태플턴이 굉장한 미인이라고 말했던 것이 생각났다. 내게 다가오고 있는 여자는 아주 보기 드문 미인이었다. 오빠와 여동생 사이가 이보다 더 대조적일 수는 없었다. 스태플턴이 보통 피부색에 옅은 색깔의 머리카락과 회색 눈을 가졌다면 그녀는 검은 피부에 키가 크고 호리호리하며 우아했다. 윤곽이 뚜렷한 도도한 얼굴은 너무나 완벽해서 섬세

SP

한 입술과 검고 열정적인 아름다운 눈이 없었더라면 냉정해 보였을 것이다. 완벽한 외모와 우아한 드레스로 인해 그녀는 진정 외딴 황야에 나타난 미지의 환영 같았다. 내가 돌아봤을 때, 그녀의 눈은 오빠에게 가 있었지만 재빠른 걸음으로 나에게 다가왔다. 내가 모자를 들어 가벼운 인사를 건네려 할 때, 그녀의 엉뚱한 말에 나는 할 말을 잃었다.

"돌아가세요!"

그녀가 말했다.

"런던으로 곧장 돌아가세요."

나는 놀라서 멍청하게 그녀를 바라보기만 했다. 그녀는 활활 타오르는 눈으로 나를 보면서 초조하다는 듯이 발을 구르기까지 했다.

"내가 왜 돌아가야 하지요?"

"설명할 수 없어요."

최대한 낮은 목소리에 힘주어 말했는데 그녀의 말투는 혀 짧은 소리가 섞여 있었다.

"부디 제가 말씀드린 대로 하세요. 런던에 돌아가셔서 결코 다시는 황야에 발을 들여놓지 마세요."

"하지만 나는 이제 막 왔습니다."

"아니, 이런!"

그녀가 외쳤다.

"이 경고가 자신을 위한 것임을 왜 모르시나요? 제발 런던으로 돌아가세요! 곧장 오늘 밤에 출발하세요! 어떻게 해서든지 여기에서 도망쳐야 해요! 쉿, 오빠가 오고 있네요. 제가 말씀드린 것에 대해서는 아무런 말씀도 하지 마세요. 저기 있는 쇠뜨기말 사이에서 난초를 꺾어 주실래요? 황야에는 난초가 많이 있어요. 물론 그 아름다움을 감상하기에 다소 늦기는 했지만."

스태플턴은 쫓기를 그만두고 벌겋게 달아오른 얼굴로 숨을 몰아쉬며 돌아왔다.

"안녕, 베릴!"

왠지 스태플턴이 동생에게 인사하는 어조가 내게는 그리 상냥하게 들리지 않았다.

"오빠. 얼굴이 너무 빨개요."

"그래, 사이클로피데스를 쫓고 있었거든. 그놈은 아주 희귀해서 늦은 가을에는 좀처럼 찾아보기 힘들단 말이야. 그놈을 놓치다니 안타까워!"

스태플턴은 태연하게 말했지만, 그의 빛나는 작은 눈이 그녀와 나를 번갈아 가며 쉴 새 없이 쳐다보고 있었다.

"서로 소개를 했나 본데."

"예. 헨리 경에게 황야의 진정한 아름다움을 감상하기에 다소 늦은 감이 있다고 말씀드리던 참이에요."

"이런, 이분을 누구라고 생각하지?"

"헨리 배스커빌 경이 아니신가요?"

"아, 아닙니다."

내가 말했다.

"초라한 평민일 뿐이지만, 그의 친구이긴 하죠. 내 이름은 왓슨입니다."

놀란 듯한 여자의 얼굴이 잠시 붉어졌다.

"서로 어긋난 얘기를 하고 있었군요."

그녀가 말했다.

"아니, 얘기할 시간이 그리 많지 않았을 텐데."

그녀의 오빠가 여전히 미심쩍은 눈길로 말했다.

"왓슨 씨를 손님이 아니라 거주자로 생각하고 말했어요."

그녀가 말했다.

"당신에게는 난초들을 구경하시기에 늦은 시간이든 이른 시간이든 별로 문제가 되지 않겠네요. 메리핏 하우스로 오는 길인가요?"

조금 걸으니 황량한 황야 가운데 자리 잡고 있는 메리핏 하우스에 당도했다. 옛날 번창하던 시절에는 어떤 목축업자의 농장이었지만 지금은 현대식 주택으로 개조되어 있었다. 그 집은 과수원에 둘러싸여 있었는데 황야에서 대체로 그렇듯이 그 나무들은 발육이 멎어 시들어 있었다. 그 때문에 집 전체가 초라하고 우울하게 보였다. 우리는 쪼글쪼글하고 냄새가 고약한 늙은 하인의 안내를 받아 들어갔다. 그가 집을 관리하고 있는 것 같았다. 집안에는 여자의 고상한 취미를 한눈에 보여 주는 우아한 가구가 갖추어져 있었다. 창을 통해 화강암

이 점점이 박힌 끝없는 황야가 저 멀리 지평선까지 기복을 이루며 이어져 있는 것이 보였다. 나는 이토록 교육을 많이 받은 남매가 거친 황야에 사는 이유가 무엇인지 알 수 없었다.

"이런 곳에서 사는 것이 이상하죠?"

내 생각에 대답이라도 하듯 스태플턴이 말했다.

"그렇지만 우리는 그럭저럭 행복하게 잘 살아가고 있습니다. 그렇지, 베릴?"

"아주 행복해요."

시큰둥한 여자의 말에는 확신이 담겨 있지 않았다.

"저는 학교를 운영했었습니다."

스태플턴이 말했다.

"학교는 북부 지방에 있었지요. 하지만 나와 같은 기질의 사람에게 그런 일은 단조롭고 재미없는 것이었습니다. 그러나 젊은이들과 함께 생활하면서 그들의 미숙한 정신을 성숙하게 만들고, 젊은 영혼에게 야망을 심어 줄 수 있는 특권은 제게 아주 소중한 것이었습니다. 그러나 운명의 여신은 우리 편이 아니었습니다. 심각한 전염병이 학교에서 발생해 학생 세 명이 죽었답니다. 그 충격에 학교는 명예와 재산을 잃고 회복할 수 없는 지경에 이르게 되었습니다. 소년들과의 아름다운 우정을 상실하지만 않았다면 저는 제 자신의 불행을 오히려 기뻐했을지도 모릅니다. 왜냐하면 저는 식물과 동물을 좋아하는데 여기에서는 연구할 수 있는 것들을 무궁무진하게 찾을 수 있었기 때문입니다. 게다가 제 동생도 저처럼 자연에 빠져 있습니다. 왓슨 씨, 창을 통해 황야를 살필 때 당신의 표정은 제가 말씀드린 이런 일들을 궁금해 하고 계셨습니다. 제 말이 맞지요?"

"그런 생각이 스쳤던 것은 틀림없는 사실입니다. 이곳은 선생에게는 흥미로울지 몰라도 미스 스태플턴에게는 지루할 것 같군요."

"아뇨, 난 절대로 지루하지 않아요."

그녀가 재빨리 말했다.

"우리에게는 책이 있는 서재가 있으며 재미있는 이웃들이 있습니다. 모티머 선생은 자신의 연구 분야에서 가장 박식한 사람이고, 가엾은 찰스 경 또한 훌륭한 분이었습니다. 저희 남매는 그분을 잘 알고 있었고 뭐라 말할 수 없을 정도로 그분이 그립습니다. 제가 오늘 오후에 배스커빌 저택에 방문해서 헨리 경과 인사를 나누어도 괜찮을까요?"

"헨리 경은 분명 기뻐할 것입니다."

"그러면 당신이 제가 찾아뵙겠다고 전해 주십시오. 우리는 헨리 경이 새로운 환경에 익숙해질 때까지 뭔가 도와주고 싶습니다. 왓슨 씨, 2층으로 가셔서 제가 수집한 나비 표본을 살펴보시겠습니까? 이것은 영국 남서부 지역에서 가장 완벽한 표본일 겁니다. 그것들을 충분히 다 살펴보실 때쯤 점심 준비가 거의 다 될 것 같군요."

하지만 나는 내가 맡은 임무로 빨리 돌아가고 싶었다. 황야의 우울함, 불운한 조랑말의 죽음, 배스커빌의 불길한 전설을 연상케 하는 섬뜩한 소리, 이 모든 것들이 내 생각을 비애에 젖게 했다. 다소 모호한 이러한 인상들의 정점에서 미스 스태플턴의 단호하고 분명한 경고가 마치 사실을 말하는 것처럼 느껴졌다. 그리고 그 배후에 어떤 심각하고 불길한 무언가가 있을 거라는 걸 확신했다. 나는 점심을 먹고 가라는 스태플턴의 권유를 뿌리치고 곧장 왔던 길로 돌아가기 시작했다. 그러나 어딘가 지름길이 있었던 모양인지 몰라도, 내가 갈림길에 당도했을 때 한쪽 길옆 바위 위에 미스 스태플턴이 앉아 있었다. 전력을 다해 뛰어왔는지 얼굴은 홍조를 띄어 더욱 아름다웠고, 손은 옆구리에 대고 있었다.

"당신을 만나려고 내내 달려왔답니다."

그녀가 말했다.

"모자를 쓸 시간도 없었어요. 빨리 가 봐야 해요. 그렇지 않으면 오빠가 저를 찾을지도 모르니까요. 당신을 헨리 경으로 잘못 안 저의 어리석은 실수를 용서해 주세요. 제발 아까 제가 한 말에 신경 쓰지 마세요. 당신과는 전혀 상관없는 얘기니까요."

"그렇지만 그 말은 잊을 수 없습니다. 미스 스태플턴."

내가 말했다.

"나는 헨리 경의 친구이고 그의 안위는 저에게 중요합니다. 헨리 경이 런던으로 돌아가야 한다는 데 그렇게 집착하는 이유를 말해 주십시오."

"왓슨 씨, 그건 여자의 변덕일 뿐입니다. 저를 좀더 잘 알게 되시면 제가 말하거나 행동하는 것이 항상 무슨 이유가 있는 것은 아니라는 걸 아실 거예요."

"아, 아닙니다. 나는 당신의 떨리는 목소리를 분명히 기억합니다. 또 당신의 눈빛을 잘 기억하고 있습니다. 미스 스태플턴, 솔직히 말해 주십시오. 내가 여기 온 이후로 내 주위에 온통 어둠의 그림자가 있다는 것을 절실히 느끼고 있습니다. 이곳은 도처에 푸른 풀밭이 끝도 없이 펼쳐져 있고, 아무런 표시도 없이 언제든 사람의 발목을 잡아당기는 저 거대한 그림펜 늪과 같다는 생각이 들었습니다. 그러니 미스 스태플턴, 당신이 한 얘기가 무슨 뜻인지 말해 주시오. 그러면 내가 헨리 경에게 당신의 경고를 전달하겠다고 약속하겠습니다."

잠시 미스 스태플턴의 얼굴에 어쩔 줄 몰라 하는 표정이 스쳤지만 그녀는 다시 냉정한 얼굴로 돌아왔다.

"왓슨 씨, 너무 심각하게 받아들이시는 것 같군요."

그녀가 말했다.

"오빠와 저는 찰스 경과 아주 친밀했기 때문에, 그분의 죽음에 몹시 충격을 받았습니다. 찰스 경은 자신의 집안에 내린 저주에 대해 무척이나 마음을 졸이고 있었지요. 그리고 그런 비극이 일어났을 때, 저는 그분이 느꼈던 공포에 틀림없이 어떤 근거가 있을 거라고 생각했습니다. 그래서 다른 배스커빌 상속자가 내려온다고 할 때 매우 괴로웠던 것도 다 그 때문이었지요. 전 그분이 겪게 될 위험에 대해 경고해야 한다고 결심했습니다. 그래서 제가 그런 말씀을 드리게 된 것입니다."

"그러나 그 위험이란 게 뭡니까?"

"배스커빌 가의 이야기를 아시나요?"

"나는 그런 말도 안 되는 소리를 믿지 않습니다."

"저는 믿어요. 만약 헨리 경을 여기서 떠나게 할 수 있다면 그분의 가문에 치명적인 악영향이 미친 이곳에서 어서 빨리 데려가세요. 세상은 넓어요. 그분이 왜 위험한 곳에서 살기를 바라는 거지요?"

"왜냐하면 위험한 곳이기 때문입니다. 그것이 헨리 경의 천성이오. 그것보다 더 명확한 정보를 주진 않는 한 그를 떠나게 할 수 없을 것입니다."

"저는 명확한 얘기를 할 수 없어요. 자세히 알지 못하기 때문이에요."

"미스 스태플턴, 한 가지만 더 물어보겠습니다. 그 정도의 얘기였다면 당신 오빠가 듣는 걸 원치 않은 이유가 무엇입니까? 오빠나 다른 사람이 반대할 만한 것이 없는데 말입니다."

"오빠는 그 저택에 사람이 살기를 무척 바라고 있어요. 그것이 황야에 사는 가난한 사람들을 위하는 길이라고 생각하고 있지요. 제가 헨리 경이 황야를 떠날 수 있는 어떤 얘기를 했다는 것을 알면 몹시 화낼 거예요. 이제 제가 할 일은 다 했으니 더 이상 얘기하지 않겠어요. 지금 돌아가지 않으면 오빠가 제가 없는 것을 알고 당신을 만나고 있다고 의심할 거예요. 안녕히 가세요."

그녀는 몇 분 안 되어 표석들이 흩어져 있는 사이로 사라졌다. 왠지 모르게 내 영혼은 알 수 없는 두려움으로 가득 찼고, 배스커빌 저택으로 가는 걸음을 재촉해야 했다.

8
왓슨의 첫 번째 보고서

여기서부터는 셜록 홈즈에게 보낸 내 편지를 옮김으로써 사건이 진행된 순서를 전개해 나갈 것이다. 한 장을 분실한 것 말고는 이 편지에 적혀 있는 그대로 당시의 비극적 사건을 표현하겠다. 물론 그 순간의 내 느낌과 의심은 지금도 생생하지만 말이다.

10월 13일 배스커빌 저택에서

홈즈에게

내가 이전에 보낸 편지와 전보를 통해서, 자네는 이 세상에서 가장 황폐하고 버림받은 구석에서 일어난 모든 일들에 대해 잘 알고 있을 것이네. 여기에 오래 머물면 머물수록, 황야의 광대하고 불길한 마법의 영이 사람의 영혼 속으로 더 많이 스며들게 되네. 일단 그 품으로 나아가게 되면 현대 영국의 모든 자취를 뒤로하고, 도처에서 신석기인들의 집과 그들이 만들어 놓은 여러 가지 것들을 보게 될 것이네. 또 걸어 다니는 모든 곳에 잊혀진 신석기인들이 지낸 집이 있고 무덤과 사원의 경계를 나타내는 거대한 비석도 있네. 자국이 남겨진 산비탈을 배경으로 돌로 만든 그들의 회색 오두막을 보게 되면 누구든 자신이 살고 있는 시대를 잊게 될 것이네. 동물의 가죽을 걸친 털북숭이 인간이 활시위에 부싯돌 화살촉을 단 활을 장전하고 그 나지막한 문 안에서 기어 나오기라도 한다면 자네는 그의 존재를 자네 자신의 존재보다 더 자연스럽게 느끼게 될 것이네. 이상한 것은 그들이 척박한 땅이었을 이곳에서 그토록 오래 살았다는 것일세. 나는 선사 시대 연구가는 아니지만 그들은 어느 누구도 차지하지 않았던 이곳을 받아들일 수밖에 없었던 약한 종족이었을 것이라는 생각이 드네.

이 모든 것은 자네가 나를 보낸 임무와 무관한 것으로 자네처럼 실제적인 정신의 소유자에게 전혀 흥미가 없는 일일 것일세. 나는 지금도 해가 지구 주위를 도는지 지구가 태양 주위를 도는지에 대한 자네의 철저한 무관심을 아직도 기억하고 있다네. 자, 이제는 헨리 배스커빌 경에 관한 이야기로 돌아가겠네.

자네가 지난 며칠 동안 아무 소식도 받지 못한 것은 바로 오늘까지 화젯거리가 될 만한 중요한 일이 없었기 때문이지. 그런데 아주 놀라운 상황이 벌어졌네. 그 이야기는 좀 있다가 적기로 하고, 먼저 그 상황에 관련된 몇 가지 다른 사실들을 자네에게 알려야겠네.

우선 황야로 도망친 죄수에 관한 얘기를 하지. 그 죄수가 멀리 도망쳤다는 것을 증명하는 설득력 있는 이유들이 나돌고 있어서 이 지역의 주민들은 커다란 안도감을 갖고 있네. 무슨 말인가 하면, 죄수가 탈옥한 지 2주가 지났는데 그동안 그를 봤다거나 하는 얘기가 전혀 없다는 것이 그 이유 중 하나일세. 또 황야에서 그렇게 오래 버틴다는 것은 상상도 할 수 없는 일이지. 은신처에 대해서는 물론 전혀 문제가 없네. 이 돌집 중 하나에 숨으면 될 테니 말일세. 하지만 그가 황야의 양을 잡아먹지 않는 한 먹을 것은 전혀 없네. 그래서 우리는 죄수가 멀리 떠났을 것으로 생각했고, 그 결과 주민들은 편히 잠을 자게 되었다네.

여기 배스커빌 저택에는 건장한 남자가 넷이나 있어서 우리들은 아무 걱정이 없네. 그렇지만 스태플턴 남매만 생각하면 마음이 편치 않다는 것은 인정해야 할 것 같군. 그 집은 도움을 받기에는 너무 멀리 떨어져 있고, 하녀 한 명과 늙은 하인뿐인데 스태플턴은 그리 힘이 센 사람이 아니라네. 만약 그 죄수가 침입하기만 한다면 스태플턴 남매는 극악무도한 노팅 힐 범죄자에게 도저히 당해 낼 도리가 없을 걸세. 헨리 경은 그들의 처지를 걱정하여 마부 퍼킨스를 그곳에 보내려고도 했지만, 스태플턴은 고집스럽게도 말을 들으려 하지 않았네.

우리의 친구 헨리 경이 아름다운 이웃 아가씨에게 상당한 관심을 보이기 시작했다네. 그처럼 활동적인 사람이 한적한 이곳에서 사는 것이 쉽지 않은 데다, 그녀는 매력적이고 아름다운 여인일세. 그녀에게는 열정적이고 이국적인 뭔가가 있어서 냉정하고 감정에 좌우되지 않는 오빠와 기이한 대조를 이루고 있지. 하지만 스태플턴에게도 감춰져 있는 열정이 있다는 생각이 드네. 스태플턴은 여동생에게 상당한 영향력을 가지고 있음이 분명하거든. 왜냐하면 이야기를 나눌 때면 미스 스태플턴은 동의라도 구하는 것처럼 끊임없이 오빠를 곁눈질하는 것을 자주 보았기 때문이지. 스태플턴의 눈에 어려 있는 냉정한 광채와 단호하게 다문 얇은 입술이 그가 냉정하고 거친 성격의 소유자일지도 모른다는 것을 말해 준다네. 여기에 이의를 제기할 사람은 아무도 없을 걸세. 그가 흥미 있는 연구 대상이란 건 자네도 알 수 있을 거야.

스태플턴은 첫날 배스커빌 저택을 방문하러 왔네. 그리고 바로 다음 날 아침에는 사악한 휴고 전설의 기원지라고 하는 장소에 우리 둘을 데려가 주었어. 황야를 가로질러 좀 멀리 걸어야 하는 곳이었는데 너무 음산해서 그런 이야기를 연상시킬 만도 하더군. 울퉁불퉁한 바위산 사이에 짧은 계곡이 있었고, 그 계곡은 흰 목화밭이 우거진 넓은 장소와 통해 있었네. 그 중앙에는 꼭대기가 닳아서 뾰족해진 커다란 돌 두 개가 솟아 있었는데, 마치 괴물 같은 짐승의 커다란 송곳니가 부식하고 있는 것처럼 보였지. 그것은 모든 면에서 옛날의 비극과 일치하고 있었네. 헨리 경은 상당히 흥미를 보이면서 스태플턴에게 정말로 인간의 일에 초자연적 존재가 개입할 가능성이 있다고 믿는

S.P

지 여러 번 물었네. 스태플턴은 가볍게 말했지만 마음속으로는 전혀 다르게 생각하고 있다는 것이 분명히 드러나 보였지. 그리고 스태플턴의 대답도 신중했지만 준남작의 기분을 고려해 자신의 의견을 솔직하게 말하지 않았다는 것도 난 알 수 있었네. 그는 우리에게 악마적 존재 때문에 고통을 당했던 가문의 유사 사건들에 대해 말해 줬네. 그런 것을 보면 스태플턴은 이 사건에 대한 주민들의 생각에 동조하고 있다는 인상이네.

집으로 돌아가는 길에 우리는 메리핏 하우스에 들러 점심을 먹었는데 그곳에서 헨리 경은 처음으로 미스 스태플턴을 알게 되었지. 우리의 친구 헨리 경은 그녀를 처음 본 순간 강하게 이끌린 것 같았네. 헨리 경은 배스커빌 저택으로 가는 길에 몇 번씩 그녀 얘기를 했고, 그때 이후로 우리는 하루도 거르지 않고 그 남매를 만났네. 오늘 밤은 스태플턴 남매가 이곳 배스커빌 저택에서 저녁 식사를 했고, 다음 주에는 우리가 메리핏 하우스로 가겠다는 식의 이야기가 오가고 있다네. 사람들은 그런 결합을 스태플턴이 환영할 거라고 생각하겠지. 하지만 헨리 경이 그의 누이에게 관심을 보이고 있을 때면, 스태플턴의 얼굴에 불쾌한 표정이 스쳐 가는 것을 나는 여러 번 보았네. 스태플턴이 여동생을 몹시 사랑하고 있으며, 그녀가 없으면 외롭게 살아야 한다는 것은 틀림없는 사실이네. 그래도 미스 스태플턴이 그렇게 멋진 상대와 결혼하는 데 반대한다면, 그는 지나치게 이기적인 사람일 걸세. 아무튼 나는 스태플턴이 그들의 만남이 사랑으로 커 가는 것을 원치 않다는 걸 확신할 수 있다네. 왜냐하면 그가 헨리 경과 미스 스태플턴이 단둘이 얘기하는 것을 막으려고 애쓰는 걸 여러 번 목격했기 때문이지. 그렇잖아도 지금 상황이 곤란한데 그들의 연애가 보태진다면, 헨리 경을 혼자서 나가지 못하도록 하라는 자네의 지시를 지키기란 아주 힘들어질 걸세. 내가 자네의 명령대로 헨리 경의 일거수일투족을 감시한다면 그는 곧 나를 싫어하게 될 게야.

지난 목요일에는 모티머 의사가 우리와 점심식사를 했네. 모티머 의사는 롱다운에서 고분을 발굴하고 있는데, 선사 시대의 두개골을 찾아내게 되어 무척이나 기뻐하고 있네. 그 사람처럼 한 가지 일에 몰두하는 사람도 없을 거야. 나중에 스태플턴 남매가 왔는데 그 마음씨 좋은 의사는 우리를 상록수 오솔길로 데려가서 헨리 경의 요구대로 그 숙명적인 밤에 일어났던 일을 정확히 알려 주었네. 길 양쪽에 좁은 잔디밭이 있고 깎아 다듬은 생울타리가 높이 쳐져 있는 상록수 오솔길은 길고 음산했었지. 길의 맨 끝에는 낡아서 곧 쓰러질 듯한 여름별장이 있고 길 중간쯤에는 찰스 경이 담뱃재를 남겼던 황야로 가는 문이 있네. 그것은 빗장이 있는 흰색 나무문이었어. 그 문 너머로 드넓은 황야가 펼쳐져 있더군. 나는 이 사건에 대한 자네의 가정을 기억해 내면서 그때 일을 머릿속으로 그려보았다네.

'찰스 경이 그곳에 서 있을 때 황야를 가로질러 뭔가가 그에게 오고 있는 것을 보았다. 찰스 경은 그 존재 때문에 너무도 겁에 질려 제정신을 잃었고 극도의 공포심으로 기진맥진하여 죽을 때까지 달리고

또 달렸다.'

찰스 경이 도망쳤던 길고 음울한 터널을 보았다네. 그는 무엇으로부터 좇겼던 것일까? 황야의 양치기 개였을까? 아니면 유령처럼 불길하고 소름끼치는 침묵의 사냥개였을까? 이 사건에 인간이 개입되어 있을까? 창백하고 경계하는 듯한 배리모어는 자신이 진술했던 것보다 더 많은 것을 알고 있을까? 분명한 것은 하나도 없지만 항상 배후에는 범죄의 검은 그림자가 있지.

지난번에 내가 편지를 쓴 이후로 만난 다른 이웃이 하나 있네. 그 사람은 래프터 저택의 프랭클랜드 씨네. 그는 우리가 있는 곳에서 남쪽으로 4마일 정도 떨어진 곳에서 살고 있네. 프랭클랜드 씨는 백발의 노인으로, 붉은 얼굴을 하고 있는데 화를 잘 내는 사람이지. 그가 제일 좋아하는 것은 영국의 법이고, 소송을 하는데 많은 재산을 쓰고 있네. 아마 그는 싸움을 즐기는 타입일지도 모르지. 그래서 프랭클랜드 씨는 언제라도 어떤 문제에 대한 반론을 제기할 준비가 되어 있네. 그도 그것이 값비싼 오락이라는 것은 분명 알고 있겠지. 어떤 때는 마음대로 길을 막더니 군 당국과 통행권을 놓고 싸우기까지 했다네. 또 어떤 때는 직접 남의 집 문을 부수더니 소유자가 그를 불법침해로 고소하는 것을 즐기는 기이한 사람이더군. 그는 옛 장원제도의 공민권과 자치단체의 공민권에 대해 조예가 깊은데, 때로는 마을 사람들을 위해 그의 지식을 사용할 때도 있더군. 그 결과 프랭클랜드 씨는 주기적으로 자신의 최근 공과에 따라 월계관을 쓰고 의기양양하게 마을 거리로 나서기도 하고, 그의 형상을 본떠 만든 인형을 불태우기도 한다네. 그는 지금 7개의 소송에 손을 대고 있는데, 그것 때문에 나머지 재산을 다 탕진하고 나면 그는 이빨 뽑힌 호랑이처럼 앞으로 힘을 쓸 수 없을 거라네. 법 문제를 제외하면 그는 친절하고 마음씨 좋은 사람인 듯한데 말이야. 내가 그의 얘기를 하는 것은 자네가 우리 주변 인물에 대해 알려 달라고 했기 때문이라네. 프랭클랜드 씨에 관한 또 한 가지 소식을 알려 주지. 지금 프랭클랜드 씨는 어떤 일에 완전히 심취해 있다네. 다름이 아니라 아마추어 천문학자인 그는 아주 좋은 망원경을 가지고 있는데, 그것을 자신의 집 지붕 위에 설치하고는 탈옥수를 찾으려고 하루 종일 황야를 둘러보는 거지. 그러나 그가 모티머 의사가 근친의 동의 없이 무덤을 파헤친 것에 대해 소송을 내려고 한다는 소문이 있네. 내가 전에도 언급했지만 모티머 선생은 롱다운의 고분에서 신석기 시대의 두개골을 파낸 적이 있었다네. 어쨌거나 프랭클랜드 씨는 우리의 삶이 지루하지 않도록 도와주고 있는 셈이야. 이런 따분한 곳에서는 그런 사람이 한둘 필요하긴 하지. 그렇지 않나?

이제 탈옥수와 스태플턴 남매, 모티머 의사, 래프터 저택의 프랭클랜드 씨에 대한 최근 소식을 전했으니, 보다 중요한 일인 배리모어 부부와 어젯밤에 일어난 놀라운 일에 대한 얘기를 할까 하네.

우선 첫째로 자네가 런던에서 배리모어가 정말로 여기에 있는지 확인하려고 보냈던 전보에 대한 것이네. 나는 이미 우체국장의 증언으로 그 시험이 소용없었고 우리가 어떻게도 확인할 방법이 없다는 것을 이미 설명한 바 있지. 헨리 경에게 이 일에 대해 얘기하자 그는 즉시 직선적인 자신의 방식대로 배리모어를 불러서 전보를 직접 받았는지 물었고, 배리모어는 받았다고 대답했네.

"그 소년이 집사 손에 직접 전달했습니까?"

헨리 경이 물었네. 배리모어는 놀란 표정으로 잠시 생각하였네.

"아닙니다."

그가 말했네.

"저는 그때 다락방에 있었고, 아내가 전보를 가지고 올라왔습니다."

"직접 답장을 써서 보냈습니까?"

"아닙니다. 제가 아내에게 뭐라고 답장을 쓸지 말해 줬고 아내가 대신 답장을 보냈습니다."

그런데 저녁에 배리모어는 자발적으로 그 일을 다시 끄집어냈네.

"주인님, 저는 오늘 아침 주인님께서 하신 질문의 의도를 전혀 이해할 수 없습니다."

배리모어가 말했네.

"그 질문이 제가 주인님의 신뢰를 잃을 짓을 했다는 것을 뜻하는 것은 아니라고 믿겠습니다."

헨리 경은 오히려 배리모어에게 그게 아니라고 해명하느라 진땀을 흘렸지. 그리고는 배리모어에게 자신의 낡은 옷까지 주었다네.

배리모어 부인은 상당히 흥미로운 인물일세. 그녀는 몸집이 크고 단정하며, 고지식한 청교도적 성격이지. 자네는 그녀보다 더 감정을 나타내지 않는 사람을 찾아보기 힘들 것이네. 여기 온 첫날밤 그녀가 비통하게 흐느껴 운 소리를 들었던 일은 자네에게도 얘기했지만, 그 날 이후로 나는 그녀의 얼굴에 눈물 자국이 있는 것을 여러 번 보았네. 뭔가 깊은 슬픔이 그녀의 마음을 괴롭히고 있는 게 분명했어. 어떤 때는 그녀 자신을 괴롭히는 죄스런 기억이 있는가 싶었고, 또 어떤 때는 배리모어가 부인에게 독선적으로 구는 게 아닌가 하는 의심이 들기도 했다네. 나는 항상 배리모어의 성격에는 특이하고 의심스러운 어떤 것이 있다고 느꼈는데, 어젯밤의 그 사건은 내 모든 의심을 확인시켜 줬다네.

그렇지만 그 자체로는 대수롭지 않은 일일 수도 있네. 자네도 알다시피 난 잠을 깊이 자지 못하잖나. 더구나 이 집에서는 경계심을 바짝 세우고 있기 때문인지 몰라도 더 잠을 못자고 있다네. 어젯밤, 새벽 두 시경에 내 방을 지나는 조심스런 발소리에 잠이 깨어 자리에서 일어나 문을 열고 밖을 내다보았네. 검은 그림자가 복도에 길게 드리워져 있었는데 그것은 손에 촛불을 들고 살며시 통로를 내려가는 남자의 그림자였네. 그는 셔츠와 바지 차림에 맨발이었고, 윤곽만 볼 수 있었지만 키로 볼 때 배리모어라는 것을 알 수 있었어. 그는 아주 천천히 조심스럽게 걸었네. 그의 모습 전체에서 뭐라 말할 수 없는 떳떳치 못한 속임수가 느껴졌지. 앞서 말했던 것처럼, 복도는 홀을 빙 둘러 나 있는 발코니에 의해 차단되어 있고 반대편에서 다시 시작되지. 나는 그가 시야에서 사라질 때까지 기다렸다가 뒤따라갔네. 내가 발코니를 돌아 나왔을 때, 그는 건너편 복도 끝에 도착해 있었네. 나

SP

는 희미한 불빛 속에서 열린 문을 통해 그가 많은 방들 중 하나로 들어가는 것을 보았네. 그곳은 가구가 갖추어져 있지 않은 빈 방이었기 때문에 배리모어의 행동은 충분히 의심이 가고도 남았네. 문틈으로 새 나오는 불빛이 흔들리지 않는 것을 보아 그는 꼼짝 않고 서 있는 것 같았네. 나는 최대한 소리를 내지 않고 통로를 기어 내려가 문 귀퉁이로 엿보았다네.

배리모어는 촛불을 유리창에 기댄 채 몸을 쭈그리고 있었네. 그의 옆얼굴이 반쯤 내게로 향하고 있었는데 칠흑 같은 황야를 응시할 때 그의 얼굴은 딱딱하게 굳어 있는 것 같았네. 몇 분 동안 그는 하염없이 바라보고 서 있다가 깊은 신음소리와 함께 성급하게 촛불을 꺼 버리더군. 나는 재빨리 내 방으로 돌아왔고 귀를 기울여 돌아가는 배리모어의 조심스런 발소리를 들었네. 한참 후에 내가 선잠이 들었을 때, 어딘가에서 자물쇠에 열쇠를 돌리는 소리가 들렸지만 어디에서 나는 소리인지는 정확히 알 수가 없었네.

이 모든 것이 무엇을 의미하는지 알 수 없었지만, 음산한 집에서 조만간 밝혀내야 할 비밀스런 일이 진행되고 있는 건 확신할 수 있네. 사실만을 전해 달라고 자네가 부탁했기에 내 사견으로 자네를 괴롭히진 않으려네. 나는 오늘 아침 헨리 경과 오랫동안 이야기를 했고, 어젯밤에 내가 목격한 것을 토대로 앞으로의 대책을 세웠네. 자네를 놀리는 건 아니지만 지금 당장은 그것에 대해 언급하지 않겠어. 그러나 다음 번 편지에서는 흥미진진하게 읽을 수 있을 것이네.

9
황야의 불빛
(왓슨의 두 번째 보고서)

10 월 15일, 배스커빌 저택에서

홈즈에게,

내가 여기에 내려 와서 자네에게 소식을 많이 전하지 못했다는 건 인정한다 해도, 자네는 내가 지금 헛되게 보낸 시간을 벌충하고 있다는 것을 인정해야 할 걸세. 지금에 와서야 사건들이 한꺼번에 터져 나오고 있거든. 지난번의 내 편지는 배리모어가 창가에 있었다는 이야기로 끝을 맺었었네. 내가 크게 잘못 알고 있는 것이 아니라면 자네를 놀라게 할 굉장한 소식이 있네. 이건 정말 나로서도 예상치 못한 사건이었지. 48시간도 지나지 않았는데 한편으로는 일이 훨씬 더 분명해졌고, 한편으로는 훨씬 더 복잡해졌네. 여하튼 자네에게 전부 얘기할 테니 스스로 판단하게.

다음 날, 난 아침 식사 전에 전날 밤 배리모어가 있었던 방을 살펴보았네. 서쪽으로 난 창을 통해 면밀히 살펴본 결과 한 가지 특이한 점을 발견할 수 있었어. 집에 있는 다른 창들과 달리 그 창에서는 황야를 아주 가깝게 살펴볼 수 있었네. 두 그루의 나무 사이에는 트인 구멍이 있었는데 그곳을 통해서 황야를 곧바로 내다 볼 수 있었고 그 외의 다른 창에서는 희미하게 보일 뿐이었지. 따라서 배리모어가 이 창문을 통해 황야에 있는 뭔가를 혹은 누군가를 내다보고 있었다는 결론을 내렸네. 하지만 어젯밤은 너무나 어두웠기 때문에 배리모어가 누군가를 볼 수 있었다고는 거의 생각할 수 없네. 혹시 어떤 사랑의 음모가 진행되고 있는 건 아닐까? 왜냐하면 최근 배리모어의 은밀한 행동과 부인의 불안한 행동을 보아선 그렇게 느껴지기도 하지. 게다가 배리모어의 인상적인 얼굴은 순진한 처녀의 마음을 훔치고도 남을 걸세. 그래서 이런 가정이 어느 정도 신빙성이 있어 보였네. 내가 선잠에서 들었던 문을 여는 소리는 그가 어떤 비밀스런 약속을 지키려고 나가는 거라고 생각을 했다네. 어쨌든 아침에 내 나름대로 상황 설정을 해보고 내가 혐의를 두었던 방향으로 추리했지만 그것들은 근거 없는 추측일 뿐이었다네.

하지만 배리모어의 그런 행동에 어떤 이유가 있든 간에 그것을 밝혀낼 수 있을 때까지 나 혼자만 알고 있는 것은 감당하기 힘든 일이었네. 그래서 아침 식사 후, 서재에서 준남작에게 내가 본 모든 것을 얘기했네. 그는 별로 놀라지 않더군.

"저도 배리모어가 밤에 배회한다는 것을 알고 있었습니다. 그래서 그것에 대해 당신에게 얘기할 작정이었습니다."

준남작이 말했지.

"당신이 말한 바로 그 시간쯤에 통로를 오가는 그의 발소리를 두세 번 들었습니다."

"그렇다면 밤마다 정기적으로 그 창문을 찾아가고 있는 거군요."

내가 넌지시 얘기했네.

"그럴지도 모르죠. 그렇다면 배리모어를 미행해서 그가 찾고 있는 것이 무엇인지 알아봅시다. 홈즈 씨가 여기 있었다면 어떻게 했을까요?"

"홈즈도 경이 제안한 그대로 배리모어를 뒤따라가서 무엇을 하는지 보았을 겁니다."

내가 말했네.

"그러면, 오늘 밤 행동개시를 하는 겁니다."

"하지만 배리모어가 눈치챌 게 뻔할 텐데요."

"왓슨 씨, 그 사람은 귀가 좀 어둡습니다. 어쨌거나 우리는 그런 위험은 감수해야 할 것입니다. 오늘 밤 제 방에서 배리모어가 지나갈 때까지 자지 말고 기다리기로 합시다."

헨리 경은 기뻐서 손뼉을 쳤는데, 이 사건이 황야에서의 다소 한적한 삶에 대한 탈출구가 될 거라고 생각했는지 대단히 환영하는 눈치였네. 준남작은 또 찰스 경에게 의뢰를 받았던 건축가, 런던에서 온 토건업자와 얘기중인데 곧 이곳에 커다란 변화가 있을 거라고 했네. 플리머스에서 온 실내장식가와 가구상도 있었지. 우리의 친구 헨리 경은 가문의 권위를 회복하기 위해 노고와 비용을 아끼지 않을 작정인가 보더군. 집을 새로 고치고 설비를 다시 갖추고 나면 그에게 필요한 것은 아름다운 아내일 걸세. 우리끼리 얘기지만, 그 여자가 원하기만 한다면 이것도 그리 어려운 것은 아닌데 말이야. 아마 이웃에 사는 아름다운 미스 스태플턴과 함께 있을 때보다 여성에게 빠져 있는 헨리 경은 본 적이 없을 걸세. 그러나 헨리 경의 참된 사랑의 경로는 순조롭지가 않고 험난했다네. 가령 오늘, 전혀 예상치 못한 일 때문에 우리의 친구 헨리 경은 상당히 곤혹스러워 했지.

앞에서 얘기한 배리모어에 대한 얘기를 마치고, 헨리 경이 모자를 쓰고 나갈 준비를 했네. 물론 나도 마찬가지였고.

"아니, 같이 가시게요, 왓슨 씨?"

그가 나를 이상하게 바라보며 물었네.

"그건 경이 황야로 갈지에 대한 여부에 달렸겠지요."

내가 말했네.

"예, 저는 황야로 갈 겁니다."

"참견하는 것 같아 미안합니다만, 경도 알다시피 홈즈가 당신을 혼자 있지 않도록 얼마나 내게 부탁했는지 알고 계시지요? 특히 황야는 더더욱 혼자 가시면 안 됩니다."

헨리 경은 빙그레 미소를 지으며 내 어깨에 손을 얹었네.

"왓슨 씨, 홈즈 씨가 아무리 지혜롭다 해도 황야에 온 이후로 제게 일어난 일들에 대해서는 미처 생각하지 못했어요. 당신은 무슨 뜻인지 아시겠지요? 저는 당신이 남의 흥을 깨뜨리는 분이 아니라 믿고, 이만 나가 보겠습니다."

그로 인해 나는 아주 껄끄러운 입장에 처하게 됐네. 그가 지팡이를 집어 들고 나가기 전까지 나는 무슨 말을 해야 할지, 어떻게 해야 할지 매우 난감했었지. 하지만 내 양심은 곧 그를 놓친 것에 대한 비난으로 가득 차고 말았어. 나는 런던으로 돌아가서 자네의 지시를 소홀히 했기 때문에 어떤 재난이 일어났다고 고백하게 된다면 어떨지에 대해서도 생각해봤네. 정말이지 그 생각을 하니까 나도 모르게 얼굴이 붉어지더군. 헨리 경을 따라가기에는 아직 늦지 않은 것 같아 나는 즉시 메리핏 하우스 방향으로 출발했네.

헨리 경이 어디 있는지 살피지도 않고 전속력으로 뛰어가다 보니 황야의 길이 갈라지는 지점에 도착하게 되었네. 아무래도 길을 잘못 든 것 같아 전망을 내려다 볼 수 있는 언덕으로 올라갔지. 그곳은 버려진 채석장이 있는 산이었어. 나는 곧 헨리 경을 발견했는데 그는 4분의 1마일 가량 떨어진 황야길 위에 있었고, 한 여자가 그의 옆에 있었지. 그 여인은 다름 아닌 미스 스태플턴이었네. 그들은 약속을 정하고 만난 것이 틀림없었어. 둘은 심각한 대화를 나누면서 천천히 걷고 있었는데, 미스 스태플턴이 진지하게 얘기하면서 손을 조금씩 빨리 움직이는 걸 보았네. 헨리 경은 아주 심각하게 듣고 있다가 강한 반대를 하듯 한두 번 머리를 크게 가로 저었어. 나는 바위틈에 서서 두 사람을 지켜보았지만 정작 무엇을 해야 할지 전혀 판단이 서지 않았다네. 뒤따라가 그들의 사적인 대화를 방해하는 것은 폭력이나 마찬가지일 것 같았네. 하지만 내 임무는 한시도 헨리 경에게 눈을 떼지 않는 것이 아닌가? 이렇게 친구를 몰래 감시하는 행동은 정말 하고 싶지 않았지만, 나중에 헨리 경에게 고백하는 것도 괜찮은 방법이라고 생각했네. 헨리 경에게 갑작스런 위험이 닥칠 때 그를 보호하기에는 내가 너무 먼 곳에 있었던 것이 사실이었지만, 자네도 내가 아주 곤란한 입장에 있었고 다른 뾰족한 방법도 없었다는 데 동의할 걸세.

우리의 친구인 헨리 경과 스태플턴 양이 길에서 멈춰 서서 대화에 깊이 빠져 있을 때, 그들의 만남을 지켜보고 있는 것이 나만이 아니라는 것을 깨닫게 됐네. 왜냐하면 공중에서 떠다니는 녹색이 내 시야에 들어왔기 때문이야. 다시 보니 그것은 울퉁불퉁한 땅 사이에서 막대기가 움직이는 거였다네. 막대기의 주인은 포충망을 가지고 있는 스태플턴이었네. 그는 나보다 두 남녀에게 훨씬 더 가까이 있었고, 황급히 두 남녀 쪽으로 달려가더군. 이 순간에 헨리 경이 갑자기 그녀를 끌어안으려 했지만, 미스 스태플턴은 그를 외면하고 밀어냈네. 다시 헨리 경이 그녀를 향해 고개를 숙였지만 그녀는 저항하는 것처럼 한 손을 들었네. 다음 순간 나는 두 남녀가 화들짝 놀라며 떨어지는 모습을 보았네. 바로 스태플턴 때문이었다네. 그는 두 남녀가 있는 곳

으로 사납게 달려가고 있었는데 그의 포충망이 우스꽝스럽게 매달려 있었네. 스태플턴은 흥분해서 두 사람 앞에서 날뛰며 헨리 경에게 욕설을 퍼붓고 있는 것처럼 보였네. 헨리 경은 설명을 하려 했지만, 스태플턴은 들으려 하지도 않더군. 그 여자는 아무 말 없이 오만하게 침묵을 지키며 옆에 서 있었고, 마침내 스태플턴이 홱 돌아서서 여동생에게 명령하는 듯한 손짓을 했네. 그러자 그녀는 헨리 경을 흘깃흘깃 쳐다보며 우물쭈물 오빠 옆으로 갔네. 그 박물학자의 성난 몸짓은 스태플턴 양의 행동을 아주 못마땅하게 여기는 것이었지. 준남작은 잠시 그들의 뒷모습을 바라보다가 고개를 푹 수그리고 낙담한 모습으로 왔던 길을 천천히 되돌아 왔네.

이 모든 것이 뜻하는 바를 알 수는 없지만, 친구 몰래 그의 개인적인 일을 지켜본 것이 몹시 부끄러웠네. 그래서 나는 언덕기슭에서 준남작과 만날 수 있도록 언덕을 달려 내려갔지. 그의 얼굴은 화가 나서 붉어졌고 어찌할 바를 모르는 사람처럼 눈살을 잔뜩 찌푸리고 있었네.

"아니, 왓슨 씨! 어딜 다녀오시는 길입니까?"

헨리 경이 말했네.

"제가 그렇게 만류했는데도 저를 뒤쫓아 온 것은 아니겠죠?"

나는 그에게 내가 왜 뒤에 남아 있을 수밖에 없었는지, 내가 어떻게 그를 뒤따라 왔는지, 지금까지 일어난 모든 일을 어떻게 목격했는지에 대해 얘기했네. 잠시 그가 노여운 눈길로 나를 보았지만, 나의 솔직함에 다소 화가 풀렸는지 처량한 웃음을 터트리더군.

"초원 한가운데라면 은밀한 일을 하기에 꽤 안전한 장소라고 생각했는데…."

그가 말했네.

"이런 빌어먹을! 그럼 온 마을 주민들이 내가 구애하는 것을 보기 위해 구경하고 있었다는 겁니까? 아주 형편없던 구애를 말이오! 왓슨 씨는 대체 어디 앉아 계셨습니까?"

"나는 저 언덕 위에 있었습니다."

"저 뒤에 늘어선 나무들이요? 그녀의 오빠는 상당히 가까운 거리에 있었습니다. 왓슨 씨는 그가 우리에게 다가오는 것을 보셨습니까?"

"봤습니다."

"그녀의 오빠라는 사람이 미친 사람처럼 당신에게 덤빈 적이 있었습니까?"

"그런 적은 절대로 없었습니다."

"저도 그렇습니다. 난 스태플턴 씨가 지극히 온전한 정신을 지녔다고 생각했는데, 지금은 그와 나 중 어느 누군가가 병원에 가야 할 것 같군요. 여하튼 나한테 무슨 문제가 있길래 저러는 건지 알 수 없습니다. 왓슨 씨는 몇 주 동안 저와 함께 생활하셨으니 솔직히 말씀해 주십시오. 어서요! 사랑하는 여자에게 좋은 남편이 되지 못할 그런 점이 제게 있습니까?"

"천만에요. 그런 건 없어요."

"그가 저의 세속적인 지위를 반대할 리는 없을 것입니다. 그러니 그가 싫어하는 것은 저라는 사람이 분명합니다. 그가 왜 저를 반대할까요? 저는 지금까지 살아오면서 주위 사람들을 괴롭힌 적이 한번도 없습니다. 그런데 스태플턴 씨는 제가 그녀의 손끝 하나라도 건드리는 걸 허락하려 들지 않습니다."

"그가 그렇게 말했습니까?"

"그 이상이죠. 왓슨 씨, 제가 미스 스태플턴을 안 건 몇 주밖에 안 됐지만, 처음 본 그 순간부터 저의 천생배필이라고 생각했습니다. 그녀도 저와 함께 있을 때면 행복하다는 것을 느낄 수 있었어요. 여인의 눈에 담긴 진심은 말보다 더한 웅변이 될 수 있습니다. 하지만 스태플턴 씨는 결코 우리가 함께 있도록 내버려두지 않았습니다. 그래서 오늘 처음으로 그녀와 단 둘이 몇 마디 나눌 수 있는 기회를 가졌던 겁니다. 그녀는 기꺼이 저를 만나 줬지만, 우리의 관계에 대한 말은커녕 이곳은 위험한 곳이니 런던으로 빨리 떠나라는 말만 되풀이했습니다. 저는 그녀를 만났기 때문에 떠나고 싶지 않다고, 진정 내가 떠나기를 원한다면 나와 함께 떠나는 게 어떠냐고 설득했습니다. 나는 그 말과 함께 결혼에 대한 많은 말을 했습니다. 하지만 그녀가 대답을 하기도 전에 그녀의 오빠라는 작자가 미치광이의 얼굴을 하고 우리에게 덤벼들었습니다. 그는 화가 나서 얼굴이 완전히 새하얘졌고, 눈빛은 분노로 타오르고 있었습니다. 제가 그녀에게 어떻게 했길래?

그녀가 싫어했다면 제가 어떻게 구애를 했겠습니까? 제가 준남작이기 때문에 뭐든지 맘대로 할 수 있다고 생각하기라도 한 것일까요? 스태플턴 씨가 그녀의 오빠만 아니었다면 나는 가만히 있지 않았을 겁니다. 사실 저는 그에게 미스 스태플턴에 대한 나의 감정을 부끄럽게 생각하지 않으며, 오히려 그녀가 내 아내가 되어 주기를 바란다고 솔직하게 말했습니다. 하지만 이 고백이 사태를 더욱 악화시키고 말았지요. 저도 더 이상 참을 수 없어 화를 내며 격렬하게 그에게 대꾸했습니다. 미스 스태플턴이 옆에 있다는 걸 생각해서 참았어야 했는데…. 그래서 당신도 보신 것처럼 오빠라는 작자가 그녀를 데리고 가버렸습니다. 왓슨 씨, 도대체 이게 어떻게 된 일인지 말씀 좀 해 주시면 정말 고맙겠습니다."

나는 한두 가지 측면에서 설명을 해봤지만 사실 무척 난감했지. 자네도 알다시피 헨리 경의 작위, 재산, 나이, 인품, 외모 중에 어디 부족한 데라도 있는가? 어떤 누구라도 헨리 경의 집안에 이어져 오는 암울한 운명이 아니라면 그를 싫어할 이유는 없었네. 그런데 우리 친구의 구애가 그녀 자신의 의사를 들어보지도 못하고 완전히 묵살 당한 거 하며, 여자가 묵묵히 그런 상황을 받아들이는 것도 너무 놀라운 일이었네. 그러나 이 모든 의문점은 바로 그날 오후 방문한 스태플턴에 의해 해결되었네. 그는 아침에 자신의 무례함을 사과하러 왔고, 헨리 경과 서재에서 오랫동안 대화를 나눈 후에 깨끗이 화해했다네. 그 표시로 우리는 다음 주 금요일에 메리핏 하우스에서 저녁을 먹기로 했지.

"나는 이제 스태플턴 씨를 미쳤다고 하지 않겠습니다."

헨리 경이 말했네.

"저는 오늘 아침 그가 제게 달려들 때의 눈빛을 잊을 수 없습니다. 하지만 아까처럼 훌륭하게 사과를 할 줄 아는 사람은 거의 드물다는 점만은 인정해야 할 것 같습니다."

"스태플턴 씨가 왜 그렇게 행동했는지 설명했습니까?"

"네, 그가 말하길 누이동생은 자신의 인생에서 가장 소중하다고 합니다. 왓슨 씨, 그거야 아주 당연한 일이지 않습니까? 아무튼 스태플턴 씨가 누이동생의 매력을 알고 있다는 것이 저에게는 매우 기쁜 일입니다. 그들은 부모 없이 지금까지 함께 지냈고, 외로움을 잘 타는 자신에게 누이동생은 유일한 벗이었다고 합니다. 그래서 그녀를 잃는다는 것은 그에게 청천벽력과 같은 것이란 생각이 들었고요. 스태플턴 씨는 제가 그녀를 사랑하게 되었다는 것을 모르고 있었는데 직접 눈으로 그 사실을 확인하니 그녀가 자신을 떠날지도 모른다는 충격에 잠시 분별없이 행동했었다고 합니다. 그는 아까 일에 대해 아주 미안하게 생각했고, 누이동생처럼 아름다운 여인을 평생 자기 곁에 붙들어 두는 것은 어리석고 이기적인 것이라는 걸 깨달았답니다. 어차피 그녀가 자기 곁을 떠나가야 한다면, 어느 누구보다 저와 같은 이웃에게 보내겠답니다. 어쨌거나 나와 미스 스태플턴의 결혼은 마음의 준비를 하는 데 시간이 좀 필요하다고 합니다. 만약 제가 3개월 동안 이 문제를 거론하거나 그녀의 사랑을 요구하지 않고 우정만 키워 나가는 것으로 만족한다면 자신도 아무런 반대를 하지 않겠다고 합니다. 저도 그 제안에 동의했고, 그래서 모든 문제는 해결되었습니다."

그렇게 해서 하나의 미스터리가 풀렸네. 그것은 우리가 허우적대고 있던 늪의 바닥 어딘가를 치고 올라오는 일이었어. 우리는 스태플턴이 왜 여동생의 구혼자가 헨리 경같이 아주 바람직한 상대임에도 불구하고 탐탁하지 않게 여겼는지 알게 되었네.

이제 밤중에 흐느끼는 소리의 미스터리, 배리모어 부인 얼굴의 눈물 자국, 집사의 서쪽 창으로의 비밀스런 움직임 등 복잡하게 얽혀 있던 문제를 풀어낸 이야기로 넘어가겠네. 여보게, 홈즈, 축하해 주게! 이 사건으로 내가 자네의 대리인으로서 실망스럽지 않았다고 듣고 싶군. 또 자네가 나에게 보여준 신뢰를 저버리지 않았다고 자신할 수 있네. 내가 이렇게 흥분하는 이유는 이 모든 수수께끼가 하룻밤의 수고로 완전히 해결되었기 때문이야.

내가 '하룻밤의 수고'라고 했지만 사실 그것은 이틀 밤의 수고였네. 첫날은 거의 새벽 3시가 될 때까지 헨리 경과 함께 그의 방에서 자지 않고 있었지만 계단에서 울리는 시계종소리 외에는 어떤 소리도 듣지 못했지. 그건 우리 두 사람이 의자에서 잠들어 버린 것으로 끝난 아주 우울한 불침번이었네. 나와 헨리 경은 다시 시도하기로 마음먹었어. 그래서 다음 날 저녁, 램프를 조그맣게 켜고 아주 작은 소리도 내지 않은 채 헨리 경 방에 앉아 있었네. 시간은 지루할 정도로 천천히 흘러갔지만 인내심과 호기심을 가지고 기다렸다네. 사냥감이 덫에 걸리기를 바라며 지켜보고 있는 사냥꾼의 기분이라고 할까? 시계의 종이 한 번, 두 번 울리고, 우리가 두 번째도 포기해야 하는 거 아니냐고 절망할 때, 통로에서 삐걱거리는 발소리를 들었네. 준남작과 나는 예리하게 촉각을 곤두세우며 눈 깜짝할 사이에 의자에 똑바로 앉았네.

우리는 숨을 죽이고 발소리가 멀리 사라질 때까지 몰래 듣고 있었네. 그 다음에 준남작이 방문을 살그머니 열었고, 우리는 손에 땀을 쥐게 하는 추적을 시작했지. 우리가 쫓고 있는 사람은 이미 복도를 다 돌아가서 복도는 완전히 깜깜했네. 살그머니 걸어 다른 복도에 도착하자, 마침 큰 키에 검은 수염을 기른 사람이 어깨를 웅크리며 발끝으로 걸어가는 모습이 보였네. 배리모어가 예전의 그 문으로 들어가자 촛불이 어둠 속에서 하나의 틀을 형성했고, 어두운 복도에서는 한줄기 노란빛이 흘러 나왔네. 우리는 복도를 한 발자국 디딜 때마다 조심하고 또 조심했네. 나와 헨리 경은 미리 구두를 벗어 놓는 용의주도함을 발휘했지만, 그래도 낡은 판자들은 발밑에서 삐걱거렸지. 혹시 배리모어가 우리가 다가가는 소리를 들었으면 어떡하나 하는 걱정도 들었지만, 다행히 그는 귀가 어두운 데다가 자신이 하고 있는 일에 완전히 정신이 팔려 있었네. 마침내 우리가 문에 도착하여 들여다보았을 때, 이틀 전에 본 것과 똑같이 배리모어는 손에 초를 들고 창백하고 진지한 얼굴을 창에 기댄 채 웅크리고 있는 것을 볼 수 있었지.

우리는 아무런 대책도 세우지 않았었는데, 거침없는 성격의 준남작은 갑자기 성큼성큼 방안으로 걸어 들어갔네. 그가 들어가자 배리모어가 날카로운 쇳소리를 내며 창에서 떨어져 나왔고, 새파랗게 질린 채 우리 앞에서 떨고 서 있었네. 또 그의 검은 눈은 공포와 경악으로 가득 차서 헨리 경과 나를 번갈아 바라보았네.

"배리모어, 여기서 뭘 하고 있었소?"

"아무것도 아닙니다, 주인님."

배리모어는 너무 흥분해서 거의 말을 하지 못했고, 촛불이 흔들거려 그림자들이 춤을 추고 있는 듯했지.

"주인님, 창문 때문입니다. 저는 언제나 저녁에는 창문이 잠겼는지 검사합니다."

"2층에서 말이오?"

"예, 주인님. 창문 전부요."

"이것 보시오, 배리모어."

헨리 경이 엄격하게 말했네.

"우리는 당신에게 진실을 듣기로 작정했으니 나중에 말하는 것보다 빨리 말하는 게 쓸데없는 수고를 하지 않는 길일 겁니다. 자, 어서요! 거짓말 말고! 저 창문에서 뭘 하고 있었습니까?"

배리모어는 속수무책으로 우리를 바라보다가 벼랑 끝에 몰린 사람

처럼 두 손을 꽉 쥐더군.

"저는 아무런 해도 끼치고 있지 않습니다, 주인님. 저는 창문에 촛불을 대고 있었습니다."

"왜 창문에 촛불을 대고 있었지요?"

"묻지 마십시오, 주인님, 제발! 부탁입니다, 주인님. 이 일은 저의 비밀이 아니기 때문에 말씀드릴 수 없습니다. 만일 제 일이었다면 벌써 말씀드렸을 겁니다."

난 갑자기 어떤 생각이 떠올랐네. 그래서 떨고 있는 집사의 손에서 촛불을 빼앗아 들었지.

"이건 신호를 보내기 위해 사용했던 게 분명합니다."

내가 말했어.

"무슨 신호가 오는지 한번 봅시다."

나는 집사가 했던 것처럼 촛불을 잡고 어둠 속을 응시했네. 달이 구름에 가려져 있었기 때문에 나무들이 있는 곳은 검은 언덕을 이루고 있었고, 황야의 넓은 공간이 어렴풋이 보였지. 나는 바로 그때 짙게 깔린 어둠 속에서 작은 노란 불빛이 계속 타오르고 있는 것을 보고 탄성을 질렀네.

"저거다!"

내가 소리쳤네.

"아닙니다, 그건 아무것도 아닙니다. 절대로 아무것도 아닙니다."

집사가 끼어들었지.

"정말입니다."

"왓슨 씨, 계속 촛불을 움직여서 상대도 움직이는지 보시오!"

준남작이 소리쳤네.

"나쁜 자식, 이래도 저게 신호가 아니라고 우길 텐가? 어서, 털어놓지! 저쪽에 있는 당신의 공모자는 대체 누군가? 무슨 음모를 꾸미고 있는 건가?"

집사는 못마땅한 표정으로 대답했다.

"그건 제 일입니다. 말하지 않겠습니다!"

"그러면 당장 이 집을 나가시오!"

"좋습니다. 그래야 한다면 나가겠습니다."

"집사는 이 배스커빌 저택에서 불명예스럽게 떠나는 것이오. 빌어먹을, 당신은 부끄러운 줄 알아야 할 것이오. 당신네 집안은 우리와 100년도 넘게 이 지붕 아래서 함께 살아 왔소. 그런데 여기서 나를 해칠 흉악한 음모를 꾸미다니!"

"아, 아닙니다, 주인님. 주인님을 해치려는 건 절대로 아닙니다."

갑자기 여자의 목소리가 들려왔네. 뒤를 돌아보니 남편보다 더 창백하고 공포에 질린 표정의 배리모어 부인이 문에 서 있었던 거야. 숄과 치마를 걸친 그녀의 거대한 모습은 그녀의 진지한 얼굴만 아니었다면 우스꽝스러웠을 것이네.

"엘리자, 우린 떠나야 하오. 이제 다 끝났어. 어서 짐을 꾸리시오."

집사가 말했네.

"여보, 존! 제가 당신을 왜 이렇게 만들었을까요? 주인님, 그것은 저의 일입니다. 다 저 때문입니다. 제 남편은 저를 위한 것 말고는 아무 짓도 하지 않았습니다."

"그럼, 다 얘기해 보시오! 그게 무슨 뜻이오?"

"저의 불쌍한 남동생이 황야에서 굶어 죽어 가고 있습니다. 저희 부부는 그 애가 바로 우리 집 문 앞에서 굶어 죽게 내버려 둘 수 없었습니다. 이 불빛은 음식이 준비됐다는 걸 그 애에게 알리는 신호입니다. 저쪽의 불빛은 음식을 가져갈 장소를 알려 주는 것입니다."

"그러면, 남동생이…."

"탈옥한 죄수입니다, 주인님. 죄수 셀든입니다."

"사실입니다, 주인님."

배리모어가 말했네.

"그래서 저의 비밀이 아니기 때문에 말씀드릴 수 없다고 했던 것입니다."

지금까지의 이야기가 한밤중에 벌어진 은밀한 여행과 창가의 불빛에 대한 설명이었네. 헨리 경과 나는 놀라움을 금치 못하고 배리모어 부인을 바라보았네. 이 무표정하고 행실 바른 여인이 이 나라에서 가장 악명 높은 범죄자와 같은 핏줄이라니!

"예, 주인님. 이제 모든 걸 말씀드리겠습니다. 제가 결혼하기 전의 성은 셀든이었습니다. 그리고 저 황야를 방황하는 사람이 제 남동생입니다. 남동생은 어렸을 때, 너무 오냐오냐하며 키웠고 모든 것을 제 뜻대로 하게 했습니다. 그래서 그 애는 세상이 자신을 위해 존재한다고 생각하면서 뭐든지 맘대로 행동하게 되었습니다. 점점 자라면서 그 애는 나쁜 친구들을 사귀었고, 사탄이 남동생의 몸에 들어가 마침내 제 어머니의 마음을 비탄에 잠기게 하고 집안을 욕되게 했습니다. 그 애는 점점 더 깊은 죄에 빠져 들었고, 결국 오직 신의 자비만이 그 애를 단두대에서 구해 줄 수 있게 되었습니다. 그러나 주인님, 제게는 그 애가 언제까지나 제 품에서 돌봐 주고 함께 놀아 주었던 고수머리의 어린 소년일 뿐입니다. 주인님, 그 애가 탈옥한 이유는 바로 저 때문입니다. 그 애는 제가 여기 있다는 것과 제가 자신의 청을 뿌리치지 못한다는 걸 알고 있었습니다. 어느 날 밤, 그 애가 간수들의 맹렬한 추격을 받으며 지치고 굶주린 몸을 질질 끌고 나타났을 때, 제가 어떻게 할 수 있었겠습니까? 저희는 그 애를 집안에 데려와 먹이고 보살펴 주었습니다. 그러던 중 새 주인님이 돌아오셨고, 제 동생은 다른 어떤 곳보다 황야가 더 안전하다고 생각해서 그곳에 숨어 있습니다. 저희는 이틀에 한 번씩 밤에 창가에 촛불을 신호로 보내 그 애가 아직 거기에 있는지 확인했던 것입니다. 그리고 응답이 있으면 제 남편이 그 애에게 빵과 고기를 가져다주었습니다. 믿지 못하시겠지만 저희 부부는 매일 그 애가 이 황야에서 없어지기만을 바라고 있답니다. 하지만 전 그 애가 이곳에 있는 동안은 외면할 수 없습니다. 주인님, 하나님을 믿는 정직한 여인으로서 이제 모든 사실을 말씀드렸습니다. 이제 이 일에서 비난 받아야 할 사람은 제 남편이 아니라 저라는 걸 아셨을 것입니다. 존은 저를 위해 위험을 감수하고 그 일을 한 것뿐입니다."

그녀의 말은 아주 진실하고 설득력 있게 들렸네.

"배리모어, 그게 사실인가?"

"예, 주인님. 모두 사실입니다."

"그럼, 나도 자기 아내를 도와준 것에 대해 비난하지 않겠네. 자, 모두 내가 한 말을 잊어요. 배리모어, 그리고 부인은 방으로 돌아가세요. 아침에 이 문제에 대해 좀더 이야기합시다."

그들이 나가자, 우리는 창 밖을 다시 내다봤네. 헨리 경이 창문을 확 열어젖히자 차가운 밤바람이 얼굴을 때렸지. 저 멀리 어둠 속에서 아직도 그 조그만 노란 불빛이 반짝거리고 있었네.

"왓슨 씨, 그는 위험한 존재입니다."

헨리 경이 말했네.

"불빛으로 보아 저곳은 여기에서만 보이도록 장치한 것 같습니다."

"그런 것 같군요. 거리는 얼마나 된다고 생각하시오?"

"클레프트 바위산 바로 옆인 것 같습니다."

"1, 2마일 이상 떨어지지는 않은 것 같은데."

"거의 그 정도일 겁니다."

"글쎄요, 배리모어가 음식을 날라다 줘야 한다면 그렇게 멀지는 않겠죠. 지금도 저 악당이 촛불 옆에서 기다리고 있을 것입니다. 왓슨 씨, 저 녀석을 잡으러 갑시다!"

실은 나도 헨리 경과 똑같은 생각을 하고 있었네. 배리모어 부부는 비밀을 실토할 수밖에 없는 상황이어서 그렇지, 자진해서 우리에게 비밀을 털어놓은 건 아니었어. 셀든은 사회에 해를 끼칠 수 있는 위험인물이자, 피도 눈물도 없는 잔혹한 악당이네. 이 기회를 이용해서 그자가 아무에게도 해를 끼칠 수 없는 곳으로 보내야 하는 게 우리의 의무라고 생각했네. 그의 야수적인 잔혹함을 생각해 볼 때, 우리가 손을 쓰지 않으면 다른 사람들이 피해를 당할지도 모르는 일일세. 가령, 어느 날 밤 우리의 이웃인 스태플턴 남매가 셀든의 공격을 받을지도 모르는 일이지. 헨리 경이 예민했던 것도 바로 이런 생각 때문이었을지도 몰라.

"나도 가겠소."

내가 말했네.

"그러면 권총을 소지하시고 구두도 신으세요. 빨리 출발할수록 좋습니다. 저 녀석이 불을 끄고 가 버릴지도 모르니까요."

5분 후에 나와 헨리 경은 문 밖으로 나와 원정을 떠났네. 우리는 가을바람이 스치고 나뭇잎이 떨어져 내리는 어두운 관목 숲을 지나 서둘러서 갔다네. 밤공기에는 축축하게 썩어 가는 냄새가 배어 있었어. 때때로 달이 잠시 동안이나마 고개를 내밀었지만, 하늘에는 검은 구름이 몰려들고 있었지. 우리가 황야에 막 들어섰을 때 가랑비가 내리기 시작했네. 불빛은 앞에서 계속 타고 있었고.

"경은 어떤 무기를 가지고 있습니까?"

내가 물었네.

"나는 사냥용 채찍을 가져왔습니다."

"빨리 그에게 도착해야 합니다. 그는 물불을 안 가리는 사람이라고 들었소. 그를 습격해서 반항하기 전에 꼭 붙잡아야 합니다."

"잠깐만요, 왓슨 씨. 홈즈 씨가 이 일에 대해 뭐라고 할까요? 악의 세력이 판치는 어둠의 시간에 대해서요."

헨리 경의 말에 대답이라도 하듯 광대한 황야를 통해 거대한 그림펜 늪 쪽에서 갑자기 이상한 울음소리가 들려왔네. 그 소리는 내가 전에 그림펜 늪지 근처에서 들었던 소리였어. 처음에는 길고 낮은 웅얼거림이었다가 점점 커져서 포효하는 소리가 되었고, 다시 서글픈 신음소리가 되어 잦아들기를 반복했네. 그 소리가 대기를 가득 메우며 협박하듯 기분 나쁘고 거칠게 울려 퍼질 때, 준남작이 어둠 속에서 하얗게 질린 얼굴로 내 옷소매를 잡았네.

"세상에, 저 소리는 대체 뭡니까?"

"잘 모르지만, 아무래도 황야에서 나는 소리 같군요. 전에 한 번 들은 적이 있습니다."

그 소리가 사라지자 침묵만이 온통 우리를 휘감았네. 우리는 귀를 바짝 세우고 서 있었지만 아무 소리도 들려오지 않았지.

"왓슨 씨, 그것은 사냥개의 소리였습니다."

준남작이 말했네.

온몸이 싸늘해지는 것 같았지. 준남작의 목소리가 중단된 것으로 보아 그에게 갑자기 공포가 엄습했다는 것을 알 수 있었기 때문이었네.

"그들은 이 소리를 뭐라고 부릅니까?"

"누구요?"

"이 지방 사람들 말입니다."

"아, 그들은 무지한 사람들입니다. 그들이 뭐라 하던 마음 쓸 필요가 있습니까?"

"말씀해 주십시오. 왓슨 씨, 사람들은 저 울음소리에 대해 뭐라고 하지요?"

나는 주저했지만 그 질문을 피할 수 없었네.

"배스커빌의 사냥개가 우는 소리라고들 합니다."

헨리 경은 깊은 신음소리를 내며 한동안 아무 말도 하지 않았네.

"맞아요. 그건 사냥개였습니다."

그가 마침내 말했네.

"하지만 그 울음소리는 저 멀리에서 들려오는 것 같았습니다."

"소리가 어디서 나는지는 확실히 분간하기가 어렵군요."

"그 소리는 바람 소리에 따라 높아졌다 낮아졌다 했습니다. 저 거대한 그림펜 늪 쪽이 아니었을까요?"

"그런 것 같습니다."

"음, 저쪽이군. 자, 왓슨 씨. 당신도 저 울음이 사냥개의 울부짖음이라고 생각하고 계십니까? 저는 어린애가 아닙니다. 진실을 말씀하시는 데 두려움을 가질 필요는 없습니다."

"지난번 그 소리를 들었을 때 스태플턴이 나와 함께 있었습니다. 그는 그것을 이상한 새의 외침이라고 했습니다."

"아니, 아닙니다. 그것은 사냥개였습니다. 세상에, 이 모든 얘기들 속에 어떤 진실이 담겨 있는 것일까요? 제가 정말 위험에 처하게 될

까요? 당신은 그걸 믿지 않으시겠죠?"

"당연히 믿지 않습니다."

"그러나 런던에서 웃어넘겼던 것과 이렇게 황야의 어둠 속에 서서 울부짖음을 듣는 것은 별개의 일입니다. 그리고 제 삼촌 찰스 경, 삼촌이 누워 있던 그 옆에는 사냥개의 발자국이 있었습니다. 그 모든 게 맞아 들어가고 있어요. 저는 자신을 겁쟁이라고 생각하지는 않지만, 저 소리는 제 피를 얼어붙게 만들었어요. 제 손을 만져 보세요!"

준남작의 손은 대리석처럼 차가웠네.

"내일이면 괜찮아질 것입니다."

"제 머리 속에서 저 울부짖음을 떨쳐 버리지 못할 것 같군요. 왓슨 씨, 지금 우리는 어떻게 해야 할까요?"

"헨리 경, 지금이라도 돌아가시겠습니까?"

"그건 절대 안 됩니다. 우리는 셀든을 잡으러 나왔으니 그 일은 끝내야 합니다. 나와 당신은 죄수와 지옥의 사냥개를 동시에 쫓고 있습니다. 어쩌면 우리가 쫓기고 있는 것일 수도 있어요. 그러니 어서 서두릅시다. 우리라도 황야의 구덩이에서 온갖 마귀들이 활개를 치고 있는지 살펴봐야 합니다."

우리는 어둠 속을 천천히 더듬어 갔네. 주위에는 거무스름하게 드러난 울퉁불퉁한 언덕이 있었고 앞에는 노란 불꽃이 계속 타고 있었네. 하지만 칠흑 같은 어둠 속에서 불빛이 있는 거리까지 제대로 가늠하기란 매우 어려웠었지. 때로는 불빛이 지평선 저 멀리에 있는 듯

했고 때로는 바로 몇 야드 앞에 있는 것 같았네. 그러나 마침내 우리는 그 불빛이 어디에서 나오는지 발견했고, 그것은 참으로 가까운 거리에 있었다는 걸 알 수 있었네. 바위틈에 촛농이 흐른 채 꽂혀 있었고, 초 양쪽에는 배스커빌 저택 방향을 제외하고는 보이지 않도록 하기 위해 바람막이 판자가 놓여 있었지. 우리는 커다란 화강암 뒤에 몸을 숨기고 웅크린 채 신호용 불빛을 넘어다보았다네. 황야 한가운데서 초 한 자루만 타고 있고 근처에는 사람의 흔적을 전혀 찾아 볼 수 없다는 것은 정말로 이상한 일이었네.

"이제 어떻게 할까요?"

헨리 경이 속삭였네.

"여기서 놈을 기다립시다. 놈은 분명 불빛 근처에 있을 거예요. 이 촛불을 가지러 놈은 다시 올 겁니다."

말이 끝나기도 전에 우리는 그를 보았네. 촛불이 타고 있는 바위 위로 상처투성이의 몸에 사악한 얼굴을 한 그자가 있었네. 진흙으로 더러워지고 억센 수염과 덥수룩한 머리를 하고 있는 모습은 그 옛날 산등성이의 굴속에나 살았던 야만인과 흡사했었지. 탈옥수의 밑에 있는 불빛이 그의 작고 교활한 눈에 반사되었네. 그자는 사냥꾼의 발소리에 귀 기울이고 있는 교활하고 사나운 짐승처럼 눈을 좌우로 굴리며 어둠 속을 사납게 응시하고 있었네.

무엇인가가 그자의 의심을 불러일으킨 게 분명했네. 배리모어가 우리 몰래 어떤 은밀한 신호를 보냈을 수도 있고 아니면 그 녀석이 눈치챌 수도 있겠지만, 그자의 사악한 얼굴에 공포가 어린 걸 알 수 있었네. 그리고 일순간 그가 불빛에서 달려 나와 어둠 속으로 사라졌네. 나와 헨리 경도 앞으로 뛰쳐나갔지. 동시에 그 탈옥수는 날카로운 목소리로 우리에게 욕설을 퍼부으며 돌을 던졌는데, 그 돌은 우리가 숨어 있던 화강암에 정통으로 맞았네. 그자가 벌떡 일어나 몸을 돌려 뛰어 갈 때, 나는 그의 작고 땅딸막하며 힘센 체구를 한눈에 볼 수 있었네. 왜냐하면 그때 운 좋게도 달이 구름 속에서 모습을 드러냈거든. 우리는 산언저리로 달려갔네. 우리가 쫓고 있는 탈옥수는 산양처럼 빠르게 돌들을 훌쩍훌쩍 뛰어넘으며 엄청난 속도로 산비탈을 내리뛰었네. 나의 성능 좋은 원거리 권총으로 그를 절름거리게 할 수도 있었지만, 내가 권총을 가지고 갔던 것은 공격을 당할 경우에 방어하기 위해서였지 무기도 없이 도망치는 사람을 쏘려는 것은 아니었네.

우리는 둘 다 잘 달리고 평소 컨디션도 양호했지만, 곧 그자를 따라 잡기엔 역부족이었다는 것을 알게 됐네. 나와 헨리 경은 완전히 지칠 때까지 달리고 또 달렸지만 간격은 더 벌어졌을 뿐이었네. 마침내 우리는 추적을 포기하고 숨을 헐떡이며 바위 위에 주저앉아 버렸네. 달빛 속에서 셀든이 재빠르게 움직이는 모습이 보이더군. 그리고 우리는 저 먼 산허리의 표석들 사이에서 작은 점으로 보이다가 멀리 사라지는 탈옥수를 지켜보았지.

바로 이 때, 아주 이상하고 예상치 못한 일이 일어났네. 우리는 바위에서 일어나 가망 없는 추적을 포기하고 집으로 향했네. 달이 오른

편에 낮게 떠 있었고, 완만한 곡선을 이루고 있는 달무리의 아랫부분을 배경 삼아 봉우리가 들쭉날쭉한 화강암 바위산이 서 있었네. 그 바위산 위에서 달빛을 배경으로 동상같이 까만 윤곽을 그리고 있는 어떤 사람의 모습을 보았네. 내가 환영을 본 거라고 생각하지 말게나,

홈즈. 내 평생에 뭔가를 그렇게 똑똑히 본 적은 없다고 장담할 수 있네. 그 사람은 키가 크고 마른 사람 같았다네. 그는 마치 자신 앞에 놓인 이탄과 화강암으로 이루어진 방대한 황무지에 대해 깊이 생각하는 것처럼 팔짱을 낀 채 발은 조금 벌리고 고개를 숙이고 있었네. 그는 저 무시무시한 황야의 유령이었을지도 모르네. 물론 달아난 탈옥수는 아니었네. 그 사람은 탈옥수가 사라졌던 곳에서 아주 멀리에 있었거든. 게다가 그는 키가 훨씬 더 컸지. 나는 너무 놀라 소스라치며 준남작에게 그를 가리켰지만, 내가 돌아서 준남작의 손을 잡으려는 순간 그 남자는 사라졌네. 화강암의 날카로운 봉우리는 여전히 달의 낮은 부분을 가리고 있었지만, 봉우리에 조용히 움직이지 않고 서 있던 그 사람의 흔적은 감쪽같이 사라지고 없었네.

나는 당장 그 바위산을 뒤져 보고 싶었지만 그곳은 상당히 먼 곳이었지. 게다가 준남작은 자신의 집안에 내려오는 그 음산한 이야기를 떠올리게 만드는 사냥개의 울음소리 때문에 여전히 신경이 예민해져 있었기 때문에 새로운 모험을 시작할 기분이 아니었네. 준남작은 바위산 위에 홀로 있던 인물을 보지 못했기 때문에 그 이상한 모습과 당당한 태도를 본 나의 전율을 느낄 수 없었네.

"틀림없이 간수일 겁니다."

준남작이 말했네.

"그 녀석이 도망친 후로 황야에 간수들이 쫙 깔렸습니다."

글쎄, 어쩌면 그의 설명이 옳을지도 모르겠네. 그러나 좀더 확실한 증거를 확보하고 싶은 마음에 오늘 우리는 프린스타운 감옥의 사람들에게 연락을 할 작정이네. 이것이 어젯밤에 있었던 사건의 전모일세. 여보게, 홈즈. 이 정도면 내가 보고서를 훌륭하게 쓰고 있다는 것은 인정할 텐가? 내가 지금까지 얘기한 많은 부분이 배스커빌 저택의 사건과는 직접적인 관련이 없는 것들이지만, 그래도 모든 사실을 자네에게 알려야 한다고 생각하네. 그래서 결론을 내리는 데 도움이 될 것들을 자네가 직접 선택하는 것이 최선의 방법이라고 생각하고 있네. 앞으로도 수사는 더 진전시킬 수 있을 거라네. 배리모어 문제에 대해서 우리는 그들의 동기를 알게 되었기 때문에 사태를 수습할 수 있었지. 그러나 황야란 곳은 많은 수수께끼와 수수께끼 같은 거주자들로 인해 더더욱 미궁의 장소가 되었네. 다음 편지에서는 아마도 이런 문제들을 다소 풀어 볼 수 있지 않을까 하네. 어쨌거나 수일 내에 다시 소식을 전하도록 하지.

10

왓슨의 일기 발췌문

지금까지는 내가 초기에 셜록 홈즈에게 보냈던 편지들에서 인용할 수 있었다. 그러나 이제 편지 방식을 버리고, 당시에 썼던 일기의 도움을 받아 내 기억력에 의존해야 할 시점에 도달했다. 그때 썼던 일기들을 인용함으로써 내 기억에 지울 수 없이 아주 상세하게 새겨진 그 장면들로 다시 돌아가게 될 것이다. 그러면 탈옥수 추적에 실패하고 황야에서의 이상한 경험을 했던 그 다음 날 아침에서부터 이야기를 시작하기로 하겠다.

10월 16일. 가랑비 내리는 안개 낀 우중충한 날씨.

집은 뭉게구름에 둘러싸여 있었다. 가끔씩 구름이 솟아오를 때면

굽이쳐 흐르는 황야의 모습이 드러났다. 황야의 여러 산비탈 위에는 은빛 암맥이 새겨져 있고, 멀리 있는 비에 젖은 표석은 햇빛이 비칠 때마다 빛나고 있었다. 집 안팎이 온통 침울했다. 준남작은 어젯밤의 긴장으로 인해 완전히 기력을 잃고 있었고 나 자신도 마음에 중압감과 급박한 위기의식을 느꼈다. 상존하고 있는 위험, 그러나 그것이 무엇인지 분명히 밝혀낼 수 없었기에 더욱 무시무시했다.

이런 느낌이 자꾸 드는 것은 왜일까? 우리 주변에서 일어나고 있는 계속된 일련의 불길한 사건들을 생각해 보자. 찰스 경의 죽음, 그것은 가문에 내려오는 전설의 조건을 아주 정확하게 실현시킨 것이었다. 그리고 황야에 출몰하고 있는 불가사의한 동물에 대한 농부들의 반복된 증언이 있다. 나도 멀리서 사냥개 같은 것이 울부짖는 소리를 내 귀로 직접, 그것도 두 번이나 들었다. 정말 이것이 자연의 법칙을 벗어난 것이라고 믿어야 하는 일인가? 하지만 실제로 유령 사냥개가 발자국을 남기고 으르렁거리는 소리로 대기를 메울 수 있다는 건 생각할 수 없는 일이다. 스태플턴이나 모티머 의사는 그런 미신에 빠졌을지 모르지만…. 내가 남들보다 나은 점이 한 가지 있다면 그것은 다른 사람들보다 상식적이라는 점이다. 때문에 나는 유령이니 악마니 하는 존재를 믿을 수는 없다. 만약 내가 그런 미신에 빠져 소문을 내고 다닌다면 저 가엾은 농부들의 수준으로 떨어지고 마는 것이다. 그들은 단순한 미친개로 만족하지 못하고 입이나 눈에서 불을 내뿜는 지옥의 사냥개로 묘사해야 직성이 풀리는 것 같다. 홈즈라면 그런 공상 소설 같은 이야기를 귀담아들으려 하지 않을 것이다. 그리고 나는 그의 대리인이다. 하지만 사실은 사실이다. 나는 황야에서 그 짐승이 우는 소리를 두 번이나 들었다. 황야에 돌아다니는 어떤 커다란 사냥개가 정말로 있다면, 이 모든 것에 대한 설명이 되어 줄 것이다. 그러나 그런 사냥개가 어딘가에 숨어 있을 수 있을까? 어디서 먹이를 얻을까? 또 어디서 왔을까? 낮에 아무도 그것을 보지 못하는 건 어찌 된 영문일까? 사냥개는 별도로 하더라도 런던에서 마차에 타고 있던 남자라든가 헨리 경에게 보낸 경고 편지는 대체 무엇인가? 물론 편지는 이쪽의 안위를 걱정하는 친구가 보낸 것일 수도 있고, 반대로 적이 보낸 것일 수도 있다. 지금 그 친군지 적인지는 어디 있는 것일까? 아직 런던에 남아 있을까, 아니면 우리를 따라 이곳으로 왔을까?

혹시 바위산에서 보았던 그 사람일까? 나는 그를 언뜻 보았을 뿐이지만 장담할 수 있는 몇 가지 근거가 있다. 그는 내가 여기서 본 어느 누구도 아니다. 나는 이웃 모두를 만나 봤다. 바위산에서 보았던 그 모습은 스태플턴보다는 훨씬 키가 크고, 프랭클랜드보다는 더 말랐다. 배리모어일 수도 있지만 우리는 그를 저택에 남겨 두고 갔고 뒤따라오지 않았다고 확신할 수 있다. 그렇다면 런던에서 그랬던 것처럼 어떤 낯선 사람이 아직도 우리를 미행하고 있는 것일까? 내가 그를 붙잡을 수만 있다면, 마침내 우리의 모든 어려움이 종말을 고할 것이다. 이 한 가지 목표를 위해 나는 이제 총력을 기울여야 한다.

처음에는 헨리 경에게 내 계획을 전부 얘기하려 했다. 그러나 다시 생각해 보니 내 방식대로 해 나가되 가능한 누구에게도 말을 하지 않는 게 보다 현명하다는 생각이 들었다. 최근 헨리 경은 말도 없이 마치 넋 나간 사람처럼 보인다. 그는 황야에서 들었던 기괴한 울음소리 때문에 이상하리만치 정신이 혼란해져 있다. 나는 그에게 근심을 더해 줄 말은 더 이상 하지 않고, 내 목적을 달성하기 위해 알아서 조치를 할 것이다.

오늘 아침 식사 후에 약간의 소동이 있었다. 배리모어가 헨리 경에게 시간을 내주도록 청했고, 그들은 헨리 경의 서재에서 잠시 동안 밀담을 나누었다. 당구실에 앉아 있는 동안 나는 그들의 언성이 높아지는 것을 여러 번 들었고 이야기의 핵심을 잘 알 수 있었다. 잠시 후에 준남작이 문을 열고 나를 불렀다.

"배리모어가 불만이 있는 것 같습니다."

그가 말했다.

"그는 우리를 믿고 자진해서 비밀을 털어놓았는데, 어젯밤 자기 처남을 잡으러 갔던 건 옳지 못하다고 하는군요."

집사는 우리 앞에 창백한 얼굴로 침착하게 서 있었다.

"제가 너무 흥분해서 말씀드린 것 같습니다, 주인님. 그랬다면, 부디 용서해 주십시오. 하지만 저는 두 분이 오늘 아침에 돌아와서 셀든을 추적했었다는 것을 알고 너무나 놀랐습니다. 가엾은 처남은 그렇잖아도 피해야 할 사람이 많은데 두 분까지 그를 쫓는다는 건 너무 잔인하지 않습니까?"

배리모어가 말했다.

"자네가 자진해서 말했다는 것은 사실과 전혀 다르네. 자네는 아니, 자네 부인은 어쩔 수 없는 상황이라 할 수 없이 말한 게 아닌가?"

준남작이 말했다.

"하지만 주인님이 그것을 이용하시리라고는 생각지 못했습니다. 정말로 몰랐습니다."

"셀든은 사람들에게 위험한 존재야. 얼굴만 봐도 그것을 알 수 있을 있을 정도였네. 황야에는 외따로 떨어져 사는 주민들이 있는데 스태플턴 씨 집을 예로 들어 볼까. 스태플턴 씨 말고는 누가 그 집을 지킬 수 있겠나? 연약한 미스 스태플턴이? 내일이라도 당장 쓰러질 것 같은 늙은 노인이? 아무도 그 집을 지킬 사람이 없네. 셀든이 다시 붙잡히기 전에는 어느 누구도 안전하지 못할 걸세."

"처남은 어떤 집에도 침입하지 않을 것입니다, 주인님. 맹세할 수 있습니다. 그는 다신 이 나라에서 문제를 일으키지 않을 것입니다. 주인님, 머지않아 필요한 준비가 다 되면 처남은 남아메리카로 떠날 것을 약속드릴 수 있습니다. 제발 주인님, 경찰에게 그가 아직 황야에 있다고 알리지 말아 주십시오. 경찰이 황야에서의 추적을 그만두었기 때문에 처남은 배가 준비될 때까지 잠자코 있을 것입니다. 만약 주인님이 경찰에 알리신다면 저와 아내는 곤경에 빠질 것입니다. 제발, 주인님, 경찰에 아무 말씀도 말아 주십시오."

"왓슨 씨, 어떻게 할까요?"

나는 어깨를 으쓱했다.

"그가 이 나라를 안전하게 떠나 준다면, 납세자들의 부담이 줄겠군요."

"그렇지만 그가 떠나기 전에 누군가에게 강도짓을 하는 경우에는 어쩌죠?"

"주인님, 처남은 다신 그런 미친 짓을 하지 않을 것입니다. 우리는 그에게 필요한 것을 전부 주었습니다. 또 죄를 저지르면 숨어 있는 이곳이 탄로날 것입니다."

"그것도 맞는 말이군."

헨리 경이 말했다.

"알겠네, 배리모어. 경찰에는 알리지 않겠네."

"주님의 은총을 받으실 겁니다, 주인님. 진심으로 감사드립니다! 그가 다시 붙들리면 불쌍한 제 아내를 죽이는 꼴이 될 것입니다."

"왓슨 씨, 우리가 중죄인을 너무 두둔하고 있는 것 같군요. 하지만 저런 사정 얘기를 듣고서 그자를 경찰에 넘길 수도 없는 노릇인 것 같습니다. 그럼 이 얘기는 여기서 끝난 걸로 하세. 좋소, 배리모어, 자네는 나가 보게."

띄엄띄엄 감사의 말 몇 마디를 하고 나서 돌아선 배리모어는 잠시 망설이더니 되돌아왔다.

"주인님께서 저희에게 자비를 베푸셨으니 제가 할 수 있는 가장 큰 보답을 하고 싶습니다. 사실 저는 어떤 일을 알고 있습니다. 어쩌면 먼저 말씀드려야 했겠지만, 심문이 있은 지 한참 지나서야 그것을 발견했습니다. 그래서 아직까지 어느 누구에게도 그것에 대해 한마디도 언급하지 않았습니다. 그건 바로 찰스 주인님의 죽음에 관한 것입니다.”

준남작과 나는 동시에 일어섰다.

“그가 어떻게 죽었는지 알고 있소?”

“아닙니다. 그건 모릅니다.”

“그럼, 뭐요?”

“저는 찰스 주인님이 그 시간에 왜 황야를 통하는 문에 계셨는지 알고 있습니다. 그건 바로 어떤 여자 분을 만나기 위해서였습니다.”

“여자를 만나기 위해서? 숙부님이?”

“예, 주인님.”

“그 여자의 이름이 뭡니까?”

“안타깝게도 이름을 알 수 없었습니다, 주인님. 그러나 첫 글자는 말씀드릴 수 있습니다. 그녀의 이름 첫 글자는 ‘L.L.’이었습니다.”

“배리모어, 어떻게 그걸 알았소?”

“그러니까, 찰스 주인님께서 그날 아침 한 통의 편지를 받으셨습니다. 찰스 주인님은 대중적인 인물이고 친절한 마음씨로 잘 알려져 있었기 때문에 어려움에 처한 사람들은 누구나 그분께 도움을 청하기를 주저하지 않았습니다. 그래서 매일매일 많은 편지가 왔는데 그날은 우연히도 그 편지 한 통만 왔었습니다. 그래서 편지를 자세히 들여다보니 쿰 트레이시에서 온 것이었고 여자의 필체로 보이는 주소가 적혀 있었습니다.”

“그래서?”

"주인님, 제 아내가 아니었다면 전 그 일을 까맣게 잊고 넘겼을지도 모릅니다. 불과 몇 주 전에 제 아내는 찰스 주인님의 서재를 치우고 있었습니다. 그곳은 주인님이 돌아가신 뒤로 한 번도 손대지 않았었는데 아내가 벽난로의 재받침 뒤에서 태운 편지의 재를 발견했습니다. 그 편지의 대부분은 거의 까맣게 타 조각나 있었지만 끝부분의 내용만은 읽을 수 있었지요. 그것은 편지 끝에 쓴 추신 같았는데 거기에는 이런 내용이 씌어 있었습니다. '부디 신사 분이시라면 이 편지를 태우고 열 시에 그 문에 나와 계세요.'라고 말입니다. 그리고 아래에는 'L.L.'이란 첫 글자가 적혀 있었습니다."

"그 종이 조각을 가지고 있소?"

"아닙니다. 아내가 그것을 집어 들려고 했을 때 모두 조각조각 부스러졌습니다."

"찰스 경이 같은 필적의 다른 편지를 받은 적이 있습니까?"

내가 물었다.

"글쎄요, 저는 그분의 편지에 특별히 관심을 가진 적은 없었습니다. 그 편지도 한 통만 배달되지 않았다면, 쳐다보지도 않았을 겁니다."

"자네는 'L.L.'이 누구인지 모르겠나?"

"예, 주인님. 주인님과 마찬가지로 저도 잘 모르겠습니다. 그렇지만 그 여자 분이 있는 곳을 찾아내면 찰스 주인님의 죽음에 대해 더 많은 것을 알게 될 것이라고 생각합니다."

"하지만 배리모어, 나는 자네가 왜 그동안 이렇게 중요한 정보를 숨겼는지 이해할 수 없군."

"주인님, 편지를 발견하고 곧 처남에 대한 문제로 그 일을 까맣게 잊었습니다. 또 찰스 주인님께서 저희에게 베풀어 주신 것을 생각해 보면 당연한 일이긴 하지만 저희 부부는 그분을 너무도 좋아했습니다. 이 일을 들추어내는 것은 우리 불쌍한 주인님께 도움이 될 리가 없다고 생각했습니다. 사건에 여자가 개입될 때는 보다 신중하게 처리하는 게 바람직하다고 생각했습니다."

"자네는 그 편지가 숙부님의 명예를 손상시킬 수도 있다고 생각한 건가?"

"주인님, 그런 건 아무 도움도 되지 않습니다. 그리고 헨리 주인님께서 저희에게 이토록 친절을 베풀어 주셨는데, 제가 그 사건에 대해 말씀드리지 않는 것은 옳지 못한 것 같아 말씀드린 겁니다."

"알겠네, 배리모어. 이제 가도 좋네."

집사가 나갔을 때, 헨리 경이 나에게 몸을 돌렸다.

"왓슨 씨, 이 새로운 정보에 대해 어떻게 생각하십니까?"

"사건이 점점 더 복잡해지는 것 같습니다."

"나도 그렇게 생각합니다. 하지만 'L.L.'이란 사람을 찾아낼 수만 있다면, 누가 사건의 열쇠를 쥐었는지는 쉽게 알 수 있을 겁니다. 그만큼 많이 진전된 거라고 봐야겠죠. 이제 우리는 어떻게 해야 할까요?"

"전 홈즈에게 즉시 이 사실을 알리겠습니다. 배리모어의 정보는 홈즈가 찾고 있는 사건의 실마리를 제공할 것이고, 부리나케 여기로 달려올 겁니다."

나는 즉시 방으로 가서 아침에 나눈 대화에 대한 내 보고서를 작성했다. 홈즈는 최근 무척 바쁜 것이 분명했다. 왜냐하면 베이커가에서 보내온 짧은 메모들에는 내가 보낸 정보에 대해 아무런 평도 없었고, 내 임무에 대한 언급도 거의 없었기 때문이다. 그는 공갈 사건에 모든 힘을 쏟고 있는 게 분명했다. 그러나 이 새로운 정보는 틀림없이 그에게 관심을 불러일으킬 것이다. 그가 여기 있다면 좋겠다.

10월 17일. 하루 종일 비.

온종일 비가 내려 담쟁이덩굴이 바스락거렸고 창문에서 빗물이 끊임없이 흘러내렸다. 나는 거처할 곳도 없이 차갑고 황량한 황야에 있을 그 죄수에 대해 생각했다.

가엾은 사람! 지은 죄가 무엇이든지 간에 그는 지금 죗값을 혹독히 치르고 있다. 그리고 다른 인물에-마차에 타고 있던 인물, 달을 배경으로 서 있던 인물에-대해 생각했다. 눈에 보이지 않는 감시자, 어둠의 인물, 그도 저 폭우 속에 있는 걸까? 내 머리는 온통 음울한 생각으로 가득 차서 저녁에는 비옷을 걸치고 폭우에 흠뻑 젖은 황야 멀리까지 산책을 했다. 빗줄기가 얼굴을 때렸고 바람은 귓가에서 윙윙 거렸다. 신은 이제 저 거대한 늪지대를 배회하는 사람을 돕고 있다. 왜

냐하면 견고한 고원조차도 낮은 습지가 되고 있기 때문이다. 나는 그 외로운 감시자를 보았던 검은 바위산을 찾았다. 그리고 직접 그 울퉁불퉁한 꼭대기에서 우울하고 황량한 평원을 내려다보았다. 비와 함께 내린 진눈깨비들이 적갈색 표면 위를 떠다니고 있었다. 또 먹구름들이 산기슭에 회색 소용돌이를 이루듯 환상적인 전경을 연출하며 낮게 걸려 있었다. 저 멀리 안개에 절반쯤 가려진 나무들 위로 배스커빌 저택의 두 개의 가는 탑이 솟아 있었다. 이 탑들은 산허리에 밀집해 있는 선사 시대의 오두막들을 제외하고 인간이 살고 있음을 알려주는 유일한 표시였다. 그리고 어디에도 이틀 전 밤에 보았던 그 고독한 남자의 흔적은 없었다.

돌아오는 길에 개 수레를 타고 울퉁불퉁한 황야를 달려오는 모티머 의사를 만났다. 그는 파울마이어의 외딴 농가에서 귀가하는 길이었다. 모티머 의사는 우리가 어떻게 지내는지 보기 위해 하루도 거르지 않고 저택을 방문할 정도로 세심한 배려를 해주었다. 그는 나를 집까지 태워다 주겠다며 개 수레에 타라고 고집을 피웠다. 난 함께 가는 도중에 모티머 의사의 스패니얼 강아지가 없어져서 무척 걱정하고 있다는 사실을 알게 되었다. 아마 그 개는 황야를 배회하고 있을지도 모른다. 나는 그에게 곧 개를 찾을 수 있을 거라고 위로했지만 머리 속에서는 그림펜 늪에 빠져 허우적대던 조랑말이 떠올랐다. 모티머 의사는 다신 강아지를 볼 수 없을 것만 같았다.

"그런데, 모티머 선생. 이 근방에서 사는 사람들치고 선생이 모르는 사람은 별로 없겠지요?"

울퉁불퉁한 길을 덜컹거리며 가고 있을 때 내가 물었다.

"거의 없을 겁니다."

"그러면 첫 글자가 'L.L.'인 여자의 이름을 알고 있습니까?"

그는 몇 분 동안 생각했다.

"글쎄요, 잘 모르겠는데요."

그가 말했다.

"몇몇 집시들과 노동자들에겐 있을지 몰라도 이 근방의 농부들이나 상류계급 중에 그런 첫 글자를 가진 사람은 없습니다. 아니, 잠깐만요."

그가 잠시 후에 덧붙였다.

"로라 라이언즈란 사람이 있는데 그녀의 첫 글자가 'L.L.'입니다. 그렇긴 해도 그녀는 지금 쿰 트레이시에 살고 있습니다."

"그녀는 누굽니까?"

내가 물었다.

"그녀는 프랭클랜드 씨의 딸입니다."

"뭐라구요? 괴짜 노인 프랭클랜드 씨요?"

"네. 그녀는 황야에 그림을 그리러 왔던 라이언즈란 화가와 결혼했습니다. 하지만 남편은 곧 불량배로 드러났고 그녀를 버리기까지 했더군요. 제가 듣기론 잘못이 전적으로 어느 한쪽에만 있는 것은 아닌 것 같았습니다. 프랭클랜드 씨는 딸이 자신의 동의 없이 결혼했고 그 밖에 한두 가지 이유가 더 있기 때문에 그녀와 의절했습니다. 그래서 라이언즈 부인은 아버지와 헤어진 남편 사이에서 상당히 힘든 시간을 보냈답니다."

"그녀는 현재 어떻게 살아가고 있습니까?"

"제 생각에 프랭클랜드 씨가 약간의 돈을 준 것 같습니다. 그래도 프랭클랜드 씨 자신의 일도 상당히 복잡하게 뒤얽혀 있기 때문에 많이 주지는 못한 게 분명합니다. 하지만 아무리 그녀가 잘못을 했다 하더라도 희망이 없는 구렁텅이에 버려 둘 수는 없었겠지요. 그녀의 소문이 마을에 퍼지자 이곳의 몇몇 사람들이 올바른 삶을 살아갈 수 있도록 많이 도와주었습니다. 스태플턴 씨와 찰스 경도 도와주었고, 저 역시도 작지만 그녀가 타자치는 일을 하도록 주선해 주었습니다."

그는 내가 질문하는 의도를 알고 싶어 했지만, 많은 얘기를 하지 않고도 그럭저럭 그의 호기심을 만족시켜 줄 수 있었다. 내일 아침 쿰 트레이시를 찾아가 볼 것이다. 만약 내가 애매한 평판이 나 있는 로라 라이언즈 부인을 만날 수 있다면 미궁의 사건을 해결하기 위한 첫 걸음을 내디디는 게 될 것이다. 나는 독사의 지혜를 습득하고 있는 것이 분명하다. 왜냐하면 모티머 의사가 난처할 정도로 질문을 해댔을 때 프랭클랜드의 두개골이 어떤 유형에 속하는지 태연히 물어, 집에 오는 내내 두개골학에 관해서만 이야기를 들었기 때문이다. 내가 오랫동안 셜록 홈즈와 살아온 것이 헛된 것은 아니었다.

폭풍우가 치는 이 음산한 날에 대해 기록할 사건이 하나 더 있다. 그것은 방금 내가 배리모어와 나눈 대화인데 그것은 적절한 때에 내게 아주 좋은 정보를 제공해 주었다.

모티머 의사가 저택을 방문해 우리와 저녁 식사를 한 뒤, 나중에는 준남작과 에카르테를 했다. 집사가 서재에 있는 내게 커피를 가져다 주었기에 그에게 몇 마디 질문할 수 있는 기회를 가질 수 있었다.

"당신의 처남은 이곳을 떠났습니까? 아니면 아직도 황야에 숨어 있습니까?"

내가 물었다.

"모릅니다, 선생님. 전 처남이 제발 빨리 떠났으면 좋겠습니다. 그는 이곳에 온통 폐만 끼칠 뿐이에요! 3일 전 음식을 가져다 준 이후로 그의 소식을 전혀 듣지 못했습니다."

"그럼, 그를 만났습니까?"

"아닙니다, 선생님. 다음 날 그곳에 갔을 때 음식이 없었습니다."

"그러면 그가 그곳에 있는 게 분명하겠군요."

"음식을 다른 사람이 가져간 게 아니라면 선생님 말씀대로 그렇겠죠."

나는 앉아서 커피를 입으로 가져가면서 배리모어를 빤히 쳐다보았다.

"그러면, 다른 사람이라도 있다는 겁니까?"

"예, 선생님. 황야에는 처남 외에 또 다른 사람이 있습니다."

"그를 본 적이 있습니까?"

"아닙니다, 선생님."

"그렇다면 어떻게 그에 대해 확신하는 겁니까?"

"처남이 한 일주일 전에 제게 말해 주었습니다. 처남 외에 그 사람도 숨어 있는 형편이지만, 제가 아는 한 그는 죄수가 아닙니다. 왓슨 선생님, 저는 그게 싫습니다. 솔직히 드리는 말씀이지만 그게 싫습니다."

배리모어가 갑자기 격정에 사로잡히며 말했다.

"자, 배리모어, 내 말을 들어 보시오! 나는 당신의 주인과 관련된 문제 외에는 이 일에 대해 흥미가 전혀 없습니다. 내가 여기 온 것은 헨리 경을 돕기 위한 것입니다. 그러니 싫다는 게 뭔지 솔직하게 말해 보세요."

배리모어는 자신이 표출해 버린 격정 때문인지 아니면 자신의 감정을 말로 표현하기가 어려워서인지 잠시 주저했다.

"진행되고 있는 이 모든 일들입니다, 선생님."

비가 퍼붓고 있는 황야로 난 창을 향해 손을 흔들어 대며 그가 마침내 외쳤다.

"저기 어딘 가에서 사악한 일이 진행되고 있습니다! 극악무도하리만치 음흉한 흉계가 있다고 맹세할 수 있습니다. 헨리 주인님께서 런던으로 다시 돌아가신다면 정말 기쁘겠습니다!"

"그런 경고를 전하고 있는 것이 무엇이지요?"

"찰스 주인님의 죽음을 보십시오! 검시관이 뭐라고 했든 간에 그것만으로도 불길하다고 생각하기에 충분합니다. 황야에서 밤마다 들려오는 울음소리를 들어보세요. 대가를 치를 생각이 아니라면 해가 진 뒤에 황야를 건너가는 사람이 없습니다. 저기에 숨어 지켜보면서 기다리고 있는 낯선 사람을 보세요! 그가 기다리고 있는 것이 무엇일까요? 그게 뜻하는 게 무엇일까요? 그건 배스커빌이란 이름을 가진 사람은 무사하지 못할 거라는 뜻입니다. 헨리 나리의 새 하인들이 홀을 인계 받을 준비가 되었을 때는 그 모든 일이 끝나 있다면 정말 기쁘겠습니다."

"그 낯선 사람에 대해 셀든은 뭐라고 하던가요? 그가 어디 숨어 있는지, 무엇을 하고 있는지 셀든은 알고 있소?"

내가 물었다.

“처남은 그를 한두 번 본 적이 있지만 그는 아주 음흉한 사람이라서 아무것도 알려 주지 않았다고 합니다. 처음에는 그를 경찰이라고 생각했지만, 곧 상대도 몸을 숨겨야 하는 처지라는 걸 알았답니다. 셀든이 보기에 그는 신사 같기는 하지만, 확실히 어떤 사람인지는 알 수가 없었다고 했습니다.”

“그가 어디 살고 있다고 하던가요?”

“산기슭에 있는 그 옛집, 그러니까 고대인들이 살았던 돌오두막집에서요.”

“그렇다면 먹을 것은 어떻게 해결한답니까?”

“처남이 그러는데 낯선 사람에게는 필요한 것을 전부 가져다주는 심부름꾼 소년이 있답니다. 그 소년은 아마 필요한 것을 구하러 쿰트레이시로 갈 것입니다.”

“알았어요. 정말 고마워요. 언제 이 일에 대해 더 얘기하도록 합시다.”

집사가 나갔을 때, 나는 깜깜한 창가로 가서 흐릿한 창유리를 통해 세찬 바람에 휩쓸려 가는 구름과 흔들리고 있는 나무들을 보았다. 집안에 있기에도 거친 날씨인데 황야의 돌오두막에서 지내기는 오죽할 것인가? 미움이 얼마만큼이나 되면 이런 때에 저런 곳에 사람이 숨어 있도록 만들 수 있을까? 그는 얼마나 깊고 열렬한 목적을 가졌기에 저런 시련을 감수하고 있는 것일까? 황야의 저 오두막에는 나를 그토록 지독히 괴롭혔던 문제의 핵심이 있는 것만 같다. 또 하루가 가기 전에 나는 이 수수께끼의 핵심에 도달하기 위해 할 수 있는 모든 일을 할 것이다.

11

바위산 위의 남자

내 일기에서 발췌한 글로 진행된 지금까지의 이야기는 10월 18일까지였는데, 그 다음에 일어난 수수께끼 같은 사건들은 무시무시한 결말을 향해 신속하게 진행되기 시작했다. 그때의 사건들은 내 기억 속에 잊혀질 수 없을 만큼 깊이 새겨져 있어, 당시에 썼던 메모를 참고하지 않아도 얘기할 수 있다. 그럼 지금부터 대단히 중요한 두 가지 사실을 확인하는 데 성공한 그날로부터 시작하겠다. 하나는 쿰 트레이시의 로라 라이언즈 부인이 찰스 경에게 편지를 보내 그와 만날 약속을 했었다는 것이고, 다른 하나는 황야에 숨어 있던 남자를 산기슭의 돌오두막에서 찾아냈다는 것이다. 그때 나는 이 두 가지 사실을 알아내고도 사건의 수수께끼를 풀지 못한다면, 그것은 내 지성이나 용기 중 어느 하나가 부족한 탓이라고 생각했다.

나는 모티머 의사가 준남작과 카드를 하면서 늦게까지 남아 있었기 때문에, 어제 저녁 라이언즈 부인에 대해 알게 된 일을 말할 수 없었다. 하지만 다음 날 아침 식사 때, 내가 알아낸 것에 대해 헨리 경에게 알렸고 쿰 트레이시까지 나와 함께 갈 것인지 물었다. 처음에 그는 기꺼이 가려고 했으나, 다시 생각해 보니 나 혼자 가는 게 더 좋은 결과를 얻을 수 있을 것 같다는 결론을 내렸다. 아무래도 방문이 공식적일수록 얻는 정보는 적을 것이다. 그리하여 나는 별다른 양심의 가책이 없이 헨리 경을 남겨 두고 새로운 탐색을 위하여 마차를 타고 출발했다.

쿰 트레이시에 도착했을 때, 퍼킨스에게 말들을 세워 두도록 이르고 내가 찾는 그 숙녀에 대해 수소문했다. 라이언즈 부인의 집을 찾는 건 이외로 간단했다. 그 집은 도로의 중앙에 위치해 있었고 시설이 잘 갖추어져 있었다. 하녀가 격식 없이 편하게 나를 안내했다. 내가 응접실에 들어갔을 때 한 숙녀가 레밍턴 타자기 앞에 앉아 있다가 환영하는 기쁜 미소를 띠며 일어났다. 하지만 내가 낯선 사람이라는 걸 알자 고개를 숙이고 다시 자리에 앉아 내 방문의 목적을 물었다.

라이언즈 부인이 준 첫 인상은 굉장한 미인이라는 것이었다. 그녀의 눈과 머리카락은 윤기 있는 연한 갈색이었고 뺨은 주근깨가 많긴 했지만 우아한 핑크빛 홍조를 띄고 있었다. 다시 말하지만 첫인상은 감탄 그 자체였다. 그러나 자세히 보면 다소 거친 듯한 얼굴표정과 눈에서 엿보이는 냉엄함, 그 완벽한 아름다움을 손상시키는 입술의

느슨함 등 뭔가 이상하게 부자연스러운 것이 있었다. 하지만 이 모든 것들은 나중에 발견한 일이었다. 그 순간에는 내가 미모의 여인 앞에 있고, 그녀가 내가 방문한 이유를 물었다는 것만을 알 수 있을 뿐이었다. 그 순간까지 나는 내 임무가 얼마나 미묘한 것인가를 거의 인식하지 못했었다.

"당신의 아버지를 알게 되어서 기쁩니다."

난 첫인사로 예의를 갖춰 말했다.

"아버지와 저는 공통점이 하나도 없어요."

그녀가 차갑게 말했다.

"저는 아버지께 신세진 게 아무것도 없어요. 그리고 아버지의 친구가 제 친구는 아니잖아요. 돌아가신 찰스 배스커빌 경과 다른 친절한 분들이 아니었다면 전 굶어 죽었을 거예요."

"제가 여기에 당신을 만나러 온 것은 고 찰스 배스커빌 경 때문입니다."

그녀 얼굴의 주근깨가 더욱 선명해졌다.

"그분에 대해 무슨 말씀을 듣고 싶은 거지요?"

타자기를 신경질적으로 치면서 그녀가 물었다.

"당신은 그를 알고 있지요?"

"제가 이미 말씀드렸듯이 저는 그분에게 많은 은혜를 입었어요. 제가 지금 자립할 수 있는 것도 저의 딱한 처지를 보고 도와주신 그분의 관심 덕택입니다."

"당신과 찰스 경은 서신교환을 했습니까?"

"질문의 의도가 뭐죠?"

그녀가 노여운 눈빛을 띠고 날카롭게 물었다.

"공공연한 스캔들을 피하려는 의도입니다. 이 사건이 우리의 통제력을 벗어나게 되는 것보다 여기서 묻는 게 더 낫지 않겠습니까?"

그녀는 아무 말도 하지 않았고 얼굴은 매우 창백해졌다. 마침내 그녀는 앞뒤를 가리지 않는 반항적인 태도로 쳐다보았다.

"좋아요, 대답하겠습니다."

그녀가 말했다.

"뭘 질문하셨죠?"

"찰스 경과 서신 왕래를 했습니까?"

"그분의 동정심과 관대함에 감사하기 위해서 한두 번 편지를 썼던 것은 사실입니다."

"그럼 편지를 보낸 날짜를 기억하고 있습니까?"

"아니요."

"그를 만난 적이 있나요?"

"예, 그분이 쿰 트레이시에 왔을 때 한두 번 만났습니다. 그분은 아주 수줍은 분이어서 좋은 일도 몰래 하고자 하셨어요."

"그분을 만난 적도, 편지를 쓴 적도 많지 않은데 그가 어떻게 당신의 일을 알고 도울 수 있었습니까?"

그녀는 내가 수긍하기 어려워하는 부분을 아주 흔쾌히 받아 넘겼다.

"저의 딱한 사정을 알고 도와주신 신사 분 몇 명이 계십니다. 한 분은 스태플턴 씨인데 찰스 경의 이웃이자 절친한 친구이시죠. 그분은 아주 친절하시고 찰스 경이 제 일을 아시게 된 것도 그분을 통해서입니다."

나는 이미 찰스 배스커빌 경이 스태플턴을 그의 구호품 분배 관리자로 삼았다는 것을 알고 있었기 때문에 이 숙녀의 말이 진실하다는 인상을 받았다.

"찰스 경에게 만나자고 했던 편지를 쓴 적이 있습니까?"

내가 이어서 묻자, 라이언즈 부인은 다시 얼굴이 붉어졌다.

"선생님, 이건 정말 이상한 질문이군요."

"부인, 죄송합니다만 저는 그 사실을 알아야 합니다."

"알았어요. 대답하겠습니다. 그런 편지는 쓴 적이 없습니다."

"찰스 경이 돌아가시던 바로 그날에 쓰지 않았습니까?"

그녀의 붉은 얼굴색이 순식간에 사체 같은 얼굴로 바뀌었다. 그녀는 메마른 입술로 '아니요'라고 했지만, 그 대답은 들었다기보다 차라리 봤다고 할 수밖에 없었다.

"그때를 잘 기억하지 못하시는 것 같군요."

내가 말했다.

"나는 부인의 편지 한 구절을 암송할 수도 있습니다. 그건 '부디, 신사 분이시라면 이 편지를 태우고 열 시에 그 문에 나와 계세요.'입니다."

내 말이 끝나자 그녀는 기절할 것 같은 표정이었다. 하지만 안간힘을 써서 침착함을 되찾았다.

"찰스 경도 신사는 못 되시는 군요."

그녀가 흥분하며 말했다.

"아닙니다. 부인은 찰스 경에 대해 오해하고 있습니다. 그분은 그 편지를 분명 태웠소. 그러나 때로는 불타 버렸다 해도 글을 읽을 수 있는 경우가 있습니다. 이제 그 편지를 썼다는 것을 인정하시겠습니까?"

"예, 제가 썼습니다."

그녀는 악을 쓰듯 홍수처럼 말을 쏟아 냈다.

"그래요, 썼어요. 내가 그걸 부인해야 할 이유가 있나요? 나는 그것을 부끄럽게 생각해야 할 이유가 없어요. 저는 그분이 절 도와주길 바랐어요. 내가 그분과 면담을 하고 나면 그분의 도움을 얻을 수 있으리라 믿었어요. 그래서 만나기를 청했던 거예요."

"그렇지만 왜 그런 시간에?"

"그분이 다음 날 런던으로 가서 몇 달 동안 돌아오지 않을 거라는 사실을 바로 전날 알았기 때문이에요. 그래서 그곳에 좀더 일찍 가지 못했습니다."

"그런데 왜 집으로 방문하지 않고 뜰에서 만나기로 했습니까?"

"여자가 그런 시간에 혼자 사는 남자의 집에 갈 수 있다고 생각하세요?"

"그럼, 그곳에 갔을 때 무슨 일이 벌어졌습니까?"

"저는 가지 않았습니다."

"라이언즈 부인!"

"정말 안 갔어요. 신에게 맹세하겠어요. 저는 절대로 가지 않았습니다. 마침 그때 사정이 생겨서 못 가게 되었어요."

"그게 뭡니까?"

"그건 개인적인 일이라 말씀드릴 수 없습니다."

"그러니까 찰스 경이 죽음을 맞이한 그 시간 그 장소에서 찰스 경과 만나기로 약속했다는 것은 인정하지만 당신이 약속을 못 지켰다는 겁니까?"

"네. 그게 사실입니다."

나는 되풀이해서 그녀를 반대 심문했지만 더 이상 진행할 수 없었다.

"라이언즈 부인."

결론에 이르지 못한 그 긴 면담을 끝내면서 내가 말했다.

"부인이 알고 있는 모든 것을 전부 고백하지 않음으로서 중대한 책임을 떠안고 스스로를 곤경에 빠뜨릴 수도 있습니다. 만약 내가 경찰한테 도움을 청한다면 부인의 체면이 심각하게 손상될 것입니다. 자신이 결백하다면 그날 찰스 경에게 편지를 썼던 사실을 부인한 이유가 무엇입니까?"

"그 편지 때문에 잘못된 소문에 휘말릴까 두려웠기 때문입니다."

"그리고 찰스 경에게 편지를 없애 달라고 그토록 간청한 이유가 뭡니까?"

"편지를 읽으셨다면 아실 텐데요."

"나는 그 편지를 전부 읽었다고는 하지 않았습니다."

"편지의 일부를 인용하셨잖아요."

"추신 부분을 인용했었습니다. 얘기한대로 편지는 불태워져서 전부 읽을 수 없었습니다. 다시 한번 묻겠습니다. 찰스 경이 죽던 날 받은 그 편지를 태워 없애 달라고 그토록 간청한 이유가 뭐였죠?"

"그 일은 아주 사적인 것입니다."

"공식적인 수사를 피해야 할 정도로?"

"그렇다면 말씀드리겠어요. 선생님이 저의 불행한 과거에 대해 무슨 얘기를 들으셨다면, 제게 성급하게 결혼을 했고 지금 그것을 후회하고 있다는 것을 알고 계실 겁니다."

"잘 알고 있습니다."

"저의 삶은 끔찍이도 싫어하는 남편으로부터 괴롭힘을 당하는 삶의 연속이었습니다. 법이 남편에게 유리했기 때문에 저는 그와 강제로 살아야 하는 형편에 직면해 있었어요. 내가 찰스 경에게 편지를 쓴 이유도 어느 정도의 비용만 있다면 다시 자유를 얻을 가망성이 있다는 것을 알게 되었기 때문이었죠. 그 자유는 마음의 평화, 행복, 자존심 등 제게 가장 소중한 것을 다시 찾게 된다는 뜻이었습니다. 저는 찰스 경이 관대한 분이란 걸 알고 있었기 때문에 그분이 직접 제 이야기를 듣게 된다면 분명히 도와주실 거라고 생각했습니다."

"그런데 어째서 가지 않았죠?"

"그 사이에 다른 곳에서 도움을 받았기 때문입니다."

"아니, 그러면, 찰스 경에게 편지를 해서 그 일에 대해 설명하지 않았단 말입니까?"

"다음 날 아침 신문에서 그분이 돌아가셨다는 것을 보지 않았다면 편지를 썼을 것입니다."

라이언즈 부인의 이야기에는 일관성이 있었고 내 질문 공세에도 흔들리지 않았다. 나는 그녀가 정말로 남편에게 이혼 소송을 제기했는지와 비극이 발생했던 시각에 대해 확인해 볼 수밖에 없었다. 라이언즈 부인이 정말로 배스커빌 저택에 갔는데도 가지 않았다고 거짓말하는 것 같지는 않았다. 왜냐하면 쿰 트레이시에서 배스커빌 저택까지 가려면 마차가 필요했을 것이고, 이른 아침까지 쿰 트레이시로 돌아올 수 없기 때문이다. 또 그런 나들이는 비밀이 지켜질 수 없었다. 그러므로 그녀는 어쩌면 사실을 말하고 있거나 적어도 부분적으로나마 진실을 말하고 있는 것이다. 떠나올 때 나는 낭패감으로 의기소침했다. 그리고 또다시 나는 임무를 달성하기 위한 모든 길에 죽음의 장벽이 쌓여 있는 것 같은 느낌을 받았다. 하지만 면담을 하는 중에 라이언즈 부인의 얼굴과 태도를 생각해 볼수록 내게 뭔가를 감추고 있다는 느낌이 강해졌다. 그녀가 그토록 창백해진 이유가 뭘까? 어쩔 수 없이 말해야 할 때까지 그녀가 고백하지 않으려 한 이유는 무엇일까? 그 비극이 발생한 때에 대하여 그토록 말을 삼가는 이유는 뭘까? 이 모든 의문에 대해 생각해 보면 부인이 결백하다는 사실을 도저히 믿을 수 없었다. 하지만 이 일은 지금으로서는 더 이상 진행할 수 없으니 황야의 돌오두막에서 실마리를 찾아 볼 수밖에 없었다.

다른 실마리를 찾는다는 것은 아주 애매한 일이었다. 나는 마차를 타고 돌아오면서 언덕 곳곳에 고대인의 흔적이 남아 있는 것을 발견했다. 배리모어가 알려 준 것은 그 낯선 사나이가 버려진 돌오두막 중 하나에 살고 있다는 것뿐이었다. 이 황야에는 그런 오두막이 수백 개가 흩어져 있었다. 하지만 그 남자가 검은 바위산 정상에 서 있었던 것은 내 자신의 경험으로 볼 때 하나의 안내판 역할을 하는 것일 수도 있었다. 그렇다면 바위산 정상부터 시작해서 그자가 숨어 있는 바로 그 오두막을 찾을 때까지 황야에 있는 모든 오두막을 수색해야 할 것이다. 만약 그 사람을 찾아낸다면 난 직접 그의 머리에 총부리를 대고서라도 그가 누구이며 왜 그렇게 오랫동안 우리를 미행했는지를 알아낼 작정이다. 그가 리젠트가에서는 우리를 따돌리고 군중들 속으로 사라질 수 있었을지 모르지만 이 한적한 황야에서는 그럴 수 없을 것이다. 하지만 오두막을 찾아내는데 성공했을지라도 범인이 안에 없다면 그가 돌아올 때까지 기다려야 할 것이다. 홈즈가 런던에서 그를 놓쳤었기 때문에 내가 그를 궁지에 몰아넣을 수 있다면 그 영예는 참으로 값진 것이 될 것이다.

이제까지의 조사에서 행운의 여신은 계속해서 우리를 실망시켜 왔지만 이제 드디어 내게 미소를 보내왔다. 행운의 전령은 다름 아닌 프랭클랜드 씨였다. 그는 흰 수염이 난 붉은 얼굴을 하고 내가 말을

타고 온 큰길 쪽으로 나 있는 자신의 정원문 밖에 서 있었다.

"왓슨 씨, 안녕하시오!"

평소와 달리 그가 기분 좋게 소리쳤다.

"말들도 쉬어야 할 것 같으니 들어와서 포도주 한 잔 하면서 날 좀 축하해 주구려."

프랭클랜드 씨에 대한 내 감정은 라이언즈 부인에게 어떻게 했는지 듣고 난 후 그다지 우호적이진 않았다. 하지만 퍼킨스와 마차를 집으로 보낼 절호의 기회였다. 나는 마차에서 내리면서 저녁 식사 시간에 맞추어 걸어가겠다고 마부 퍼킨스를 통해 헨리 경에게 전갈을 보냈다.

"왓슨 씨, 오늘은 내 인생에서 기념할 만한 굉장한 날이라네!"

그가 함박웃음을 지으며 소리쳤다.

"그게 뭔가 하니, 두개의 소송사건이 걸려 있었는데 해결을 봤단 말씀이야. 나는 이쯤에서 마을 주민들에게 법은 법이고 법에 호소하기를 두려워하지 않는 사람이 여기 있다는 것을 가르쳐 줄 작정이었지. 왓슨 씨, 나는 현관문 100야드 이내에서 옛 미들턴 공원의 정원 한 가운데를 당당하게 통과할 수 있는 통행권을 확인 받았네. 당신은 그것에 대해 어떻게 생각하시는가? 우리는 돈 많은 녀석들이 서민들에게 함부로 굴지 못하도록 가르쳐 주게 된 걸세. 망할 녀석들! 그리고 되먹지 못한 사람들이 소풍 다니는 숲도 폐쇄해 버렸네. 그 불한당 같은 놈들은 남의 재산권은 무시한 채 자기들이 좋은 곳이면 어디든 종이나 병을 가지고 떼 지어 모여 다녀도 좋다고 생각하고 있는 것 같네. 이렇게 두 가지 소송이 판결이 났고 둘 다 내가 승소했지.

존 멀랜드 경이 자신의 야생 조수 사육 특허장에서 총을 쏘았을 때 소송을 제기한 이후로 이런 날을 가져 보지 못했네 그려."

"세상에, 어떻게 두 건이나 승소할 수 있었습니까?"

"판례집에서 그 사건을 찾아보면 알 수 있네. 특히 고등법원 재판소, 프랭클랜드 대 멀랜드를 읽어보시면 보답을 받을 거요. 그 사건으로 소송비용을 200파운드나 썼지만 결국 평결에서 내가 이겼다네."

"그것이 무슨 이득이 되었습니까?"

"아니오, 왓슨 씨. 나는 전적으로 공적인 의무감에서 한 것이기 때문에 오히려 그 일에서 아무런 이득을 보지 않는 것을 자랑으로 여긴다네. 예를 들어 오늘 밤 페른워시의 악당들이 내 형상을 만들어 태울 것이 분명할 게야. 전에도 이런 일이 있었을 때 나는 경찰들에게 그런 명예롭지 못한 행사를 막아야 한다고 말했지. 왓슨 씨, 이 지방 경찰력은 한심한 지경이라네. 그래서 내가 마땅히 받아야 할 보호를 제대로 받지 못하고 있지. 프랭클랜드 대 레지나 소송사건은 대중들을 그 문제에 대해 관심을 갖게 할 거야. 나는 경찰들에게 나를 이렇게 대접한 것을 후회할 거라고 말했고, 이미 내 말은 실현되었다네."

"어떻게 말입니까?"

내가 묻자 프랭클랜드 씨는 꽤 아는 체하는 표정을 지었다.

"왜냐하면 나는 그들도 모르는 정보를 갖고 있기 때문이라네. 뭐 하여튼 어떤 권유가 있더라도 나는 저 악당들을 돕지 않을 걸세."

예전 같으면 이런 저런 핑계를 대면서 그의 잡담을 피해 도망쳤겠지만, 지금은 좀더 듣고 싶어졌다. 나는 관심을 많이 보일수록 프랭클랜드 씨의 마음은 잘 닫힌다는 것을 알고 있었다. 그래서 이 노인의 비꼬인 심사를 잘 파악해서 반대로 물어봤다.

"혹시 밀렵 사건이 아닌가요?"

무관심한 태도로 내가 말했다.

"하하, 이보게. 왓슨 씨. 그것보다는 훨씬 더 중요한 사건이라네! 황야의 죄수라면 어떻겠나?"

나는 빤히 쳐다보았다.

"그가 어디 있는지 알고 있다는 뜻은 아니겠죠?"

"그가 어디 있는지 정확히는 알지 못하지만 경찰이 그를 잡을 수 있도록 확실히 도울 수는 있네. 그 사람을 잡는 길은 그자가 먹을 것을 어디에서 얻는지 알아내어 그걸 추적하는 것이라고 생각해 본적 없나?"

그는 틀림없이 거북할 정도로 진실에 접근하고 있는 것 같았다.

"물론 있죠."

내가 말했다.

"그렇지만 그가 황야 어딘가에 있다는 걸 어떻게 아십니까?"

"그에게 음식을 가져다주는 심부름꾼을 내 눈으로 직접 보았으니까."

배리모어를 생각하니 나는 가슴이 철렁했다. 참견하기 좋아하는 짓궂은 노인의 수중에 들어가는 것은 심각한 일이다. 그러나 그의 다음 이야기는 내 근심을 깨끗이 없애 주었다.

“어떤 아이가 그에게 먹을 것을 날라다 주는 것을 당신이 직접 본다면 매우 놀랄 걸세. 나는 지붕에 있는 망원경을 통해 매일 같은 시간에 같은 길을 지나가는 그 아이를 보지. 그 애가 죄수에게 가는 게 아니라면 도대체 어디로 가는 걸까?”

정말 다행이었다! 그러나 나는 짐짓 흥미 없는 표정을 짓느라 애를 써야 했다. 아이라…. 배리모어 말이 어떤 소년이 우리가 알지 못하는 그 사람에게 음식을 날라 준다고 했었다. 프랭클랜드 씨가 발견한 것은 바위산에서 보았던 낯선 사나이의 자취이지 죄수의 자취가 아니었다. 내가 프랭클랜드 씨의 정보를 알아낼 수 있다면 일일이 오두막집을 뒤지는 길고 지루한 추적 시간이 크게 단축될 것이다. 하지만 지금은 무관심한 체하는 것이 내가 내밀 수 있는 가장 효과적인 카드였다.

“황야 목동의 아들이 아버지에게 저녁을 내가는 것 같은데요.”

이 늙은 독재자에게 불을 당기기에는 아주 사소한 반대의견을 표명하는 것만으로도 충분했다. 그가 악의에 찬 눈으로 나를 쳐다보았고 그의 흰 수염은 성난 고양이처럼 바짝 곤두섰다.

“아니, 왓슨 씨! 어떻게 그렇게 말할 수 있나?”

드넓게 펼쳐진 황야를 가리키며 그가 말했다.

“저기 저쪽에 있는 검은 바위산이 보이나? 그리고 가시덤불이 있는 저기 낮은 언덕도? 저곳은 황야 중에서도 가장 돌이 많은 곳이네. 저기가 목동이 자리 잡을 만한 곳이라고 생각하나? 왓슨 씨 말은 아주 말도 안 되는 것이야."

나는 잘 모르고 한 얘기라고 유순하게 대답했다. 나의 순순함은 그를 기분 좋게 만들었고 속 이야기를 좀더 털어놓게 만들었다.

"내가 그런 견해를 갖게 된 데에는 그럴 만한 충분한 근거가 있었다는 것을 당신도 곧 알게 될 걸세. 나는 그 소년이 보따리를 가지고 있는 것을 여러 번 보았어. 매일, 어떤 때는 하루에 두 번 볼 수— 아니, 잠깐만, 내 눈이 잘못된 건가 아니면 지금 저 산기슭에 뭔가가 움직이고 있는 건가?"

몇 마일 떨어진 곳이긴 했지만 흐릿한 녹색과 회색을 배경으로 조그만 검은 점을 분명히 볼 수 있었다.

"자, 어서 날 따라오게!"

위층으로 뛰어 올라가며 프랭클랜드 씨가 소리쳤다.

"눈으로 직접 보고 판단해 보게."

삼각대 위에 탑재된 거대한 망원경이 평평한 함석지붕 위에 있었다. 프랭클랜드 씨가 거기에 잽싸게 눈을 갖다 대고 만족스런 탄성을 질렀다.

"어서, 빨리, 왓슨 씨. 저 애가 언덕을 넘어가기 전에 어서!

망원경을 들여다보자 정말로 조그만 소년이 어깨에 꾸러미를 메고 언덕을 조심스럽게 살피며 올라가고 있었다. 그가 꼭대기에 다다랐을 때, 나는 푸른 하늘을 배경으로 드러난 남루한 차림의 인물을 보았다. 그는 누군가 미행하는 것을 두려워하고 있는 듯 아주 은밀한 태도로

소년의 주변을 살폈다. 그런 다음에 그는 순식간에 언덕 너머로 사라져 버렸다.

"자, 내 말이 맞지?"

"영감님의 말씀이 맞군요. 어떤 비밀스런 심부름을 하는 것으로 보이는 소년 같습니다."

"그 심부름이 뭔지는 시골 경관이라도 알 수 있을 걸세. 하지만 그들은 나에게 단 한마디도 듣지 못할 게야. 당신도 비밀을 지켜야 하네. 한마디도 안 돼! 알겠지?"

"바라시는 그대로 하겠습니다."

"그자들은 나를 수치스럽게 대접했고, 프랭클랜드 대 레지나 소송에서 그 사실이 드러났을 때 분노의 전율이 이 지역 전체에 흐르게 될 걸세. 하여간 어떤 설득에도 나는 경찰을 돕지 않을 거네. 저들이 관심을 기울였어야 하는 것은 말뚝에 매달아 화형 시킨 내 인형이 아니라 나였어야 했어. 아니, 설마 지금 가는 겐가? 내가 이 기막힌 일을 경축하기 위해 한 잔 하는데 함께하지 않고!"

나는 프랭클랜드 씨의 간청을 뿌리치고 그가 나와 함께 집까지 걸어가겠다고 하는 걸 만류하는 데 애를 먹었다. 나는 그가 지켜보고 있는 동안 제 길을 가다가 옆길로 빠져 나와 황야를 가로질러 그 소년이 사라졌던 돌투성이 언덕으로 향했다. 모든 일이 순조롭게 진행되고 있었다. 나는 행운의 여신이 모처럼 던져 놓은 기회를 인내와 열정으로 붙잡고 말겠다고 다짐했다.

내가 그 언덕 꼭대기에 다다랐을 때 해는 이미 지고 있었다. 발밑의 긴 비탈 한쪽은 금빛이 도는 푸른빛이었고 다른 한쪽은 회색으로 그늘져 있었다. 아지랑이가 저 멀리 지평선 위에 낮게 깔려 있었고, 거기에서 벨리버 바위산과 빅슨 바위산의 환상적인 자태가 돌출되어 있었다. 드넓은 평원은 고요했고, 어떠한 움직임도 없었다. 갈매기인지 마도요인지 커다란 회색빛 새 한 마리가 푸른 하늘 높이 날고 있었다. 그 새와 나는 아치를 그리고 있는 거대한 하늘과 그 아래 있는 사막 사이의 유일한 생물 같았다. 황량한 경치, 고독감, 내 직무의 불가사의함과 위급함, 이 모든 것이 나를 오싹하게 만들었다. 그 소년은 어디에도 보이지 않았다. 그러나 내 발 밑에 있는 바위산의 오목한 틈새에 옛 돌오두막들이 원을 이루고 있는 것이 보였다. 그 한가운데에 아직도 비바람을 막을 수 있을 정도로 지붕이 충분히 남아 있는 오두막 하나가 있었다. 그것을 보자 가슴이 마구 뛰었다. 저것이 낯선 사나이가 숨어 있는 은신처임에 틀림없다. 마침내 그가 숨어 있는 곳의 문 앞에 도착했다. 그의 비밀은 내 손아귀에 들어왔다.

그 오두막에 다가갈 때 나는 앉아 있는 나비에게 접근하는 스태플턴처럼 아주 조심스럽게 걸었다. 나는 그곳이 정말 은신처로 사용되어 왔었다는 것을 확인할 수 있었다. 표석들 사이에 있는 희미한 오솔길이 문으로 쓰이는 낡아빠진 통로로 나 있었다. 내부는 아주 조용했다. 지금 그 낯선 사나이가 저기에 숨어 있던가, 아니면 황야를 어슬렁거리고 있을지도 모른다. 나는 모험심으로 흥분해 있었다. 담배를 던져 버린 다음 나는 권총 손잡이를 손으로 단단히 잡고 문을 향해 재빨리 걸어가서 안을 들여다보았다. 하지만 그곳은 비어 있었다.

돌오두막 안에는 내가 냄새를 잘못 맡은 게 아니라는 표시가 충분히 있었다. 방수포에 말아 놓은 담요가 예전에 신석기인이 잠자던 바로 그 석판 위에 놓여 있었다. 화롯불 재가 조잡한 쇠살대 위에 수북이 쌓여 있었다. 그 옆에 요리 기구들과 물이 반쯤 찬 양동이도 놓여 있었다. 그 사람이 살고 있는 곳임이 분명했다. 1리터의 빈 주석 깡통은 그곳이 한동안 사용되어 왔다는 것을 알게 해줬다. 눈이 밝았다 어두웠다 하는 불규칙한 빛에 익숙해지자 구석에 작은 접시와 술이 절반쯤 차 있는 병이 놓여 있는 것이 보였다. 오두막 한가운데 식탁으로 사용되는 평평한 돌이 있고 그 위에 작은 꾸러미가 있었다. 그 꾸러미는 내가 망원경을 통해 보았던 그 보따리가 틀림없었다. 거기에는 빵 한 덩어리와 통조림 두 개가 들어 있었다. 보따리를 살펴보고 나서 다시 내려놓으려고 할 때 그 밑에 메모지 한 장이 눈에 들어왔다. 글이 적혀 있는 그 메모지를 보자 나의 가슴은 두방망이질 쳤다. 나는 그것을 집어 들었다. 거기에는 연필로 아무렇게나 갈겨 쓴 다음과 같은 글이 있었다.

왓슨 의사가 쿰 트레이시로 갔습니다.

나는 잠시 동안 이 짧은 전갈의 의미를 생각해 내려고 메모지를 손에 든 채 서 있었다. 그러니까 이 의문의 사나이가 미행하고 있는 것은 헨리 경이 아니라 나였단 말인가? 그는 나를 직접 미행하지 않고 대리인을 시켜서, 즉 그 소년을 시켜서 나를 미행하게 했고 이것은 그 소년의 보고서란 말인가? 이것으로 보아 황야에 온 이후로 내가 한 모든 행동이 관찰되고 보고 되었을지도 모른다. 난 항상 눈에 보이지 않는 세력이 있다는 것을 느끼기는 했다. 하지만 이렇게 기막힌 솜씨로 교묘한 그물을 쳐 놓고 나를 관찰하고 있었다니. 그리고 나는 최후의 순간이 되어서야 올가미에 걸려들었다는 것을 깨닫게 되다니.

보고서가 하나 있다면 다른 것들이 또 있을 만도 했다. 그것들을 찾기 위해 오두막을 자세히 둘러보았지만 그 비슷한 것은 찾아 볼 수 없었다. 분명한 것은, 그가 스파르타식 생활 습관을 가지고 있으며 안락한 삶에 거의 관심이 없는 사람이라는 것이다. 쩍 벌어진 지붕의 틈새를 보았을 때 나는 폭풍우가 몰아치던 요즘의 날씨에 이곳에서 사람이 지냈다는 사실이 믿어지지가 않았다. 그럼에도 이런 거처에 머물렀다는 것은 그 목적이 얼마나 강렬하고 절대적인 것인지 알 수 있었다. 과연 그는 우리에게 악의를 품고 있는 적일까? 아니면 우리를 보호하는 수호천사일까? 나는 이것을 알아낼 때까지 오두막을 떠나지 않기로 작정했다.

바깥의 태양은 낮게 가라앉았고 서쪽 하늘은 진홍빛과 금빛으로 불타고 있었다. 저 멀리 거대한 그림펜 늪 곳곳에 있는 웅덩이들에서 발갛게 빛이 반사되고 있었다. 배스커빌 저택의 탑 두 개가 서 있는 것이 보였고, 흐릿한 연기 속에 그림펜 마을이 그 모습을 어렴풋이 보였다. 그리고 언덕 뒤로 스태플턴의 집이 눈에 들어왔다. 황금빛 석양 속에서 모든 것이 감미롭고 아름다우며 평화로웠다. 그러나 그것을 바라보는 내 영혼은 자연이 선사하고 있는 평화로움을 느낄 수 없었다. 오히려 시시각각 다가오는 희미한 공포와의 대면에 몸이 떨렸다. 하지만 난 인내심을 가지고 오두막 깊숙이 어두운 곳에 앉아 은신처의 주인이 오기만을 기다렸다.

그때 마침, 누군가 오는 소리가 들렸다. 멀리서 돌에 부딪치는 구두 소리가 들려왔다. 한 걸음, 또 한 걸음 점점 더 가까이 왔다. 나는 주머니 속의 권총을 위로 향하게 하고 낯선 사나이를 볼 수 있을 때까지 발각되지 않도록 가장 어두운 구석으로 뒷걸음질쳤다. 발소리가 오래 정지해 있었다. 그것은 그가 멈췄다는 것을 알려 주는 것이었다. 다시 한번 발소리가 들리고 오두막 통로에 그림자가 드리워졌다.

"왓슨, 정말 멋진 저녁이야."

귀에 익은 목소리가 들려 왔다.

"내 생각엔 안에 있는 것보다 밖에 있는 게 더 편할 듯싶군."

12

황야에서의 죽음

얼마 동안 나는 내 귀를 의심하면서 숨죽이고 앉아 있었다. 감각과 목소리가 되살아나면서 나를 짓누르고 있던 책임감이 순식간에 내 영혼에서 사라지는 것 같았다. 저 차갑고 예리하며 빈정대는 듯한 목소리의 주인공은 이 세상에 단 한 사람밖에 없었다.

"홈즈!"

내가 외쳤다.

"홈즈!"

"나오게."

그가 말했다.

"권총 조심하고."

나는 울퉁불퉁한 상인방 아래서 몸을 구부렸다. 홈즈가 바깥에 있

는 돌 위에 앉아 있었다. 홈즈의 시선이 나의 놀란 얼굴에 쏠렸을 때 그의 회색 눈이 즐거움으로 춤을 추고 있었다. 홈즈는 여위고 수척해져 있었지만 안색은 밝아 보였다. 여전히 얼굴은 날카로웠으며, 햇볕에 타서 더욱 짙은 구릿빛을 띠고 있었지만 바람으로 인해 꽤 거칠어져 있는 듯했다. 그는 트위드 정장에 천 모자를 쓰고 있어 황야의 여느 여행자와 같았다. 그의 천성이기도 했지만 청결함을 좋아하는 고양이 같은 성품으로 그는 마치 베이커가에 있는 것처럼 깨끗이 면도를 하고 셔츠를 완벽하게 갖추어 입고 있었다.

"내 평생에 그 누구를 만난 것보다 이렇게 기쁠 수는 없을 걸세."

나는 홈즈와 힘주어 악수하며 말했다.

"또 이렇게 놀라지도 않았겠지, 그렇지 않나?"

"그래, 인정할 수밖에 없겠군."

"물론 자네만 놀란 건 절대 아니지. 나도 자네가 내 잠복처를 찾아내리라고는 생각지도 못했네. 더구나 문에서 스무 걸음 남았을 때까지 자네가 그 안에 있으리라고는 더더욱 생각하지 못했어."

"내 발자국을 보고 알지 않았나?"

"아니네, 왓슨. 내가 세상의 모든 발자국 중에서 자네의 발자국을 알아볼 수 있다고 단언할 수는 없어. 만약 자네가 정말로 나를 속이고 싶다면 담배를 바꿔야 할 걸세. '옥스퍼드가 브래들리'라고 표시된 담배꽁초를 보았을 때 난 내 친구 왓슨이 근처에 와 있다는 걸 알았지. 저기 길가에 떨어져 있더군. 자네는 분명 빈 오두막에 돌진해 들어가는 최후의 순간에 꽁초를 버렸겠지."

"맞아. 그랬었어."

"역시 그렇군. 나는 자네의 감탄할 만한 끈기를 잘 알고 있기 때문에 자네가 무기를 소지한 채 주인이 돌아오기를 기다리며 매복하고 있을 거라고 확신했네. 그러니까 자네는 정말로 내가 범죄자라고 생각했나?"

"나는 자네가 누군지는 알지 못했네. 하지만 알아내려고 작정했지."

"멋지네, 왓슨! 그런데 나를 어떻게 찾아냈나? 죄수를 쫓던 날 밤 나를 보았겠지? 그때 내가 달이 떠오르는데도 가만히 있었던 것은 경솔한 짓이었어."

"그렇다네, 그때 자네를 보았네."

"그리고 이 오두막을 발견할 때까지 모든 돌오두막을 뒤졌겠지?"

"그건 아닐세. 나는 자네의 심부름꾼을 봤다는 사람이 있어서 그 덕분에 이곳을 찾을 수 있었네."

"틀림없이 그 노신사의 망원경으로 보았겠군. 내가 처음 렌즈에서 번쩍이는 빛을 보았을 때 그게 뭔지 알 수 없었네."

그가 일어서서 오두막 안을 들여다보았다.

"아, 카트라이트가 먹을 것을 갖다 놓았군. 이 종이는 뭐지? 그러니까 자네가 쿰 트레이시에 갔다 왔나 보지?"

"그랬어."

"로라 라이언즈 부인을 만나려고?"

"맞아."

"정말 잘했네! 지금까지 우리의 수사는 평행선을 달리고 있네. 우리가 얻은 결과를 서로 연결하면 이 사건에 대한 꽤 많은 정보를 확보할 수 있을 것이라고 기대하네."

"그나저나 자네가 여기 있다는 게 진심으로 기쁘네. 수수께끼 같은 사건은 물론 나의 임무도 내게는 너무 과중했었어. 그런데 도대체 어떻게 자네가 여기에 와 있는 건가? 나는 자네가 베이커가에서 공갈 사건을 해결하고 있을 거라고 생각했었네."

"나는 오히려 자네가 그렇게 생각해 주길 바랐지."

"그러면 자네는 나를 이용하기만 하고 믿지는 못했던 게로군!"

나는 비통하게 소리쳤다.

"홈즈, 그래도 나는 자네에게 어느 정도 가치 있는 줄 알았는데!"

"여보게, 왓슨. 자네는 다른 사건들과 마찬가지로 이 사건에서도 내게 아주 중요한 역할을 해주었네. 내가 자네를 놀린 것처럼 보였다면 용서해 주게. 사실 내가 그렇게 한 것은 부분적으로는 자네를 위한 것이었다네. 내가 여기 내려와서 사건 조사에 직접 뛰어들게 된 것도 자네에게 위험이 닥치고 있다는 판단 때문이었어. 내가 배스커빌 저택에서 자네와 함께 있었다면 내 견해가 자네와 같아질 게 뻔한 일일세. 그리고 나의 존재는 만만치 않은 우리의 적에게 조심하도록 경고하는 것이 되었을 것일세. 사실 내가 배스커빌 저택에서 지내고 있었다면 그렇게 할 수 없을 만큼 돌아다닐 수 있었을 거야. 나는 이 사건의 배후에 숨어 있다가 결정적인 순간에 나타나 전력투구할 각오가 되어 있네."

"그렇다고 해도 왜 내게 알려주지 않았나?"

"왜냐하면 자네가 알게 되면 일에 도움이 될 수 없고 어쩌면 내가 발각될 수 있기 때문이었네. 자네는 내게 뭔가를 말하고 싶을 것일세. 아니면 나에게 위로가 될 만한 이런 저런 것들을 가져다주는 호의를 베풀었겠지. 그렇게 되면 불필요한 위험을 감수하게 되었을 걸세. 그래서 난 이곳에 카트라이트를 데리고 왔네. 자네도 심부름 회사에서 일하는 꼬마를 기억하겠지? 카트라이트는 빵 한 덩어리와 깨끗한 옷 등 내게 필요한 생필품들을 가져다주었네. 그 이상 뭘 바라겠나? 그 애는 아주 재빠른 발과 또 하나의 눈이 되어 주고 있네. 그 둘 다 내게는 아주 귀중한 역할을 했었지."

"그러면 내 보고서는 무용지물이 됐겠군!"

그것들을 힘들여 쓸 때 가졌던 자부심을 회상하자 목소리가 떨렸다. 그때 홈즈가 한 꾸러미의 종이를 주머니에서 꺼냈다.

"왓슨, 여기 자네의 정성스런 보고서들이 있네. 그리고 두 번이나 자세히 읽어 보았고 잘 정리해 두었네. 편지들은 도중에 하루 정도 늦어지고 있을 뿐이었어. 나는 보기 드물게 어려운 이 사건에 대해 자네가 보여준 열성과 지성에 대해 지극한 경의를 표하는 바이네."

나는 여전히 홈즈에게 속았던 것에 다소 불만스러웠지만 그가 나에 대한 열렬한 찬사를 하자 어느덧 화가 풀렸다. 나 역시 그의 말이 옳다고 생각했고, 홈즈가 황야에 있다는 것을 내가 알지 못했던 것이 우리의 목적을 위해 진정 최선이었다고 인정할 수밖에 없었다.

"기분이 나아졌군."

홈즈가 내 얼굴에서 그림자가 걷히는 것을 보고 말했다.

"이제 로라 라이언즈 부인을 방문한 결과에 대해 내게 말해 주게. 자네가 그곳에 가서 라이언즈 부인을 만났다는 것을 추측하기는 어렵지 않았네. 왜냐하면 이 사건에서 우리에게 도움을 줄 사람은 라이언즈 부인이라는 것을 알고 있었기 때문이지. 사실 자네가 오늘 가지 않았더라면 내가 내일이라도 찾아 갔을 걸세."

해가 지고 황야에 어둠이 짙게 깔렸다. 공기가 쌀쌀해졌기 때문에 추위를 피하러 오두막 안으로 들어갔다. 그곳 어스름한 빛 속에 함께 앉아 나는 홈즈에게 라이언즈 부인과 나눈 대화를 들려주었다. 홈즈가 관심 있어 하는 이야기의 어떤 부분은 두 번씩 되풀이해서 말해야 겨우 그를 만족시킬 수 있었다.

"이건 정말 중대한 일이군."

내가 이야기를 끝마쳤을 때 그가 말했다.

"자네 이야기는 이 복잡한 사건에서 내가 메울 수 없었던 공백을 채워 줬어. 자네도 라이언즈 부인과 스태플턴 사이가 아주 가깝다는 것을 알고 있지?"

"나는 그렇게 친밀한 줄은 몰랐네."

"그 문제는 의심의 여지가 없었네. 그동안 라이언즈 부인과 스태플턴 씨는 자주 만나고 편지를 주고받는 동안에 아주 친밀한 사이가 되었다네. 이거야말로 우리에게 아주 강력한 무기가 될 수 있지. 만약 내가 스태플턴 부인에게 이 사실을 말한다면…."

"스태플턴 부인?"

"자네가 내게 알려 준 그 모든 것에 대한 보답으로 한 가지 정보를 알려 주겠네. 여기서 미스 스태플턴으로 통하는 그 숙녀는 실제로는 그의 아내이네."

"맙소사! 홈즈, 자네 그 얘기가 확실한가? 그런데 어떻게 헨리 경이 자기 부인과 사랑에 빠지도록 내버려 둘 수 있었지?"

"헨리 경이 사랑에 빠지는 것은 헨리 경 말고는 그 누구에게도 해가 되지 않기 때문이네. 자네가 직접 본 것처럼 스태플턴은 헨리 경이 그녀에게 구애하지 못하도록 각별한 주의를 기울이고 있네. 다시 말하는데 그녀는 스태플턴의 누이동생이 아니라 부인일세."

"그런데 왜 그런 치밀한 사기극을?"

"왜냐하면 그는 부인이 결혼하지 않은 처녀라는 게 자신에게 훨씬 더 쓸모 있을 거라고 생각했기 때문이네."

본능적으로 나의 막연한 의심은 갑자기 구체화되었고, 그 박물학자에게 집중되었다. 밀짚모자와 포충망을 든 그 무표정하고 핏기 없는 남자의 웃는 얼굴에서 잔인한 무언가가 느껴졌다. 그는 무한한 인내와 교묘한 재주를 피우는 무시무시한 인물이었다.

"그러면 런던에서 우리를 미행했던 사람이 스태플턴이었단 말인가?"

"나는 그렇다고 생각하네."

"그러면 그 경고편지는 스태플턴 부인이 쓴 게 틀림없겠군!"

"바로 그렇다네."

그토록 오랫동안 나를 감싸고 있던 무서운 악행의 모습이 어둠 속에서 어렴풋이 윤곽을 드러냈다.

"그렇지만 홈즈, 그게 확실한가? 미스 스태플턴이 그의 부인이라는 것을 어떻게 알았나?"

"왜냐하면 스태플턴이 자네를 처음 만났을 때 자신의 진짜 이력을 말할 만큼 자신의 처지를 잊고 있었기 때문이네. 단언하지만 스태플턴은 그 말을 내뱉은 순간부터 후회했을 거야. 그는 옛날에 영국 북부에서 학교 교장으로 지냈었네. 그런데 학교 교장만큼 추적하기 쉬운 사람도 없을 거야. 한때 교직에 종사했던 사람의 신원은 언제라도 교육기관에서 확인해 볼 수 있네. 내가 약간 조사를 해보니 한 학교가 지독한 재난을 당했다는 것을 알 수 있었네. 그 학교를 소유했던 그 사람은—이름은 달랐지만 그 사람은—그의 부인과 함께 종적을 감추었네. 지금까지 스태플턴의 설명과 일치하지? 게다가 사라진 교장이 곤충학에 심취해 있다는 것을 알았을 때 신원확인은 완벽히 해결된 셈이었지."

어둠이 사라지고 있었지만 아직도 많은 것이 그림자에 가려져 있었다.

"만약 미스 스태플턴이 실제로 그의 아내라면, 로라 라이언즈 부인은 어떻게 된 거지?"

내가 물었다.

"그것이 바로 자네의 뛰어난 조사 중에 하나였어. 즉 라이언즈 부인과의 면담은 사태를 아주 분명하게 밝혀 주었지. 나는 라이언즈 부인과 남편 사이의 합의된 이혼에 대해서는 알지 못했네. 하지만 스태플턴을 미혼으로 알고 있는 라이언즈 부인은 그와 결혼하려는 게 확실해."

"그러면 라이언즈 부인에게 이 사실을 언제쯤 알려 주는 게 좋지?"

"글쎄, 어쩌면 부인이 우리에게 도움이 될지도 몰라. 우리는 내일 라이언즈 부인을 만나는 일로 하루를 시작해야 할 거야. 그런데, 왓슨. 자네는 본래의 임무에서 오래 벗어나 있다고 생각하지 않나? 자네가 있어야 할 곳은 배스커빌 저택이라네."

마지막 붉은 광선이 서쪽으로 사라지고 황야에 밤이 내려앉았다. 보랏빛 하늘에서는 희미한 별들이 반짝이며 빛나고 있었다.

"홈즈, 마지막으로 한 가지 더 묻겠네."

내가 일어서면서 말했다.

"자네와 나 사이에는 숨길 일이 뭐가 있겠냐만, 이 모든 일이 뜻하는 것이 뭔가? 도대체 스태플턴이 바라는 게 뭐지?"

나의 마지막 질문에 대답하는 홈즈의 목소리가 낮아졌다.

"왓슨, 그것은 살인일세. 교묘하고 냉혹하며 계획적인 살인. 더 이상 나에게 자세한 것을 묻지 말아 주게. 비록 그의 그물이 헨리 경에게 쳐져 있지만, 나의 그물도 그에게 좁혀 들어가고 있네. 자네가 도와준 덕택에 그는 이미 내 손에 들어온 거나 마찬가지지. 우리를 위협할 수 있는 위험은 한 가지뿐이네. 그것은 우리의 준비가 미처 끝나기도 전에 그가 먼저 공격하는 거라네. 그러나 난 이 사건을 하루, 길어야 이틀정도면 마무리 지을 수 있네. 그러니 그때까지 자네는 다정한 엄마가 보채는 아이를 보살피듯 헨리 경 곁에서 그를 단단히 보호해야 하네. 오늘 자네가 한 일은 정당한 일이지만 자네가 그의 곁을 떠나지 않았으면 좋았을 걸 그랬네. 아니, 잠깐!"

무시무시한 비명소리, 공포와 격통의 긴 외침이 고요한 황야에서 터져 나왔다. 그 소름끼치는 외침은 내 피를 얼어붙게 만들었다.

"이런, 맙소사!"

내가 헐떡이며 말했다.

"저게 무슨 소리지? 무슨 뜻이지?"

홈즈가 벌떡 일어났다. 나는 오두막 문에서 운동선수같이 다부진 그의 검은 윤곽을 보았다. 홈즈는 상체를 구부려 앞으로 내밀고 얼굴은 어둠 속을 뚫어져라 응시하고 있었다.

"쉿!"

그가 나지막이 속삭였다.

"조용!"

그 비명소리가 격렬했기 때문에 아까보다 더 크게 들렸다. 하지만 그 소리는 저 멀리 어두운 평원 어딘가에서 터져 나왔다.

"도대체 어디지?"

홈즈가 떨리는 목소리로 속삭였다. 나는 강철 같은 사나이인 그가 떨고 있는 것을 알 수 있었다.

"왓슨, 어디지?"

"저기 같은데."

내가 어둠 속을 가리켰다.

"저기가 아냐!"

다시 그 고통스러워하는 울부짖음이 고요한 밤하늘에 가득 울려 퍼졌다. 이제까지보다 더 크고 가까웠다. 그런데 비명소리에 섞여 새로운 소리가 들려왔다. 그 소리는 굵게 웅얼거리듯 으르렁거리고, 음악적이지만 위협적이었으며, 낮게 지속되는 바다의 속삭임처럼 높아졌다 낮아졌다 했다.

"사냥개다!"

홈즈가 외쳤다.

"자, 왓슨, 어서! 이런, 너무 늦었어!"

그가 황야 쪽으로 재빠르게 달려가기 시작했고 나도 그의 뒤를 따라갔다. 바로 눈앞에 울퉁불퉁한 땅 어딘가에서 절망적인 마지막 외침이 들려왔고 곧 이어서 쿵하는 둔탁한 소리가 났다. 우리는 멈춰서서 귀를 기울였다. 그러나 바람 한 점 없는 밤의 짙은 침묵을 깨는 소리는 더 이상 들려오지 않았다.

나는 홈즈가 정신 나간 사람처럼 손을 이마에 갖다 대는 것을 보았다. 그가 발을 동동 굴렀다.

"왓슨, 그자가 이겼네."

"그럴리가!"

"우린 너무 늦었어. 어리석게도 제 꾀에 넘어간 꼴이 되어 버렸네. 그리고 자네, 자신의 임무에서 벗어난 결과가 어떤 것인지 알았지! 그렇지만 맹세코 최악의 경우라도 그에게 복수하고야 말겠네!"

우리는 어둠 속에서 표석에 부딪쳐 휘청거리면서 가시덤불을 헤치고 헐떡이며 언덕위로 올라갔다. 다시 비탈길을 달려 내려와 그 무시무시한 소리가 들려왔던 방향으로 줄곧 뛰었다. 오르막길마다 홈즈는 열심히 주위를 둘러봤지만 황야에는 어둠만이 짙게 깔려 있었고 그 황량한 표면에서 움직이는 것이라곤 아무것도 없었다.

"뭐 보이는 거라도 있나?"

"아무것도 없네."

"들어봐! 저게 뭐지?"

낮은 신음소리가 우리 왼쪽에서 들려 왔다. 그곳은 바위 꼭대기에서 깎아지른 낭떠러지로 끝나는 곳이었다. 그곳에서는 돌들로 뒤덮여 있는 비탈이 내려다보였다. 그 들쭉날쭉한 표면 위에 큰 대자로 뻗은 시커먼 형체가 있었다. 우리가 그리로 달려가자 희미했던 윤곽이 분명한 형태로 선명하게 드러났다. 얼굴은 소름끼칠 정도로 일그러져 있으며, 마치 공중제비를 하는 것처럼 어깨와 몸을 둥글게 구부린 채 엎어져 있었다. 나는 그 자세가 너무나도 기괴해서 한동안 그 신음소리가 사람의 영혼이 빠져나가는 소리였다는 것을 실감할 수 없었다. 우리가 몸을 숙이고 쳐다보고 있는 그 시커먼 형체에서는 더 이상 중얼거리는 소리도 바스락거리는 소리도 들리지 않았다. 홈즈는 그에게 손을 대보았다가 깜짝 놀라 비명을 지르며 손을 떼었다. 홈즈가 성냥불을 켜자 피가 엉겨 붙은 그의 손가락이 보였다. 그리고 희생자의 부서진 두개골에서 서서히 흘러나온 피가 넓은 웅덩이를 이루고 있는 끔찍한 모습이 드러났다. 성냥불로 그 아래쪽을 비춰 본 우리는 정신이 아찔해져 할말을 잃고 말았다. 그것은 헨리 배스커빌 경이었다.

우리가 베이커가에서 헨리 경을 처음 만난 날 그가 입었던 바로 붉은 트위드 정장. 그 특유의 트위드 정장을 우리 중 어느 누구도 잊었을 리 없었다. 우리는 그것을 분명히 살폈다. 그때 성냥불이 우리의 영혼에서 희망이 사라진 것처럼 깜박이다가 꺼졌다. 홈즈가 신음했다. 그의 얼굴이 어둠 속에서 허옇게 빛나고 있었다.

"그 짐승이야! 그 짐승!"

내가 두 손을 꽉 움켜쥐고 소리쳤다.

"아, 홈즈. 난 헨리 경을 비운에 죽게 내버려 둔 나 자신을 용서할 수 없을 걸세.

"용서받지 못할 사람은 자네보다 날세, 왓슨. 나는 경솔하게도 이 사건을 마무리 짓기 위해 내 고객의 목숨을 경시했네. 이 일은 지금까지의 내 경력에 가장 치명적인 타격을 입혔어. 이해할 수 없어, 정말 이해할 수 없어! 헨리 경은 내가 그렇게 경고했는데도 왜 혼자 황야에서 목숨을 건 무모한 모험을 했을까?"

"우리가 헨리 경의 비명 소리를 들었어. 세상에, 그 비명소리! 그런데도 그를 구할 수 없었다니! 그를 죽음으로 몰고 간 그 야수 같은 사냥개가 어디 있을까? 그 개는 지금 이 순간 근처 바위들 사이에 숨어 있을지도 모르겠네. 스태플턴은 어디 있지? 그가 이런 짓을 한 것에 대해 책임을 져야 할 걸세."

"당연하지. 꼭 그렇게 될 걸세. 삼촌과 조카가 살해당했어. 삼촌은 그 짐승을 보는 것만으로도 겁에 질려 죽었고, 조카는 그 짐승을 피하려고 전력을 다해 도망치다가 최후를 맞이했네. 이제 우리는 스태플턴과 그 짐승의 관계를 증명해야만 해. 하지만 귀로 들은 것 말고는 우리는 그 짐승의 존재에 대해 단언할 수조차 없네. 헨리 경은 추락사한 것이 분명하니까. 그러나 맹세코 스태플턴이 아무리 교활하다 해도 내일이 가기 전에 그 녀석을 내 손으로 붙잡고 말거야!"

우리는 짓뭉개진 사체를 보며 한 편으론 돌이킬 수 없는 갑작스런 재난에 비통한 마음으로 서 있었다. 이것으로 우리의 길고 힘든 모든 수사가 비참하게 끝나 버린 것이다. 그때 달이 떴다. 나와 홈즈는 가엾은 우리의 친구 헨리 경이 쓰러져 있는 바위 꼭대기로 올라갔다. 황야의 반은 어슴푸레한 은빛을 띠고 있었고 반은 어두운 그림자에 싸여 있었다. 우리는 황야를 바라보았다. 수 마일 밖, 저 멀리에 그림펜 늪 쪽에서 한 줄기 노란빛이 빛나고 있었다. 빛이 흘러나올 곳은 스태플턴 남매의 외딴 집뿐이었다. 나는 그곳을 향해 주먹을 흔들며 저주를 퍼부었다.

"우리가 지금 당장 스태플턴을 체포해서는 안 될 이유라도 있나?"

"아직 사건의 진상이 전부 드러나지 않았네. 저 자는 아주 신중하고 교활한 인물이야. 우리가 알고 있는 것이 문제가 아니라 입증할 수 있느냐가 문제라네. 우리가 대처를 잘못하게 되면 저 악당이 우리의 손에서 빠져나갈 수도 있네."

"그럼 우리가 어떻게 해야 하나?"

"내일 우리가 해야 할 일들이 많이 있네. 오늘 밤은 다만 우리의 불쌍한 친구의 장례식을 치러야 할 걸세."

우리는 함께 가파른 비탈을 내려와 은백색 돌들을 배경으로 검게 드러나 보이는 사체에 다가갔다. 그 뒤틀린 사지를 보자 고통의 슬픔이 치밀어 오르며 눈물이 눈앞을 흐렸다.

"홈즈, 도움을 청해야 하겠네! 우리 둘이서는 저택까지 그를 운반할 수 없네. 아니, 자네 미쳤나?"

그가 소리를 지르며 사체 위로 몸을 구부렸다. 그러더니 그는 내 손을 잡고 덩실덩실 춤을 추더니 노래까지 부르기 시작했다. 지금 이 사람이 정말 엄격하고 자제력 있는 나의 친구란 말인가? 이것이야말로 숨겨져 있던 정열이었다.

"수염! 수염! 저 남자에게는 수염이 있다구!"

"수염?"

"이건 준남작이 아냐, 이 사람은 그러니까… 이런, 내 이웃인 탈옥수였군!"

우리가 조급함에 서둘러 사체를 뒤집자, 피가 뚝뚝 흐르는 수염이 차갑게 빛나는 달 쪽을 가리키고 있었다. 튀어나온 이마와 쑥 들어간 야수 같은 눈은 의심할 여지가 없었다. 그것은 바위 너머 촛불에 비친 나를 노려보던 바로 그 죄수, 셀든의 얼굴이었다.

그러자 순식간에 모든 것이 분명해졌다. 나는 준남작이 어떻게 해서 배리모어에게 그의 낡은 옷들을 건네주게 되었는가 얘기해 주던 것이 기억났다. 그 옷을 배리모어는 셀든이 탈출하는 것을 도와주려고 건네주었을 것이다. 구두도 셔츠도 모자도 모두 헨리 경의 것이었다. 이 사건은 여전히 비극적이었지만, 이 탈옥수는 나라의 법에 의하더라도 죽어 마땅한 인물이었다. 나는 홈즈에게 어떻게 된 일인지 얘기해 주었다. 내 마음은 감사와 기쁨으로 흥분되었다.

"그러면 이 옷이 저 불쌍한 친구의 죽음의 원인이겠군."

홈즈가 말했다.

"그 사냥개에게 헨리 경의 소지품 냄새를 맡게 한 것이 분명해. 아마 호텔에서 훔친 그 구두였겠지. 그래서 이 사람을 덮쳤던 거야. 그렇지만 한 가지 아주 이상한 것이 있어. 셀든이 어둠 속에서 사냥개가 자신을 쫓고 있다는 것을 어떻게 알게 되었을까?"

"소리를 들었겠지."

"황야에서 사냥개의 소리를 듣는다고 해도 이 죄수같이 곤경에 처한 사람은 다시 붙잡힐 위험을 무릅쓰면서까지 무턱대고 비명을 지르지는 않을 걸세. 그의 외침소리로 보건대 그는 짐승이 자신을 쫓고 있다는 것을 알고 한참동안 달려왔던 것이 틀림없네. 그가 어떻게 알았을까?"

"그것보다 더 의문스러운 것은 우리의 추측이 전부 맞는다면 왜 이 사냥개가—"

"나는 아무것도 추측하지 않네."

"글쎄, 그러면, 왜 이 사냥개가 오늘 밤에 풀려났을까? 항상 황야에 풀어놓는 것 같지는 않은데 말이야. 스태플턴은 헨리 경이 황야에 나올 만한 이유가 있기 때문에 개를 풀어놓았을 거야."

"둘 중에 내가 느끼는 어려움이 더 크네. 내 생각에 자네의 문제는 곧 해답을 얻을 것 같지만 나의 문제는 영원히 미스터리로 남아 있을 수도 있네. 지금 우리가 당면한 문제는 이 찢겨진 가엾은 사체를 어떻게 처리해야 할 것이냐 일세. 여기 둔 채 여우와 독수리들 밥이 되게 할 수는 없지 않나."

"경찰에 연락할 수 있을 때까지 오두막에 놔두는 게 어떻겠나?"

"그래. 자네와 내가 거기까지는 운반할 수 있을 걸세. 허, 이런, 왓슨, 저게 뭐지? 기막히게 뻔뻔한 바로 그 사람이로군! 의심스러운 말은 한마디도 하지 말게. 단 한마디도 말이야. 그렇지 않으면 내 계획이 수포로 돌아가게 되네."

황야 저편에서 우리에게 다가오고 있는 형체가 있었다. 붉은 담뱃불의 희미한 불빛이 보였다. 달빛이 비추고 있어 늘씬한 모습의 박물학자가 활기차게 걸어오는 것을 식별할 수 있었다. 우리를 보자 그가 멈췄다가 다시 다가왔다.

"아니, 왓슨 씨 아니세요? 이런 야심한 시각에 황야에서 당신을 뵙게 되리라고는 꿈에도 생각하지 못했습니다. 저런, 이게 뭐죠? 누가 다쳤습니까? 우리 친구 헨리 경이란 말씀만은 말아 주세요!"

그가 내 곁을 서둘러 지나가더니 죽은 사람 위로 몸을 구부렸다. 나는 그가 숨을 가쁘게 몰아쉬는 소리를 들었다. 그의 손가락에서 담배가 떨어졌다.

"이게 누, 누구죠?"

그가 더듬거리며 말했다.

"셀든입니다. 프린스타운에서 도망친 자죠."

스태플턴이 유령 같은 얼굴을 우리에게 돌렸다. 그는 안간힘을 써서 자신의 놀람과 실망을 이겨냈다. 그가 날카롭게 홈즈에서 나에게로 시선을 던졌다.

"이럴 수가! 정말 충격적인 사건이군요! 그가 어떻게 해서 죽었죠?"

"이 바위에서 떨어져 목이 부러진 것 같습니다. 비명소리를 들었을 때 내 친구와 나는 황야를 산책하고 있었습니다."

"저도 비명소리를 들었습니다. 제가 이렇게 나온 것도 그 비명소리 때문이었습니다. 저는 헨리 경이 걱정스러웠지요."

"헨리 경이 걱정될 특별한 이유라도 있습니까?"

나는 묻지 않을 수 없었다.

"제가 헨리 경에게 우리집으로 건너오라고 했거든요. 그가 오지 않아서 나는 놀랐습니다. 그리고 황야에서 비명소리를 들었을 때 당연히 그의 안부가 걱정됐지요. 그런데…."

그의 눈이 다시 내게서 홈즈에게로 꽂혔다.

"비명소리 외에 다른 소리는 듣지 못하셨습니까?"

"네."

홈즈가 말했다.

"당신은?"

"못 들었습니다."

"그러면 무엇을 말하려고?"

"아, 당신도 농부들이 얘기하는 유령 사냥개라든가 하는 것에 대한 이야기를 알고 계시지요? 밤만 되면 황야에서 돌아다닌다고 하던데. 혹시 오늘 밤 그런 소리를 증명할 만한 것이 있나 해서 말입니다."

"그런 소리는 전혀 듣지 못했네."

내가 말했다.

"이 불쌍한 친구의 사인이 무엇이라고 생각하십니까?"

"그는 발각될까 두려워서 제정신을 잃은 것이 확실합니다. 그는 광적인 흥분 상태에서 황야를 미친 듯이 뛰어다니다가 마침내 이 위에서 떨어져 목이 부러진 거예요."

"그거야말로 가장 합리적인 설명인 것 같습니다."

안도의 한숨을 내쉬며 스태플턴이 말했다.

"셜록 홈즈 씨는 어떻게 생각하세요?"

홈즈가 몸을 굽혀 경의를 표했다.

"사람을 알아보시는 데 천재적이시군요."

그가 말했다.

"왓슨 씨가 여기 내려오신 이후로 이 지역에서는 홈즈 씨가 오시기만을 기다리고 있었습니다. 그런데 때마침 비극적인 사건을 목격하셨군요."

"정말 그렇군요. 어쨌든 나는 여기 이 친구의 말이 옳다고 생각합니다. 그리고 내일 유쾌하지 못한 기억을 안고 런던으로 돌아가게 되겠군요."

"아니, 내일 돌아가십니까?"

"그럴 생각입니다."

"당신이 이렇게 와 주셨으니 지금까지 우리를 당황스럽게 했던 저 사건들의 내막을 밝혀내시리라 기대했었는데요."

홈즈는 어깨를 으쓱했다.

"원한다고 해서 항상 성공할 수 있는 것은 아닙니다. 수사관에게 필요한 것은 전설이나 소문이 아니라 사실입니다. 게다가 이 사건은 범죄가 성립될 수 있는 사건이 아닙니다."

내 친구는 자신이 지닌 가장 솔직하고 가장 무관심한 태도를 취하며 말했다. 스태플턴이 그를 계속 쳐다보았다. 그러더니 내게로 돌아섰다.

"이 불쌍한 친구를 저희 집으로 운반하고 싶지만 그렇게 하면 제 여동생이 너무 놀랄 것이기 때문에 온당치 못하다는 생각이 듭니다. 저 사람 얼굴 위에 뭔가 올려놓으면 아침까지는 괜찮을 것입니다."

그 일은 그렇게 마무리 지어졌다. 우리는 스태플턴이 저녁 식사를 대접한다는 것을 뿌리치고 배스커빌 저택으로 출발했다. 뒤를 돌아보자, 그가 드넓은 황야 저편으로 천천히 사라지는 것이 보였다. 은빛이 도는 비탈 위로 그가 남기고 있는 검은 그림자는, 끔찍한 종말을 향해 치달리고 있는 스태플턴이 누워 있을 곳을 알려주고 있었다.

"마침내 그와 백중지세로 맞붙게 되었네."

홈즈가 황야를 건너가면서 말했다.

"정말 간 큰 녀석이야! 자신의 음모에 희생된 사람이 다른 사람이란 걸 알면 온몸이 얼어붙는 듯한 충격을 받았을 텐데, 아무렇지 않은 것처럼 행동하는 걸 보게나. 왓슨, 내가 런던에서도 말했지만 우리는 지금까지 이보다 좋은 적수를 만난 적이 없었네."

"스태플턴이 자네를 보게 된 게 조금 유감스럽군."

"처음에는 나도 그렇게 생각했네만 어쩔 수 없는 일이었어."

"자네가 여기 있다는 걸 알았으니 스태플턴의 계획이 바뀔 거라고 생각하나?"

"그가 앞으로 신중하게 행동하거나 아니면 즉시 마지막 수단을 쓸지도 모르지. 대부분의 영리한 범죄자들처럼 그도 자신의 재주를 과신한 나머지 자신이 우리를 완전히 속였다고 생각할 수도 있고."

"왜 그를 즉시 체포해서는 안 되지?"

"왓슨, 자네는 타고난 행동가이네. 자네는 항상 뭔가를 열정적으로 지향하는 천성을 지녔지. 그러나 오늘 밤 우리가 그를 체포한다면 시시비비를 가려서 우리에게 유리할 게 뭐가 있겠나? 지금 우리는 그에게 대항할 증거가 아무것도 없네. 그자는 악마 같은 간계를 부리는 놈이야! 그가 사람을 시켜서 일을 진행시켜 왔다면 증거를 확보할 수는 있겠지. 하지만 우리가 그 개의 존재를 세상에 폭로할 수 있다 해도 그 주인을 체포하는 데 도움이 되지는 않네."

"우리가 범죄를 다루고 있는 것은 확실하네."

"거기에는 의심의 여지가 없지만 사건에는 추측과 짐작만이 있을 뿐이네. 만약 우리가 그런 이야기와 증거를 들고 법정에 나간다면 웃음거리가 되고 말 거야."

"찰스 경의 죽음이 있지 않나."

"찰스 경은 몸에 아무 흔적도 남기지 않고 죽었어. 자네와 나는 그분이 극도의 공포로 인해 죽었다는 것을 알고 있고 그분을 겁에 질리게 만든 게 무엇인지도 알고 있네. 그러나 열두 명의 멍청한 배심원들에게 그것을 이해시키려면 어떻게 해야 할까? 사냥개의 흔적이라도 있었나? 이빨 자국이 어디 있었나? 물론 우리는 사냥개가 죽은 사체를 물어뜯지 않는다는 것을 알고 있네. 찰스 경은 그 무지막지한 개가 따라잡기도 전에 죽었어. 우리는 이 모든 것을 입증해야만 할 걸세. 그런데 우리에게는 증거가 하나도 없지 않나."

"좋아. 그럼 오늘 밤의 사건은?"

"오늘 밤은 그렇게 기회가 좋지 않았네. 또, 사냥개와 셀든의 죽음과는 직접적인 관련이 없고 우리는 사냥개를 보지 못한 채 단지 울음소리만 들었을 뿐이네. 결국 우리는 사냥개가 죄수를 쫓아왔다는 것을 입증할 수 없네. 또 현재로서는 동기도 전혀 없지. 여보게, 우리는 어떤 위험이 따른다 하더라도 범죄 사실을 입증해 볼 만한 가치는 있다는 걸 인정해야 할 걸세."

"어떻게 하면 그렇게 할 수 있겠나?"

"나는 라이언즈 부인에게 큰 기대를 걸고 있네. 그리고 계획도 가지고 있지. 내일의 괴로움은 내일로 충분해. 그러니 내일이 지나가기 전에 이 사건의 승부를 내고 싶구먼."

나는 그에게서 더 이상 아무것도 얻어낼 수 없었다. 그는 생각에 잠긴 채 배스커빌 저택의 문 앞에 올 때까지 말없이 걸었다.

"들어갈 건가?"

"그래, 더 이상 숨어 있을 이유가 없으니까. 왓슨, 마지막으로 한마디하지. 헨리 경에게는 사냥개 얘기를 한마디도 하지 말게. 셀든은 단지 절벽에서 추락사한 것으로 서로 입을 맞추자고. 그래야 헨리 경이 내일 겪어야 할 시련을 잘 견딜 수 있을 걸세. 내가 자네 편지를 제대로 기억하고 있다면 헨리 경이 내일 스태플턴 남매와 저녁을 함께 하기로 되어 있더군."

"나도 가기로 되어 있네."

"그러면 자네는 양해를 구하고 헨리 경을 혼자 가게 해야 하네. 그 문제는 쉽게 해결될 걸세. 자, 저녁 식사 시간에 너무 늦으면 우리 둘이서 저녁을 때워야 될지도 몰라."

13
함정 만들기

헨리 경은 셜록 홈즈를 보고 놀라기보다는 기뻐했다. 왜냐하면 최근의 사건들로 홈즈가 런던에서 내려 와 주길 은근히 기대하고 있었기 때문이었다. 그렇지만 그는 내 친구가 짐도 없이 온 것에 대해 아무런 설명도 하지 않자 무척 놀랐다. 우리는 서로 그에게 필요한 것을 주었다. 그 후에 늦은 저녁을 먹으면서 준남작에게 그가 알고 있는 것이 바람직하다고 여겨지는 한도에서 일어난 일을 설명했다. 그보다 먼저 나는 배리모어와 그의 아내에게 셀든이 죽었다는 흉보를 전하는 즐겁지 않은 의무를 수행했다. 배리모어에게 그것은 이루 다 표현할 수 없는 안도감을 주었을지 모르지만 배리모어 부인은 앞치마에 얼굴을 묻고 비통하게 울었다. 세상사람 모두에게 그는 반은 짐승, 반은 악마인 난폭한 인간이었지만 그녀에게만은 항상 자신의 손에 매달려 떨어지지 않던 남동생으로 남아 있었다.

"왓슨 씨가 아침에 나가신 후로 저는 하루 종일 집안에 틀어박혀 있었습니다."

준남작이 말했다.

"제가 약속을 지켰으니 신용을 얻을 만하다고 생각합니다. 만약 혼자 돌아다니지 않겠다고 맹세하지 않았었다면 좀더 활기찬 저녁시간을 보냈을 텐데. 스태플턴에게서 저녁 식사 초대를 받았거든요."

"분명 보다 활기찬 저녁 시간을 보냈을 겁니다."

홈즈가 냉담하게 말했다.

"그런데 우리가 아까 절벽에서 떨어져 죽은 사람이 경인줄 알고 슬퍼했던 일은 모르시겠지요?"

헨리 경의 눈이 휘둥그레졌다.

"그게 무슨 말씀이죠?"

"그 불쌍한 사람은 당신의 옷을 입고 있었습니다. 그에게 옷을 준 경의 하인이 경찰에 불려 갈지도 모르겠습니다."

"그럴 리는 없습니다. 제가 알기로 거기에는 아무런 표시도 없었어요."

"그것 참 다행스럽군요. 사실, 여러분 모두를 위해 다행스럽죠. 그 문제에 있어 여러분 모두 떳떳한 입장이 못 되니까요. 양심적인 탐정으로서 내가 가장 먼저 해야 할 일은 모든 식솔들을 체포하는 일입니다. 왓슨의 보고서는 유죄를 입증할 수 있는 최고의 서류죠."

"그런데 사건의 진상은 어떻게 됐습니까?"

준남작이 물었다.

"그 혼란에서 뭔가를 알아내셨습니까? 왓슨 씨와 저는 여기 내려온 이후로도 여전히 아는 게 없습니다."

"조만간 헨리 경에게 사태를 좀더 명확하게 설명할 수 있을 것입니다. 이것은 대단히 어렵고 아주 복잡한 사건이며, 아직 밝혀내야 할 몇 가지 문제가 있습니다. 어쨌거나 곧 사건은 해결될 것입니다."

"왓슨 씨가 말했겠지만 저희가 황야에서 사냥개 소리를 들었습니다. 그래서 말씀인데 전설 속의 사냥개 얘기가 완전히 공허한 미신만은 아닌 것 같습니다. 저는 서부에 있을 때 개들을 키워 본 적이 있어서 개의 소리를 들으면 어떤 종인지 구분할 수 있어요. 만약 홈즈 씨가 그놈에게 재갈을 물리고 쇠사슬로 묶어서 끌고 온다면 저는 홈즈 씨가 전무후무한 위대한 탐정이라는 것을 언제라도 주저 없이 맹세하게 될 것입니다."

"헨리 경이 저를 도와주시기만 한다면 재갈을 물리고 쇠사슬로 묶는 데 별 문제가 없을 겁니다."

"홈즈 씨가 말씀만 하시면 무엇이든지 하겠습니다."

"좋습니다. 더불어 제가 요청하는 일에 대해서는 항상 이유를 묻지 말고, 제 지시대로 하셔야 합니다."

"알겠습니다."

"그렇게 해주신다면 우리가 가진 사소한 문제는 곧 해결될 가능성

이 높습니다. 분명해요."

홈즈가 갑자기 말을 멈추고 내 머리 위로 시선을 고정시켰다. 그의 얼굴 위로 램프 불빛이 비쳤다. 아무런 움직임도 없이 너무 열중해 있는 홈즈의 모습이 램프 불빛을 받아 섬세하게 깎아 놓은 조각상처럼 보였다.

"뭐죠?"

나와 헨리 경이 동시에 소리쳤다.

내가 홈즈의 얼굴을 살펴본 결과, 홈즈가 자신의 내면적 감동을 억제하고 있다는 것을 알 수 있었다. 그의 얼굴은 여전히 차분했지만 그의 눈은 즐거운 환희로 빛났다.

"뛰어난 그림을 감상하느라 잠시 정신이 팔렸었군요. 실례했습니다."

홈즈가 맞은편 벽에 걸려 있는 초상화들을 향해 손을 흔들며 말했다.

"왓슨은 내가 예술에 대해 뭔가를 알고 있다는 것을 인정하려 들지 않지만 그것은 작품에 대한 우리의 관점이 서로 다른 것뿐입니다. 저것들은 진정 아주 훌륭한 초상화들이군요."

"그렇게 말씀하시니 기쁘군요."

약간 놀란 듯 내 친구를 바라보며 헨리 경이 말했다.

"솔직히 말해서 저것들에 대해 꽤나 아는 체 하고 싶지는 않습니다. 저는 그림보다는 말이나 수송아지를 더 잘 감식할 수 있지요. 홈즈 씨가 저런 것들에 마음을 쓸 여유가 있으셨다는 것을 몰랐는데요."

"나는 좋은 작품은 구별할 수 있습니다. 이제 알았습니다. 저것은 장담컨대 넬러의 작품이 틀림없습니다. 저쪽에 있는 파란 실크 옷을 입고 있는 저 여자 말이에요. 가발을 쓰고 있는 저 뚱뚱한 신사 그림은 레이놀즈의 작품이 틀림없습니다. 저것들은 모두 집안사람들의 초상화죠?"

"네, 모두."

"이름을 알고 있습니까?"

"배리모어가 알려줬는데 지금은 꽤 많이 알게 되었습니다."

"망원경을 든 저 신사는 누굽니까?"

"저분은 배스커빌 해군 소장이십니다. 서인도제도에서 로드니 제독 밑에서 일했었죠. 파란 코트를 입고 종이 두루마리를 들고 있는 사람은 윌리엄 배스커빌입니다. 그는 윌리엄 피트 밑에서 하원 의장을 지냈습니다."

"그리고 내 맞은편에 있는, 그러니까 레이스 달린 검은 벨벳을 입은 사람은요?"

"아, 선생님은 그에 대해 알 권리가 있으십니다. 저 사람은 모든 화의 원인인 사악한 휴고입니다. 배스커빌 가의 사냥개를 만들어 낸 사람이죠. 우리는 그를 절대 잊을 수 없을 겁니다."

나는 휴고의 초상화에 관심을 가지고 바라보다가 조금 놀랐다.

"저런!"

홈즈가 말했다.

"그는 온화하고 유순한 태도를 지닌 사람인 듯 하군요. 그렇지만 그의 눈에는 아마 악마가 숨어 있었을 것입니다. 사실 나는 휴고를 좀더 건장하고 흉포한 사람일 거라고 상상했었습니다."

"그림 뒤에 있는 이름과 1647이란 날짜로 볼 때 확실성에는 의심의 여지가 없습니다."

홈즈는 더 이상 말을 하진 않았지만 식사를 하는 내내 휴고의 그림에 매료된 것 같았다. 나중에 헨리 경이 자기 방으로 간 다음에야 나는 홈즈의 생각을 들을 수 있었다. 그는 손에 침실 초를 들고 나를 다시 연회장으로 데리고 가서 세월의 때가 묻은 벽 위의 초상화로 초를 바싹 들어 올렸다.

"저걸 보고 떠오르는 것 없나, 왓슨?"

나는 깃 장식이 달린 넓은 모자, 어깨까지 늘어뜨린 고수머리, 흰 레이스 칼라, 이들 사이에 자리 잡고 있는 진지하고 엄격한 얼굴을 바라보았다. 그것은 야수적인 얼굴이 아니라 꽉 다문 얇은 입술과 참을성 없는 냉정한 눈을 가진 새침하고 매몰차며 엄격한 얼굴이었다.

"자네도 알고 있는 그 누구와 닮았다고 생각하지 않나?"

"턱 부분이 헨리 경과 닮은 것 같네."

"그저 약간. 그렇다면 잠깐 기다리게!"

홈즈가 의자 위로 올라가 왼손의 촛불을 쳐들고 그 넓은 모자와 긴 고수머리 위로 오른손을 구부렸다.

"아니, 세상에! 이 사람은!"

내가 놀라서 소리 질렀고, 그림에서는 스태플턴의 얼굴이 나타났다.

"하하, 이제 알았군! 내 눈은 장식품이 아니라 얼굴을 살펴보도록 훈련받았네. 범죄 수사관이 갖춰야 할 제일의 자질은 변장한 사람을 꿰뚫어 볼 줄 아는 것일세."

"이건 정말 놀랄 만한 일이군. 마치 스태플턴의 초상화 같아."

"그래, 이건 정말 흥미로운 장면을 연출하는 순간일세. 영혼과 신체를 다 지니고 있는 장면 말이야. 가문의 초상화를 연구해 보면 환생설을 믿을 수 있네. 스태플턴은 배스커빌 집안사람이 틀림없어."

"상속권과 관련된 음모였었군."

"맞네. 저 그림이 우리가 찾지 못했던 가장 분명한 연결고리를 제공해 주고 있어. 그는 이제 우리 손에 있네, 왓슨. 우리 손에 들어 왔단 말일세. 내일 밤이 되기 전에 그는 우리 그물에 걸려 자기가 잡은 나비들처럼 속수무책으로 퍼덕거리고 있을 걸세. 바늘과 코르크와 카드만 있으면 그를 베이커가에 있는 우리의 소장품에 추가할 수 있을 게야!"

홈즈가 그림에서 돌아서면서 폭소를 터트렸다. 나는 그가 큰소리로 웃는 것을 자주 보지 못했는데 그 웃음은 항상 누군가에게 나쁜 징조가 되곤 했다.

나는 아침 일찍이 일어났다. 그러나 홈즈는 더 일찍 일어나 있었다. 옷을 입고 있을 때 그가 진입로에서 걸어오는 것을 보고 알 수 있었다.

"그래, 우리는 오늘 바쁜 하루를 보내야 하네."

홈즈는 행동에 돌입하게 된 것이 기쁜지 손을 비비며 말했다.

"그물들을 모두 설치해 뒀고, 이제 당기는 일을 시작하려고 하네. 오늘이 가기 전에 우리가 턱이 뾰족한 커다란 창꼬치를 잡게 될지 아니면 그물망을 뚫고 달아날지 결판이 날 걸세."

"벌써 황야에 갔다 왔나?"

"나는 그림펜에 가서 프린스타운 감옥으로 셀든이 죽었다는 전갈을 보냈네. 미리 말해두지만 이 집안 식구들 어느 누구도 그 일 때문에 곤란을 겪지는 않을 걸세. 그리고 충실한 카트라이트에게도 연락을 했네. 만약 내가 그 애를 안심시키지 않았다면 그 애는 개가 주인의 무덤을 지키는 개처럼 내 오두막 문에서 한탄하며 지낼 것이네."

"그 다음 조치는 뭔가?"

"헨리 경을 만나는 것이네. 아, 그가 오네!"

"안녕히 주무셨습니까, 홈즈 씨?"

준남작이 말했다.

"당신은 참모들과 전투를 계획하고 있는 장군처럼 보입니다."

"지금이 바로 그런 경우입니다. 왓슨은 명령을 기다리고 있습니다."

"저도 그렇습니다."

"좋습니다. 오늘 저녁 우리의 친구 스태플턴과 저녁약속이 되어 있다지요?"

"당신도 가시면 좋겠습니다. 그들은 아주 극진한 사람들이기 때문에 당신을 뵙게 되면 아주 기뻐할 것입니다."

"왓슨과 나는 런던에 가야 할 것 같습니다."

"런던이라구요?"

"예, 이 중대한 때에 우리가 런던에 있는 것이 더 바람직할 거라고 생각합니다."

준남작의 얼굴이 눈에 띄게 실쭉해졌다.

"이 사건이 해결될 때까지 저를 도와주셨으면 했는데요. 이 저택과 황야는 사람이 혼자 지내기에는 그리 즐거운 곳이 못 됩니다."

"헨리 경, 나를 절대적으로 믿고 내가 말한 그대로 해야 합니다. 경은 스태플턴 남매에게 우리도 함께 가고 싶었지만 런던에 가야 할 급한 일이 있다고 하세요. 우리는 곧바로 데번셔로 돌아오려고 노력할 것입니다. 그분들에게 잊지 않고 제 말을 전해 줄 수 있죠?"

"선생님이 그렇게 하시라면."

"다른 방법이 없습니다."

준남작의 침울한 표정은 우리가 이 사건을 포기한 것으로 여기고 무척 상심해 있다는 것을 말해 주었다.

"언제 떠나실 겁니까?"

그가 차갑게 물었다.

"아침 식사 직후. 우리는 쿰 트레이시로 마차를 타고 갈 것입니다. 그러나 왓슨은 다시 돌아온다는 증표로 짐을 두고 갈 것입니다. 왓슨, 스태플턴에게 갈 수 없게 되어서 유감이라는 편지를 보내게."

"저도 두 분과 함께 런던에 가고 싶습니다."

준남작이 말했다.

"제가 여기 혼자 남아 있을 까닭이 뭐가 있겠습니까?"

"왜냐하면 이곳이 경이 지켜야 할 자리이기 때문입니다. 어제 분명히 제가 하라는 대로 하시겠다고 약속한 걸 잊으셨습니까? 여기 남아 계십시오."

"좋습니다. 그러면 여기 남아 있겠습니다."

"지시할 게 한 가지 더 있습니다! 메리핏 하우스에 마차를 타고 가고, 그곳에 도착하면 마차를 돌려보내 주십시오. 스태플턴 남매에게는 걸어서 집까지 돌아갈 생각이라는 것을 알리셔야 합니다."

"황야를 걸어오라고요?"

"그렇소."

"그건 제게 하지 말라고 여러 번 주의를 주셨던 바로 그 일인데요."

"이번에는 그렇게 해도 안전할 겁니다. 내가 경의 용기와 담력을 믿지 않았다면 이런 말은 하지도 않았을 겁니다. 하여간 경은 제 지시대로 하시는 게 중요합니다."

"네, 그렇게 하겠습니다."

"그리고 목숨이 소중하다면 메리핏 하우스에서 그림펜 도로로 통하는 곧은길을 이용하고 황야의 다른 방향으로는 가지 마십시오."

"말씀하신대로 하겠습니다."

"좋습니다. 그럼 우리는 오후에 런던에 도착할 수 있도록 아침 식사 후에 곧바로 떠나겠습니다."

나는 이 계획을 듣고 무척 놀랐다. 어제 홈즈가 스태플턴에게 내일 런던으로 떠날 예정이라고 말했던 것을 기억하고 있었지만 그가 나와 함께 가리라는 생각은 하지 못했었다. 그리고 자기 스스로도 중대한 순간이라고 밝혀 놓고 그 순간에 어떻게 우리 둘 다 떠날 수 있는지 이해할 수 없었다. 그러나 그의 말을 따를 수밖에 다른 도리가 없었다. 그래서 우리의 애처로운 친구에게 작별인사를 고하고 두 시간 뒤에는 쿰 트레이시 역에 닿아 마차를 돌아가도록 보냈다. 자그만 소년이 플랫폼에서 우리를 기다리고 있었다.

"선생님, 명령하실 것은요?"

"카트라이트, 이 기차를 타고 런던에 가라. 도착하자마자 헨리 배스커빌 경에게 내 이름으로 전보를 치거라. 내용은 '제가 깜빡 잊고 두고 온 수첩이 있는데 등기우편을 이용해 베이커가로 보내 주십시오.'라고 말이다."

"예, 선생님."

"그리고 지금 역 사무실에 가서 나에게 온 전보가 있는지 물어보아라."

소년이 전보를 가지고 돌아왔다. 홈즈가 내게 그것을 건네주었고 거기에는 다음과 같은 글이 적혀 있었다.

전보 잘 받았음. 영장을 가지고 가겠음. 5시 40분 도착 예정.

—레스트레이드

"그건 오늘 아침 내 전보에 대한 답신일세. 레스트레이드는 최고의 전문가이니 그의 도움이 필요할 걸세. 자, 왓슨, 자네와 구면인 로라 라이언즈 부인을 방문해야 할 것 같군."

홈즈의 작전이 분명해지기 시작했다. 그는 준남작을 이용해서 스태플턴 남매에게 우리가 황야를 떠났다고 믿게 한 뒤, 실제로는 도움이 절실히 필요한 순간에 모습을 드러내려는 것이었다. 헨리 경이 런던에서 전보가 왔다는 말을 스태플턴 남매에게 하면 그들은 더 이상 의심을 품지 않을 것이다. 나는 턱이 뾰족한 창꼬치가 우리가 쳐놓은 그물망에 걸려든 모습이 눈에 훤히 보였다.

로라 라이언즈 부인은 그녀의 사무실에 있었다. 셜록 홈즈는 직선적이고 솔직하게 얘기를 시작했기 때문에 그녀를 당황하게 만들었다.

"저는 고 찰스 배스커빌 경의 죽음에 따른 정황들을 수사하고 있습니다."

홈즈가 말했다.

"여기 있는 제 친구 왓슨에게 부인과 얘기한 것에 대해선 대충 들었습니다. 하지만 그 사건과 관련해 부인이 무언가 숨기고 있다는 것도 들었습니다."

"제가 얘기하지 않은 게 뭐죠?"

그녀가 도전적으로 물었다.

"부인은 찰스 경에게 열 시에 그 문에서 만나자고 했다는 것을 시인했습니다. 우리는 그 시각, 그 장소에서 찰스 경이 돌아가신 것을 알고 있습니다. 부인은 이 사건들 사이에서 어떤 관련이 있는지 털어놓지 않으셨습니다."

"당연하죠. 저와는 아무런 관계가 없으니까요."

"그렇다면 우연의 일치인가 보군요. 하지만 우리는 결국 그 관계를 밝혀내고야 말 것입니다. 라이언즈 부인, 아주 솔직하게 말씀드리겠습니다. 우리는 이 사건을 살인 사건으로 간주하고 있습니다. 일단 증거를 확보하게 되면 부인의 친구인 스태플턴 씨 뿐만 아니라 그의 부인도 연루시킬 수 있습니다."

라이언즈 부인이 자리에서 벌떡 일어났다.

"그의 부인이라니요!"

그녀가 소리쳤다.

"그 일은 더 이상 비밀이 아닙니다. 그의 여동생으로 통하는 사람은 실제로 그의 부인이었습니다."

라이언즈 부인이 털썩 자리에 주저앉았다. 그녀의 떨리는 손은 의자의 팔걸이를 꽉 움켜쥐고 있었는데, 너무 꽉 움켜잡았기 때문에 그녀의 분홍빛 손톱이 하얗게 변했다.

"그의 부인이라구요?"

그녀가 되풀이했다.

"그의 아내! 스태플턴 씨는 결혼하지 않았어요!"

셜록 홈즈는 어깨를 으쓱했다.

"증거를 대세요! 증거를 대보세요! 할 수 있으면 해보란 말이에요"

그녀의 눈에서 뿜어져 나오는 사나운 광채는 말보다 더한 기세를 느끼게 했다.

"물론 그렇게 할 준비가 되어 있습니다."

홈즈는 주머니에서 종이 몇 장을 꺼내면서 말했다.

"이것은 4년 전에 그들 부부가 찍은 사진입니다. 거기에는 '밴드레르 부부'라고 써 있지요. 부인께서도 스태플턴 부인의 얼굴을 알고 있다면 그들을 알아보기는 어렵지 않을 것입니다. 여기에는 밴드레르 부부를 본 믿을 만한 목격자들의 진술서가 석 장 있습니다. 그들 부부는 그 당시에 성 올리버 사립학교를 경영하고 있었습니다. 읽어보시고 이 사람들의 신원을 확인하는 데 의심 가는 점이 있는지 살펴보십시오."

그녀는 그것들을 훑어보고 나서 절망적이고 엄숙한 얼굴로 우리를 쳐다보았다.

"홈즈 씨."

그녀가 말했다.

"이 사람은 제가 남편과 이혼한다는 조건으로 저에게 청혼을 했습니다. 그 악당이 갖은 수단을 다 동원해서 저에게 거짓말을 한 거였어요. 지금까지 제게 한 얘기 중에 단 한 가지도 진실이 없습니다. 그러니까, 아, 세상에! 저는 그 모든 것이 저를 위한 것이라고 생각했어요. 하지만 지금은 제가 그의 손에 든 노리개에 지나지 않았다는 것을 알았어요. 제게 단 한번도 신의를 지킨 적이 없는 사람에게 제가 신의를 지켜야 할 이유가 어디 있겠어요? 제가 그의 사악한 행동이 가져온 결과로부터 그를 지켜 줘야 할 이유가 어디 있겠어요? 뭐든지 물어보세요. 아무것도 숨기지 않겠습니다. 한 가지 맹세할 수 있는 건 제가 그 편지를 쓸 때, 자비로우신 찰스 경을 해칠 뜻은 전혀 없었다는 점입니다."

"라이언즈 부인, 나는 부인을 전적으로 믿습니다."

홈즈가 말했다.

"당시의 일들을 반복하는 것이 부인으로서는 견디기 힘들 겁니다. 그래서 제가 그때 일어났던 일에 대해 질문하고 부인이 확인해 주는 편이 보다 쉬울 것 같습니다. 스태플턴이 그 편지를 보내도록 부인에게 제안했습니까?"

"그 사람이 편지 내용을 불러 주었습니다."

"그가 제시한 이유는 이혼과 관련된 법률 비용을 충당하기 위해 찰스 경에게 도움을 받으라는 것이었겠죠?"

"예."

"그런데 부인이 편지를 보내고 나자 그가 부인을 그 장소에 나가지 못하도록 했지요?"

"그는 그런 목적으로 돈이 쓰일 것을 알게 되면 자신의 자존심이 용서하지 않을 거라고 했습니다. 아무리 자기가 가난하지만 자신의 전 재산을 털어놓는 한이 있어도 우리를 갈라놓는 장애물을 제거하겠다고 했어요."

"그는 아주 철두철미한 성격의 소유자인 것 같습니다. 그럼 신문에서 그의 사망기사를 읽을 때까지 아무 얘기도 듣지 못했겠군요?"

"예."

"그 뒤에 찰스 경과 약속을 했었다는 것에 대해 누구에게도 말하지 못하도록 했겠군요?"

"예, 그랬습니다. 그는 찰스 경의 죽음이 대단히 불가사의한 것이기 때문에 만약 사실이 밝혀지면 제가 의심을 받게 될 것이라고 했습니다. 그는 저에게 겁을 준 뒤 침묵을 지키게 했습니다."

"그랬었군요. 하지만 부인도 의심이 갔겠죠?"

그녀는 주저하면서 눈을 내리깔았다.

"저는 그를 알고 있었어요."

그녀가 말했다.

"그렇지만 그가 저에게 신의를 지켰다면 저도 언제까지나 그에게 신의를 지켰을 것입니다."

"대체로 지금까지 부인은 운이 좋으셨습니다."

셜록 홈즈가 말했다.

"부인은 스태플턴을 의심했고 그도 그 사실을 알고 있었지요. 하지만 지금 부인은 살아 있습니다. 부인은 몇 달 동안 벼랑 끝을 걷고 있는 거나 마찬가지였습니다. 라이언즈 부인, 이제 작별인사를 드려야겠습니다. 머지않아 다시 연락을 드릴 겁니다."

홈즈는 부인에게 작별을 고하고 기차역으로 떠나며 나에게 말했다.

"이 사건이 마무리되어 가고 있네 그려. 우리 앞에 놓여 있던 숱한 어려움들이 차츰 사라지고 있어."

홈즈가 런던에서 출발한 급행열차가 도착하기를 기다리면서 말했다.

"나는 머지않아 이 시대의 가장 기괴하고 충격적인 범죄 사건을 앞뒤가 딱 들어맞는 이야기로 풀어낼 수 있게 될 걸세. 범죄학자들은 1866년에 소러시아의 그로드노에서 일어났던 유사한 사건을 기억할 것이네. 물론 북 캐롤라이나 주에서 일어난 앤더슨 살인 사건도 있었어. 하지만 이 사건은 다른 사건과 비교할 수 없을 만큼 몇 가지 특징을 가지고 있지. 우리는 아직까지도 이 교활한 사람에게 대항하기 위해 제시할 수 있는 뚜렷한 증거를 확보하지 못했네. 그러나 오늘 밤 잠자리에 들기 전까지는 틀림없이 해결할 테니 두고 보게."

런던발 급행열차는 요란한 소리를 내며 역에 들어왔다. 작고 단단한 체구의 불독같이 생긴 남자가 일등석에서 뛰어 나왔고, 우리 셋은 정중하게 악수를 나누었다. 나는 레스트레이드가 내 친구를 바라보는 경건한 태도를 보고 그가 홈즈를 진정으로 존경하고 있다는 것을 깨달았다. 나는 노련한 실무자를 자극하기 위해 사용된 이론가의 그 논리적인 빈정거림을 아주 선명하게 기억하고 있다.

"뭐 좋은 일이라도 있습니까?"

그가 물었다.

"오랜만에 벌어진 큰 사건입니다."

홈즈가 말했다.

"출발하기에 앞서 두 시간쯤 여유가 있으니 저녁을 먹으면서 시간을 보내는 게 어떨까요? 그런 다음 레스트레이드, 당신에게 다트무어의 신선한 밤공기를 선사해서 목구멍에 끼인 런던의 안개를 걷어 낼 작정입니다. 그곳에 한 번도 가본 적이 없지요? 아, 좋습니다. 전 당신이 황야의 첫 방문을 결코 잊지 못하리라고 생각합니다."

14
배스커빌의 개

홈즈의 한 가지 결점은—그런 것을 결점이라고 할 수 있는지 모르겠지만 아무튼 그의 결점은—계획을 실행에 옮길 순간이 올 때까지 다른 사람에게 자신의 계획을 알리는 것을 지독하게 싫어한다는 것이다. 그것은 부분적으로 주변사람을 압도하고 놀라게 하는 것을 좋아하는 홈즈의 거만한 천성에서 나오는 것이고, 다른 부분으로는 만약의 경우를 대비하려는 그의 직업적인 조심성에서 오는 것이었다. 그러나 결과적으로 그것은 홈즈의 대리인이나 보조자로 일하고 있는 사람들에게 아주 약 오르는 일이었다. 나는 예전에 그런 것 때문에 고통을 겪은 경우가 종종 있었다. 하지만 이번만큼 어둠 속에서 긴 시간 동안 마차로 달려가던 때보다 괴로웠던 적은 결코 없었다. 우리 앞에는 큰 시련이 기다리고 있었다. 마침내 우리는 최후의 전력투구를 하려는 것이었다. 그러나 홈즈는 아무 말도 하지 않았고, 나는 그가 어떻게 일을 추진해 나갈 것인가 추측으로 알 따름이었다. 마침내 차가운 바람이 얼굴을 때리고 좁은 길 양쪽에는 아무것도 없는 깜깜한 공간이 나타났다. 우리가 다시 황야로 돌아왔다는 것이 느껴지면서 내 신경은 기대로 인해 흥분되었다. 말들이 한 걸음 내디딜 때마다, 마차바퀴가 한 바퀴 돌 때마다 우리는 최상의 모험이 기다리는 장소로 점점 다가가고 있는 것이다.

우리의 대화는 마차의 마부에게 신경을 쓰느라 제대로 진행될 수 없었다. 그래서 우리는 감동과 기대로 신경이 팽팽히 긴장되었음에도 불구하고 어쩔 수 없이 시시한 일들에 대해 얘기할 수밖에 없었다. 그 부자연스러운 자기억제의 시간이 지나고 마침내 프랭클랜드 씨의 집을 거쳐 배스커빌 저택 근처에 닿았을 때 그것은 마치 구원이나 다름없었다. 우리는 현관까지 마차를 타고 가지 않고 대문 근처 길에서 내렸다. 마차의 요금을 지불하고 나서 다시 쿰 트레이시로 돌아가도록 지시한 뒤 우리는 메리핏 하우스로 걸어가기 시작했다.

"레스트레이드, 무기는 가지고 있습니까?"

그 조그만 탐정이 웃었다.

"제가 바지를 입는 한 뒷주머니가 있고 뒷주머니가 있는 한 그 안에 총이 들어 있을 겁니다."

"훌륭하군요! 내 친구와 나도 위급한 상황에 대처할 준비가 되어 있습니다."

"홈즈 씨는 이 사건에 대해 지독하게 말을 아끼고 계시군요. 이제 어떤 게임을 해야 하는 거죠?"

"기다림의 게임이지요."

"맙소사, 이곳은 그다지 기분 좋은 곳은 아닌 것 같습니다."

형사는 오한이 드는 듯 몸을 부르르 떨더니 언덕의 음산한 비탈과 그림펜 늪에 깔려 있는 거대한 안개 호수를 둘러보며 말했다.

"우리 전방에 있는 집에서 불빛이 나오고 있군요."

"저기가 우리의 목적지인 메리핏 하우스입니다. 이제부터 발끝으로 걷고 속삭이는 소리조차 내지 않도록 주의해야 합니다."

우리는 그 집을 향해 길을 따라 조심스럽게 이동했다. 그러다가 홈즈는 메리핏 하우스에서 200야드 가량 떨어진 지점에 도착하자 멈춰섰다.

"이 정도면 된 것 같군요."

그가 말했다.

"오른쪽에 있는 이 바위들은 훌륭한 보호막이 되어 줄 겁니다."

"여기서 기다릴 건가?"

"그렇다네, 우리는 여기서 매복을 할 걸세. 레스트레이드, 이 구멍으로 들어가십시오. 왓슨, 자네는 저 집에 들어가 본적이 있지? 방들의 위치를 얘기해 주겠나? 이 끝에 있는 저 격자창들은 뭔가?"

"부엌 창문인 것 같네."

"그리고 저쪽에 있는 것은? 아주 밝게 빛이 비추고 있는 곳 말일

세."

"저건 틀림없이 식당이네."

"블라인드가 젖혀져 있군. 자네가 이곳 지형을 잘 아니까 조용히 거기로 기어가서 그들이 무엇을 하고 있는지 보게. 그러나 부디 그들을 눈치채게 하지는 말게!"

나는 살금살금 걸어서 발육이 멈춘 과수원을 둘러싸고 있는 낮은 벽 뒤에서 몸을 숙였다. 그리고 커튼이 열려 있는 창문을 들여다

보았다. 방에는 헨리 경과 스태플턴 두 남자만 있었다. 그들은 내 쪽에서 옆모습이 보이도록 원탁 양쪽에 앉아 있었다. 그들 둘 다 담배를 피우고 있었고 커피와 포도주가 앞에 놓여 있었다. 스태플턴은 활기차게 얘기하고 있었지만 준남작은 창백하고 근심스러워 보였다. 불길한 황야를 혼자 걸어가야 한다는 생각이 그의 마음을 짓누르고 있는 것 같았다.

그들을 지켜본 지 얼마 안 되어 스태플턴이 방을 나갔다. 그러자 헨리 경이 다시 잔을 채우고 나서 의자에 기대앉아 뻐끔뻐끔 담배를 피웠다. 나는 문이 삐걱거리는 소리와 자갈을 밟는 명쾌한 신발 소리를 들었다. 그 발소리가 내가 웅크리고 있는 벽 반대편에 있는 길을 따라 지나갔다. 자물통에서 열쇠 돌아가는 소리가 나고 그가 안으로 사라지자 그 안에서 난투극이 벌어지는 것 같은 이상한 소리가 들렸다. 스태플턴은 1분 남짓 그 안에 있었다. 그리고 다시 열쇠 돌아가는 소리가 들렸다. 그런 다음 스태플턴은 내가 숨어 있는 곳을 지나 집 안으로 들어갔고, 나는 그가 손님과 다시 어울리는 것을 보았다. 나는 살금살금 걸어서 내 동료들이 기다리고 있는 곳으로 와서 내가 본 것을 얘기했다.

"그러니까, 스태플턴 부인이 그곳에 없었단 말인가, 왓슨?"

내가 보고를 끝마쳤을 때 홈즈가 물었다.

"그렇다네."

"그러면 그녀는 어디에 있지? 부엌 외에는 어디에도 불이 켜진 곳이 없는데 말이야."

"어디 있는지 나도 잘 모르겠네."

나는 그림펜 늪 저편에 짙은 안개가 깔려 있다는 얘기를 했다. 그것이 우리가 있는 쪽으로 서서히 이동하고 있었다. 저편의 안개는 낮지만 아주 뚜렷이 하나의 벽처럼 형성되어 있었다. 그 위에 달빛이 빛나고 있어 그것은 마치 희미하게 빛나고 있는 거대한 빙원처럼 보였고 멀리 있는 바위산의 봉우리들은 그 표면에 있는 바위들 같았다. 홈즈는 그쪽으로 얼굴을 돌리고 구름이 서서히 이동하는 것을 지켜보면서 투덜거렸다.

"왓슨, 구름이 우리들 쪽으로 오고 있네."

"그게 중요한가?"

"아주 중요하지. 저 안개는 내 계획을 완전히 망칠 수도 있으니까. 하지만 헨리 경은 오래 있지는 않을 걸세. 벌써 열 시거든. 우리의 성공과 심지어는 헨리 경의 목숨까지도 경이 언제 나오느냐에 달려 있네. 안개가 길을 덮치기 전에 나와야 할 텐데."

우리가 있는 곳의 밤하늘은 쾌청했고 별들이 밝게 빛나고 있었다. 그러나 반달은 희미한 빛에 완전히 싸여 있었다. 우리 앞에는 시커먼 집의 거대한 형체가 있었고 은빛의 수가 놓인 하늘을 배경으로 톱니 모양의 지붕과 삐죽이 솟아 있는 굴뚝들이 강렬한 윤곽을 그리고 있었다. 아래쪽의 창들에서 나오는 황금색 불빛이 과수원과 황야에 걸쳐 넓은 줄무늬를 그리고 있었다. 그런데 그중 하나가 갑자기 사라졌다. 아무래도 하인들이 부엌에서 나간 것 같았다. 남은 것은 잔인한 주인과 아무것도 모르는 손님이 담배를 피우며 잡담하고 있는 식당의 불빛뿐이었다.

황야의 절반을 뒤덮고 있는 흰 양털 같은 평원이 시시각각으로 점점 집으로 이동하고 있었다. 엷은 안개가 불이 켜진 황금빛 창을 휘감고 있었다. 보다 멀리 있는 과수원 벽은 이미 보이지 않았다. 이미 나무들은 하얀 안개에 휘감겨 있었다. 우리가 지켜보고 있는 동안 안개는 집의 양쪽 모서리를 휘감기 시작하더니 뭉게뭉게 피어올라 서서히 짙은 안개 봉우리를 만들었다. 이층과 지붕이 환상적인 바다에 떠 있는 이상한 배처럼 보였다. 홈즈는 화가 나서 우리 앞에 있는 바위를 손으로 치고 조바심으로 발을 굴렀다.

"그가 15분 내로 나오지 않는다면 길이 가려질 것일세. 15분 후에는 앞에 있는 내 손조차 보이지 않을 텐데."

"지대가 더 높은 곳으로 좀더 멀리 옮겨 갈까?"

"그래, 그게 바람직할 것 같네."

짙은 안개 봉우리가 계속 밀려오고 있었기 때문에 우리는 그 앞쪽으로 전진해 메리핏 하우스에서 반 마일 떨어진 곳까지 오게 되었다. 그 짙은 흰색 바다는 굽힐 줄 모르고 은빛으로 빛나는 달을 향해서 서서히 밀려오고 있었다.

"우린 너무 멀리 왔네."

홈즈가 말했다.

"헨리 경이 우리가 있는 곳까지 도착하기 전에 따라 잡혀서는 안 될 게야. 어떻게 해서든지 우리는 지금 있는 곳에서 물러나서는 안 되네."

홈즈가 무릎을 꿇고 잽싸게 땅바닥에 귀를 갖다 대었다.

"오, 드디어 헨리 경이 나오는 소리가 들리는 것 같네."

빠른 발걸음 소리가 황야의 정적을 깨뜨렸다. 우리는 돌들 사이에 쪼그리고 앉아 은테를 두른 봉우리를 열심히 바라보았다. 발걸음 소리가 점점 더 커졌다. 그리고 우리가 기다리던 사람이 마치 커튼을 걷고 나오듯 안개 속을 걸어 나왔다. 그는 별빛이 반짝이는 청명한 밤으로 나오자 놀란 듯 주위를 둘러보았다. 그리고 잔걸음으로 우리가 숨어 있는 곳을 가까이 지나쳐 긴 비탈로 올라갔다. 걸어가는 중에도 헨리 경은 마치 불안한 사람처럼 계속해서 주위를 두리번거렸다.

"쉿!"

홈즈가 소리쳤다. 그 다음 나는 찰칵하고 권총의 공이치기를 세우는 날카로운 소리를 들었다.

"조심해! 놈이 오고 있다!"

안개 봉우리 가운데 어디쯤에서 활발하게 움직이는 소리가 들려왔다. 안개는 우리가 있는 곳에서 50야드 이내까지 밀려왔고, 우리 세 사람은 어떤 무서운 일이 터져 나올지 모르는 안개 속에서 그것을 응시하고 있었다. 홈즈 바로 가까이에 있던 나는 잠시 그의 얼굴을 쳐다보았다. 그의 얼굴은 창백했지만 무척 기뻐하고 있었고 눈은 달빛을 받아 밝게 빛나고 있었다. 그러나 갑자기 못 박힌 듯 고정된 자세로 멈췄다. 눈이 휘둥그레졌고 입은 놀라움으로 인해 떡 벌어졌다. 그와 동시에 레스트레이드는 공포의 비명을 지르더니 고개를 바닥에 쳐 박으며 엎드렸고, 동시에 나는 벌떡 일어나 내 둔한 손으로 권총을 잡았다. 내 정신은 안개 속에서 튀어나온 그 무시무시한 괴물 때문에 마비되어 버렸다. 그것은 사냥개였다. 거대하고 새까만 그러나 이제까지 어떤 사람도 본 적이 없는 그런 사냥개였다. 무지막지하게 벌어진 입에서는 불이 뿜어져 나왔고, 눈은 검은 연기를 내뿜으며 작렬하고 있었다. 주둥이에 곤두선 털과 처진 목살에서는 불꽃이 번쩍이고 있었다. 정신착란자의 꿈에서조차 안개 기둥에서 갑자기 나타난 저 불길하고 무시무시한 얼굴보다 더 사납고 소름끼치며 몸서리쳐지는 것은 결코 상상할 수 없었을 것이다.

거대하고 새까만 짐승은 한 번씩 길게 튀어 오르며 헨리 경의 발자국을 쫓아갔다. 우리는 유령 같은 모습에 완전히 얼어 버려서 그 짐승이 우리를 지나쳐 갈 때까지 미처 정신을 차리지 못했다. 다음 순간 홈즈와 나는 동시에 총을 쏘았다. 그러자 무시무시한 짐승은 울음소리를 토해 냈다. 적어도 한 방은 맞았다는 것을 알게 해주는 것이었다. 그러나 그 녀석은 멈추지 않고 계속해서 긴 다리로 펄펄 뛰어갔다. 우리는 멀리 떨어진 길에서 헨리 경이 사냥개를 발견하자마자 얼굴이 새하얗게 변하는 것을 보았다. 경은 자신을 뒤쫓아 오는 소름

끼치는 존재를 무력하게 바라보며 공포에 질려 두 손을 치켜들었다.

그러나 사냥개의 고통스런 울부짖음은 우리의 모든 두려움을 날려 보냈다. 상처를 입는 존재라면 이 세상에 속한 존재이고 상처 때문에 울부짖는 것이라면 죽일 수도 있을 것이다. 나는 그날 밤 처음으로 날쌔게 달리던 홈즈의 모습을 보았다. 달리기라면 나도 빠지지 않지만 홈즈는 나를 앞지를 정도로 뛰어갔다. 우리는 길을 따라 달려가면서 헨리 경의 비명소리와 사냥개의 으르렁거리는 굵은 울부짖음을 들었다. 헨리 경 곁에 도착한 순간, 우리는 그 짐승이 헨리 경에게 달려들어 땅에 쓰러트리고 목을 물어뜯으려는 것을 보았다. 그러자 홈즈는 바로 사냥개의 옆구리를 향해 다섯 발의 총탄을 발사했다. 짐승은 고통스런 마지막 울음소리와 함께 허공을 향해 입을 쩍 벌리더니 땅으로 굴러 떨어졌고, 네 발을 난폭하게 허우적대면서 옆으로 맥없이 쓰러졌다. 나는 숨을 헐떡이며 몸을 숙여 무시무시하게 번쩍이고 있는 짐승의 머리에 권총을 들이대었다. 그러나 방아쇠를 당길 필요는 없었다. 그 거대한 사냥개는 이미 죽어 있었다.

헨리 경은 의식을 잃고 쓰러져 있었다. 우리는 급히 그의 옷깃을 벌리고 목을 살폈다. 다행이 목에는 아무런 상처도 없었다. 제때 구출했다는 것을 알자 홈즈가 안도의 숨을 내쉬었다. 헨리 경의 눈꺼풀이 떨리면서 조금씩 움직이려는 약한 미동이 보였다. 레스트레이드가 헨리 경의 이빨사이에 자신의 브랜디 병을 밀어 넣자 그가 눈을 뜨고 겁먹은 눈으로 우리를 쳐다보았다.

"오, 세상에!"

그가 중얼거렸다.

"그게 뭐였죠? 그게 도대체 뭐였습니까?"

"진정하십시오, 헨리 경. 그게 뭐였든지 간에 죽었습니다."

홈즈가 말했다.

"우리가 배스커빌 집안의 유령을 영원히 잠재웠습니다."

그 크기나 힘만 보아도 우리 앞에 뻗어 있는 사냥개는 무시무시했다. 그것은 순종 사냥개도 순종 마스티프도 아니었으며 차라리 그 둘의 잡종에 가까워 보였다. 포악하고 사나운 성질과 덩치는 웬만한 암사자와 비슷했다. 죽음의 침묵에 잠겨 있는 지금도 짐승의 거대한 턱에서는 푸른 불꽃이 튀고 있고 움푹 파인 잔혹한 눈에서는 불길이 번져 나오는 것처럼 보였다. 나는 시뻘겋게 타오르고 있는 짐승의 입에 손을 갖다 대었다. 손을 들어올리자 내 손가락도 어둠 속에서 연기를 내며 희미하게 빛을 발했다.

"인(phosphorus)이였군."

내가 말했다.

"교활하게 머리를 썼어."

홈즈가 죽은 동물에 대고 코를 킁킁거리며 말했다.

"개의 후각에 장애가 될 수 있는 냄새는 묻어 있지 않군. 헨리 경, 이토록 놀라운 일을 겪게 한 것에 대해 깊이 사과드립니다. 나는 사냥개에 대항할 준비를 갖추고 있었지만 이런 짐승이라곤 예상치 못했습니다. 그리고 안개 때문에 개를 막아낼 시간도 거의 없었습니다."

"홈즈 씨는 제 목숨을 구해 주셨습니다!"

"먼저 경을 위험에 빠뜨렸지요. 일어설 수 있겠습니까?"

"브랜디를 더 주시면 뭐라도 기꺼이 하겠습니다. 그래요! 일어설 수 있을 것 같습니다. 이제부터 어떻게 하실 겁니까?"

"경은 여기에 남아 있어야 합니다. 오늘 밤 더 이상의 모험은 경에게 무리입니다. 여기서 기다리고 있으면 우리들 중 누군가 한 사람이 경과 함께 저택에 돌아가게 될 것입니다."

그가 휘청거리며 일어서려 했지만 아직도 얼굴은 백짓장처럼 창백하고 팔다리가 후들거리고 있었다. 우리는 그가 바위 쪽으로 갈 수 있게 거들어 주었고, 바위에 주저앉은 헨리 경은 두 손으로 얼굴을 감싸며 떨고 있었다.

"우리 세 명은 남은 일을 처리해야 합니다. 이제 혐의를 잡았으니 범인을 잡는 일만 남군요. 한시가 급하니 빨리 서두릅시다."

홈즈가 말했다.

"놈을 집에서 잡지 못할 수도 있어."

홈즈가 왔던 길을 재빠르게 되돌아가면서 내게 말했다.

"총소리를 듣고 놈은 자신의 계획이 실패했다는 것을 눈치챈 게 틀림없네."

"우리는 메리핏 하우스에서 멀리 떨어져 있는데다가 안개 때문에 잘 모를 수도 있지 않을까?"

"놈은 사냥개를 돌아오게 하려고 개 뒤를 따라 왔을 걸세. 분명히 그랬을 거야. 아니지, 아니야, 그는 지금쯤 사라졌을지도 몰라! 그렇지만 우리는 집을 수색해서 확인해야 하네."

현관문이 열려 있었기 때문에 우리는 안으로 달려들어갔다. 복도에서는 갑작스런 일에 놀란 듯 늙은 하인이 벌벌 떨며 서 있었다. 식당을 제외하고는 불이 켜져 있지 않았지만 홈즈는 램프를 들고 온 집 안을 샅샅이 뒤졌다. 하지만 우리가 쫓고 있는 사람의 흔적은 어디에도 없었다. 그러나 2층에 있는 침실 문 중 하나가 잠겨 있었다.

"이 안에 누군가 있습니다!"

레스트레이드가 외쳤다.

"움직이는 소리가 들렸어요. 이 문을 열어야 하오!"

희미한 신음소리와 바스락거리는 소리가 안에서 들려왔다. 홈즈가 구둣발로 문고리를 걷어차자 문이 활짝 열렸다. 우리 셋은 손에 권총을 들고 일제히 방 안으로 뛰어 들어갔다. 그러나 안에는 우리가 찾고 있는 흉악한 악당의 흔적은 없고 대신에 전혀 예상치 못한 이상한 물체가 있었다. 깜짝 놀란 우리는 한동안 그것을 멍청하게 쳐다보고 있었다.

그 방은 작은 박물관처럼 꾸며져 있었다. 벽에는 유리 뚜껑이 있는 수많은 상자들이 줄지어 있었고, 그 상자에는 나비와 나방 표본들로 가득 차 있었다. 이런 것을 수집하는 게 복잡하고 위험한 인물의 취미였던 것이다. 방 한 가운데에는 벌레 먹은 지붕을 지탱하는 나무들보가 있었다. 그 기둥에 누군가가 묶여 있었는데 천으로 완전히 휘감겨 있어서 여자인지 남자인지 당장은 구분이 가지 않았다. 목을 감은 수건이 기둥 뒤에 매어져 있었고 얼굴 아랫부분과 까만 두 눈은 또 하나의 수건으로 가려져 있었다. 그 위로 비탄과 수치심으로 가득한 두 눈이 우리를 뚫어져라 바라보고 있었다. 잠시 후 내가 재갈을 없애고 감았던 붕대를 풀자 스태플턴 부인이 마루바닥에 힘없이 쓰러졌다. 그녀가 아름다운 머리를 떨어뜨리는 순간, 나는 그녀 목에 선명하게 찍힌 붉은 채찍자국을 보았다.

"짐승 같은 놈!"

홈즈가 소리쳤다.

"레스트레이드, 어서 브랜디를! 부인을 빨리 의자에 앉히시오! 지금 부인은 학대와 피로에 지쳐서 기절한 겁니다."

스태플턴 부인이 약하게 눈을 떴다.

"그는 달아났나요?"

그녀가 물었다.

"그는 우리에게서 도망칠 수 없습니다, 부인."

"아뇨, 제 남편 얘기가 아니에요. 헨리 경은요? 안전하신가요?"

"네, 안전합니다."

"그러면 사냥개는?"

"죽었습니다."

그녀는 긴 안도의 숨을 내쉬었다.

SP

"다행이에요! 정말 다행이에요! 아, 잔인한 인간! 그가 저에게 어떻게 했는지 보세요!"

그녀가 소매를 걷자 두 팔에는 온통 멍이 들어 있었다. 우리는 그녀의 드러난 팔을 보고 경악을 금치 못했다.

"그렇지만 이런 멍쯤은 아무것도 아니에요. 정말입니다! 그 인간이 고문하고 더럽힌 것은 제 마음과 영혼이에요. 그가 나를 사랑한다는 희망을 걸 수 있었던 동안은 학대와 고독, 기만당하는 삶을 참을 수 있었어요. 하지만 이제는 저 역시 그의 도구에 지나지 않는다는 사실을 깨달았어요."

그녀가 얘기를 하면서 격렬하게 흐느꼈다.

"부인은 이제 그에게 아무런 감정도 없으시겠지요?"

홈즈가 말했다.

"그렇다면, 우리에게 스태플턴이 어디 있는지 알려주십시오. 부인이 그동안 남편의 사악한 짓을 도왔다면 지금부터 우리를 돕는 게 부인이 속죄하는 길일 겁니다."

"그 인간이 도망칠 곳은 딱 한 곳밖에 없어요."

그녀가 냉정하게 대답했다.

"늪 한 가운데 있는 섬 위에 옛날 주석 탄광이 있어요. 그는 거기에다 사냥개를 두었고 은신처를 근처에 만들어 두었답니다. 도망쳤다면 분명히 늪으로 도망쳤을 거예요."

안개 기둥이 흰 양털처럼 유리창에 깔려 있었다. 홈즈가 그쪽으로 램프를 들이댔다.

"잘 보세요."

홈즈가 말했다.

"오늘 밤에는 그 누구도 그림펜 늪에서 길을 찾지 못할 것입니다."

갑자기 부인이 웃으면서 손뼉을 쳤다. 그녀의 눈과 치아가 감출 수 없는 기쁨으로 반짝였다.

"그 인간이 길을 찾아 들어 갔을지는 몰라도 절대로 나오지 못할 거예요."

그녀가 소리쳤다.

"그가 어떻게 늪에 들어갈 수 있는지 모르시겠다는 눈치군요. 우리는 늪을 빠져 갈 수 있는 길마다 막대기를 꽂아서 표시했어요. 그와 제가 말예요. 오, 제가 오늘 그것들을 모두 뽑아 버린다면! 그렇게 하면 정말로 그 인간을 당신들 손에 넣을 수 있어요."

안개가 걷히기 전에는 추적이 전혀 불가능했다. 그 사이 홈즈와 나는 레스트레이드에게 그 집을 맡기고 준남작과 함께 배스커빌 저택으로 돌아왔다. 우리는 헨리 경에게 스태플턴 남매의 얘기를 더 이상 숨길 수 없었다. 그는 자신이 사랑했던 여자에 대한 진실을 듣고서도 그 충격을 아주 잘 참아 냈다. 하지만 그날 밤 겪은 충격이 신경쇠약과 고열을 불러 왔고, 그로 인해 잠자리에서 심한 헛소리를 했기 때문에 모티머 의사의 보호를 받아야만 했다.

헨리 경과 모티머 의사는 헨리 경이 불길한 영지의 주인이 되기 이

전의 원기 왕성한 사람으로 돌아갈 수 있도록 함께 세계 일주를 하기로 되어 있었다.

나는 이제 이 이상한 이야기를 서둘러 마치려 한다. 지금까지 이야기를 하면서 나는 우리의 삶을 그토록 오랫동안 에워싸고 있다가 비극적으로 끝난 진한 공포와 막연한 추측들을 독자들과 함께 나누고자 했다. 사냥개가 죽은 그 다음 날 아침 안개가 걷히자 우리는 스태플턴 부인의 안내를 받아 늪지를 통과하는 길이 시작되는 지점으로 갔다. 우리는 그녀가 남편을 추적하는 데 보여준 열성과 기쁨을 통해 그 여인의 삶이 얼마나 불행했었는지를 짐작할 수 있었다. 섬은 단단한 토탄질로 된 좁은 반도로 그 끝에서부터 여기저기 박아 놓은 작은 막대기들이 지그재그로 표시되어 꽂혀 있었다.

우리는 부인을 반도에 남겨 두고 녹색 거품이 떠 있는 구덩이와 악취 나는 진창 사이의 덤불길을 따라 갔다. 울창한 갈대와 끈끈한 수초들이 얼굴을 때리고 유독 가스가 코를 움켜쥐게 만들었다. 우리는 한 걸음만 잘못 디뎌도 허벅지까지 잠기는 시꺼먼 늪에 여러 번 빠졌다. 주위의 늪은 발 근처의 미동에도 몇 야드에 걸쳐 진동을 퍼뜨렸다. 진흙탕은 걸어갈 때마다 우리 발꿈치를 끈덕지게 잡아당겼다. 그 속으로 빠지게 되면 마치 어떤 악의적인 손이 우리를 음탕한 구렁으로 끌어당기고 있는 것처럼 매우 불쾌하게 느껴졌다. 우리는 누군가 먼저 이 위험한 길을 지나간 흔적을 딱 한번 발견했다. 황새풀 덤불

한 복판에, 진흙투성이의 어떤 검은 물체가 튀어나와 있었다. 홈즈는 허리까지 늪에 빠뜨리면서 그것을 주었다. 홈즈를 끄집어 내지 않았다면 그는 다시는 땅에 발을 디디지 못했을 것이다. 홈즈가 공중으로 그 낡은 검정 구두를 쳐들었다. '토론토, 메이어스'라는 글씨가 구두 안쪽에 새겨져 있었다.

"진흙으로 멱을 감을 뻔 했군."

홈즈가 말했다.

"이것은 우리의 친구 헨리 경이 잃어버린 구두야."

"도망갈 때 스태플턴이 저기에 버렸겠지."

"바로 그렇다네. 스태플턴이 이것을 이용해서 사냥개가 헨리 경을 추적하도록 한 후에도 가지고 있었던 거야. 그는 계획이 실패했다는 것을 알고 도망치면서도 이것을 움켜쥐고 있다가 이 지점에 당도하자 내동댕이쳤을 것이네. 최소한 그가 여기까지 무사히 온 것은 분명해."

그러나 결국 우리는 그 이상을 알아내지는 못했다. 게다가 진흙이 계속 솟아 올라와 빠른 속도로 흔적을 지워 버리고 있었기 때문에 늪에서는 더 이상 발자국을 찾을 가망성이 없었다.

마침내 습지 너머의 단단한 땅에 닿았을 때, 우리 셋은 발자국을 열심히 찾아보았지만 어떤 흔적도 전혀 찾아볼 수 없었다. 땅이 거짓말을 하고 있는 것이 아니라면 스태플턴은 지난밤 안개를 헤치며 찾아간 자신의 은신처에 도착하지 못한 게 분명하다. 냉정하고 무자비한 그 사람은 저 악취를 풍기는 거대한 그림펜 늪의 중심부 어딘가에 영원히 묻힌 것이다.

스태플턴이 무시무시한 사냥개를 숨겨 두었던 섬에는 그의 흔적이 많이 남아 있었다. 커다란 마차 바퀴와 쓰레기로 반쯤 차 있는 수레가 버려진 탄광의 위치를 나타내고 있었다. 그 옆에는 광부들이 살았던 오두막집들의 부서진 잔해가 있었다. 광부들을 몰아낸 것은 주변의 습지에서 풍겨 오는 지독한 악취였을 것이다. 그 중 한 곳에는 물어뜯은 흔적이 많이 보이는 뼈들이 대못과 쇠사슬과 함께 흩어져 있었다. 그것으로 보아 개를 가둬 둔 곳이라는 것을 알 수 있었다. 뼈의 잔해 가운데 갈색 털이 엉겨 붙은 해골도 있었다.

"개의 뼈로군!"

홈즈가 말했다.

"저건 분명 고불고불한 털을 가진 스패니얼이야. 가엾게도, 모티머 의사는 다시는 애완견을 보지 못하겠군. 어쨌든 이곳에서는 더 이상 찾아낼 게 없네. 스태플턴은 여기에 개를 숨겨 둘 수는 있었지만 소리를 막지는 못했네. 그래서 심지어는 대낮에도 듣기에 과히 즐겁지 않은 동물의 울부짖음이 들렸던 거야. 그는 다급한 마음에 메리핏 하우스 헛간에 사냥개를 가뒀지만 그건 너무 무모한 행동이었네. 그래서 아주 특별한 날, 자신의 모든 노력이 결실을 맺을 수 있을 때라고 생각한 날에만 개를 데리고 나왔지. 깡통 속에 든 이 반죽은 사냥개에게 발라 준 발광체 혼합물이 틀림없네. 물론 이것은 배스커빌 가문

의 지옥의 사냥개 이야기에서 힌트를 얻었겠지만, 연로한 찰스 경에게 극도의 공포를 주어 겁에 질려 죽게 하려고 그랬겠지. 그렇게 무시무시한 존재가 깜깜한 황야에서 자신을 쫓아오는 것을 보았을 때, 가엾은 탈옥수 셀든이 비명을 지르며 도망쳤던 것도 무리는 아니었어. 우리 친구가 그랬고 우리들이라도 그랬을 걸세. 이것은 교활한 계략이었네. 이것은 그자의 목표물을 죽음으로 몰아넣기 위한 것만은 아니었어. 황야의 농부들이 지옥의 괴물을 봤다고 해서 어느 누가 자세히 살펴봤겠나? 그의 계획은 효과적으로 성공했지. 왓슨, 런던에서도 내가 말했지만 저기에 잠들어 있는 사람보다 더 위험한 사람을 추적해본 적은 없었네."

홈즈가 긴 팔을 들어 점점이 흩어져 있는 녹색 반점의 늪들을 가리켰다. 거대한 황야는 적갈색 산비탈로 점차 바뀌고 있었다.

15
회상

11월 말, 안개가 자욱한 음산한 날이었다. 홈즈와 나는 베이커가에 있는 거실에서 불타오르는 난로를 사이에 두고 앉아 있었다. 데번셔 문 방문이 비극적으로 종결된 이후, 홈즈는 아주 중요한 두 가지 사건에 관여했었다. 그 중 하나는 넌파레일 클럽의 유명한 카드 스캔들에 연루된 업우드 대령의 비리를 파헤치는 것이었고, 다른 하나는 양녀를 살해했다는 혐의로 구속된 가엾은 몽팡지에 부인을 변호하는 일이었다. 부인의 양녀 카레르는 6개월 후에 뉴욕에서 발견했는데, 알고 보니 결혼까지 한 몸으로 밝혀졌다.

홈즈는 자신이 관여한 어렵고 중요한 사건들에서 계속 성공을 거두었기 때문에 기분이 들떠 있는 상태였다. 나는 홈즈가 기분이 좋을 때를 이용해 그에게 배스커빌 사건의 수수께끼에 대한 나머지 이야

기를 자세히 들을 수 있었다. 사실 나는 끈기 있게 때를 기다렸다. 왜냐하면 홈즈는 결코 사건이 중복되는 것을 허용하지 않았고, 그의 명

석하고 논리적인 정신을 현재의 일에서 과거의 기억을 끌어내어 되씹게 할 수 없다는 것을 잘 알고 있었기 때문이다. 그러나 헨리 경이 손상된 신경을 회복하기 위한 긴 여행 도중에 런던에 와 있었고, 그들이 바로 그날 오후에 우리를 방문했기 때문에 자연스럽게 그 사건을 화제에 올렸다.

"그 사건의 전 과정은…."

홈즈가 말했다.

"자신을 스태플턴이라고 칭했던 사람의 관점에서 보면 아주 간단명료한 사건이었네. 물론 처음에 그의 동기를 제대로 알지 못하고 사건의 일부만을 알았던 우리에게는 그 모든 것이 상당히 복잡하게 보이긴 했지. 나는 스태플턴 부인과 두 차례의 대화를 했는데 그것을 통해 사건의 전모를 모두 파악했네. 'B'자로 시작하는 나의 사건 색인 목록에서 찾아보면 그 사건에 대한 몇 가지 기록을 찾아볼 수 있을 걸세."

"홈즈, 자네가 기억나는 대로 사건의 경위를 대략 설명해 주지 않겠나?"

홈즈는 긴 설명을 하기 시작했다.

"좋아. 내가 제대로 다 기억을 하고 있는지는 모르겠지만. 다른 일에 온 정신을 다 쏟다 보면 지나간 일들이 기억 속에서 흐려져 버리는 것은 정말 이상한 일이야. 마치 자신이 맡은 사건에 정통하여 전문가와 논할 수 있는 변호사라 해도 재판이 끝난 1~2주 후에는 그 사건에 대해 완전히 잊어버리게 되듯이 말일세. 그런 까닭에 카레르 사건이 배스커빌 저택에서의 내 기억을 흐려 놓았지.

내일은 또 다른 어떤 사건이 아름다운 프랑스인 부인과 파렴치한 업우드를 대신하여 내 주의를 끌게 되겠지. 그러나 배스커빌 사건은 하나도 빠짐없이 정확하게 사건의 경위를 설명할 수 있을 것 같네. 혹시 내가 잊은 것이 있으면 왓슨 자네가 보충해 주게나.

우선 내가 조사해 본 결과 그 집안의 초상화는 거짓말을 하지 않았네. 그 초상화야말로 스태플턴이 정말 배스커빌 가의 직계후손이라는 것을 분명히 알 수 있게 해주었지. 그는 찰스 경의 남동생, 로저 배스커빌의 아들이었네. 로저 배스커빌은 사악한 평판 때문에 남아메리카로 도망쳐서 결혼을 하지 않고 죽은 것으로 전해졌었네. 그러나 실제로는 결혼을 했었고 아이가 하나 있었는데 그 아이가 바로 스태플턴으로 그의 진짜 이름은 아버지와 같았지. 그는 코스타리카의 미인 베릴 가르시아와 결혼을 했고 상당한 액수의 공금을 횡령했네. 그리고 이름을 밴드레르로 바꾼 다음 영국으로 도망쳐 와서 요크셔 동부에 학교를 세웠네. 그가 이런 특수 분야의 사업을 시도한 것은 고국으로 돌아오는 항해 도중에 우연히 폐병에 걸린 프레이저 교수를 알게 되었기 때문이었네. 그는 이 사람의 사업 수완을 이용했는데 그 교수가 죽고 나자 잘 나가던 학교의 평판이 갈수록 나빠져 명예가 완전히 실추되었지. 밴드레르 부부는 이름을 스태플턴으로 바꾸고 남은 재산을 정리해서 영국의 남부로 옮겨 왔어. 스태플턴에게는 미래에 대한 계획과 곤충학에 대한 취미가 있었네. 나는 대영 박물관에 갔다가 그가 곤충학에 관한한 공식적인 권위자라는 것을 알게 되었지. 스태플턴이 요크셔 시절에 어떤 나방에게 '밴드레르'라는 이름을 붙여 주기도 했었다네.

이제 우리는 그의 생애 중에서 가장 지대한 관심을 갖고 있는 부분에 이르렀네. 그자는 조사를 통해 자신이 어마어마한 재산을 차지하는 데 방해가 되는 인물은 단 둘 뿐이라는 것을 알게 되었네. 데번셔에 갔을 때 그의 계획은 아주 막연한 것이었지만, 그가 자기 아내를 동생이란 신분으로 데리고 간 것으로 봐서 처음부터 악행을 저지를 생각이었던 것은 분명하네. 비록 구체화된 계획은 없었지만 자신의 아내를 미끼로 이용할 생각을 마음에 품고 있었던 것으로 보아 짐작할 수 있지. 그자는 결국 재산을 차지할 생각이었고 그 목적을 달성하기 위해서는 어떤 위험이라도 감수할 각오가 되어 있었네. 그가 맨 먼저 한 일은 가능한 한 자신의 조상들의 집에 가까이에 자리 잡는 것이었고, 두 번째 일은 찰스 배스커빌 경이나 황야의 이웃들과 우정을 돈독히 하는 것이었지.

찰스 경이 스태플턴에게 직접 가문의 사냥개에 대해 얘기해 줬는데 결과적으로는 스스로 죽음을 자초한 셈이 되어 버렸네. 스태플턴은 찰스 경의 심장이 약해서 심한 충격을 받으면 금방 죽게 된다는 것을 알고 있었고, 그분이 배스커빌의 불길한 전설을 심각하게 받아들이고 있다는 것도 알게 되었네. 영리하고 교묘한 그의 머리는 즉시 찰스 경을 죽이되 진짜 살인자에게는 죄를 씌울 수 없는 방법을 구상하기 시작했지. 구상이 끝나자 스태플턴은 아주 교묘하게 실행에 옮기기 시작했네. 보통 사람 같았으면 사나운 사냥개 정도로 만족했겠지만 인공적인 수단을 써서 그 짐승을 악마처럼 보이도록 한 것은 그의 입장에서 보면 천재적인 기지의 번득임이었네.

사냥개는 런던 풀햄가의 상인 로스 앤 맹글스에게 산 것이었고, 상인이 소유한 개 중에서 가장 사납고 힘이 센 놈이었어. 스태플턴은 그 개를 데리고 북 대번 기차를 탔고, 내려서는 황야를 횡단하는 상당히 먼 길을 걸었네. 그러면서도 그는 아무에게도 들키지 않고 그 개를 집까지 데려왔지. 그는 곤충을 잡으러 다니는 과정에서 이미 그림펜 늪을 통과하는 법을 터득하고 있었고 그 짐승을 숨겨 둘만한 안전한 장소도 포섭해 둔 상태였지. 스태플턴은 그곳에 개를 숨겨 두고 기회가 오기만을 노렸네.

하지만 기회는 그리 쉽게 오지 않았네. 왜냐하면 찰스 경을 밤에 집 밖으로 유인할 수 없었기 때문이야. 스태플턴은 여러 번 개를 데리고 황야에 숨어 있었지만 아무 소용이 없었네. 이렇게 헛수고만 하는 동안 그의 개가 농부들의 눈에 띄어 배스커빌의 전설에 나오는 지옥의 개가 출현했다는 소문이 황야에 퍼지게 되었어. 스태플턴은 그의 아내가 찰스 경을 유인해서 파멸하기를 바랐지만 그녀는 뜻밖에도 완강히 거부했네. 그녀는 찰스 경을 유혹해서 살인자에게 데려다주는 범죄에 가담하지 않았네. 스태플턴은 부인을 위협하고 이런 말을 하는 게 유감스럽지만 심지어는 폭력까지도 행사했다네. 하지만 그녀는 찰스 경의 살인에 관련된 일은 아무것도 하려고 들지 않았네. 그래서 스태플턴은 한동안 교착상태에 빠지게 되었어.

그 후 스태플턴은 찰스 경에게 불운한 여인 로라 라이언즈 부인을 돕는다는 구실로 자신이 그의 대리인이 되어 임명함으로써 지금까지의 난관을 타개할 방법을 모색했지. 라이언즈 부인에게는 자신을 독신남이라고 속여 전적으로 영향력을 행사했고, 그녀가 남편과 이혼만 해 준다면 그녀와 결혼할 것이라는 거짓 약속도 했네. 그런데 찰스 경이 모티머 의사의 충고에 따라 저택을 떠나려고 하자, 그의 계획은 갑자기 위기에 봉착하게 됐네. 즉시 조치를 취하지 않으면 자신의 계획이 물거품이 될 수도 있다고 생각한 스태플턴은 라이언즈 부인에게 찰스 경이 런던으로 떠나기 전날 밤에 면담해 줄 것을 간청하는 편지를 쓰게 했지. 그런 다음, 스태플턴은 그럴듯한 이유를 내세워 라이언즈 부인을 가지 못하게 하고 자신이 기다리고 기다렸던 기회를 포착했던 거였네.

스태플턴은 저녁에 쿰 트레이시에서 돌아와 제시간에 맞춰 사냥개를 데리고 나갔지. 그자는 악마처럼 보이게 하는 발광하는 도료를 칠한 다음 그 짐승을 찰스 경이 기다리고 있을 배스커빌의 쪽문으로 데려갔네. 주인의 명령을 받은 그 개는 쪽문을 뛰어 넘어 비명을 지르며 상록수 길을 따라 도망치던 찰스 경을 뒤쫓았네. 생각해 보게나. 그런 음침한 길에서 불을 뿜는 턱과 불타고 있는 듯한 눈을 가진 거대한 짐승이 자신을 뒤쫓아 오는 걸 보는 것은 무시무시한 광경이었을 걸세. 결국 찰스 경은 길이 끝나는 곳에서 심장병과 공포로 인해 쓰러져 죽었지. 사냥개는 계속해서 가장자리의 풀밭을 어슬렁거렸고 찰스 경은 길을 따라 달렸기 때문에 그의 발자국 외에 다른 흔적을 볼 수 없었던 것이네. 그가 가만히 누워 있는 것을 보고 짐승이 다가가서 냄새를 맡았지만 그가 죽은 것을 알게 되자 다시 돌아갔을 게야. 모티머 의사가 발견했던 그 자국을 남긴 것은 바로 그때였네. 그때 스태플턴은 사냥개를 다시 불러내어 그림펜 늪의 은신처로 급히 데려다 놓았을 것이네. 그렇게 해서 경찰을 당황하게 만들고 그 지방을 떠들썩하게 만든 불가사의한 사건이 마침내 우리의 추리 영역에 들어오게 되었던 것이네.

여기까지가 찰스 배스커빌 경의 죽음에 대한 전부네. 스태플턴의 계략이 얼마나 악마적이었는지 알겠지? 그는 진짜 살인범을 찾기 힘들도록 온갖 수법을 동원했어. 그의 유일한 공모자는 그를 결코 저버릴 수 없는 존재였고, 기괴하고 상상할 수도 없는 본질은 일을 더 효과적으로 진행하는 데 도움이 됐을 뿐이었네.

이 사건과 관련이 있는 두 여자, 스태플턴 부인과 로라 라이언즈 부인은 스태플턴에게 짙은 의혹을 두고 있네. 스태플턴 부인은 남편이 찰스 경에게 살의를 품고 있었다는 것과 사냥개의 존재를 알고 있었지. 라이언즈 부인은 이런 사실들을 전혀 알지 못했지만, 오직 스태플턴만이 알고 있는 그 약속 시간에 일어난 죽음에 대해 깊은 의혹을 품었네. 그러나 스태플턴은 두 여인 모두 자신의 영향력 아래 두었기 때문에 그들을 전혀 의심하지도 두려워하지도 않았네. 스태플턴은 하고자 하는 일의 절반은 성공적으로 해냈지만 훨씬 더 어려운 일이 남아 있었어.

사실 스태플턴은 캐나다에 있는 상속자의 존재를 알지 못했던 거야. 어쨌거나 그는 모티머 의사를 통해 곧 그것을 알게 되었고 헨리 배스커빌 경의 도착과 관련한 모든 상세한 일들에 대해 모티머 의사에게 듣게 되었지. 스태플턴은 자신의 아내가 찰스 경에게 덫을 놓는데 거부한 이후로 줄곧 그녀를 불신했네. 그는 아내가 자신의 눈에서 벗어나 있는 것이 염려되어 부인을 혼자 남겨 둘 수는 없었어. 자신의 영향력 밖에서 무슨 일이 벌어질지 모르는 일이니 말일세. 그런 이유 때문에 스태플턴이 부인을 런던까지 데리고 온 것이었네. 난 그들이 크레이븐가에 있는 멕스버러 프라이빗 호텔에서 묵었었다는 것을 알아냈는데 그곳도 내가 보낸 심부름꾼 소년이 증거를 찾기 위해 방문했던 호텔 중 하나였네.

스태플턴은 호텔방에 아내를 감금하고 수염을 달아 변장한 후 베이커가로 모티머 의사를 따라 왔다가 나중에 정거장으로, 또 노섬버랜드 호텔로 그를 뒤따라 다녔지. 그의 아내는 스태플턴의 계획을 눈치챘지만 남편의 야만적인 학대가 두려웠기 때문에 위험에 빠진 그 사람에게 감히 경고편지를 쓰지 못했네. 만약 편지가 스태플턴의 손에 들어간다면 그녀 자신도 무사하지 못할 게 뻔했기 때문이었지. 우리도 알고 있듯이 그녀는 최후의 수단으로 《타임스》의 사설 부분의 단어를 오려 내어 메시지를 만들고 필적을 변조하여 겉봉을 쓰는 편법을 이용하였네. 그것이 준남작이 처음에 받았던 경고로 위험하다는 것을 알리는 것이었네.

스태플턴에게는 헨리 경이 착용하는 물품을 얻는 것이 극히 중요한 일이었네. 개를 이용해 언제든지 헨리 경을 추적해서 공격하게 하려면 냄새를 얻을 수 있는 수단을 확보해야만 되었던 것일세. 뛰어난 민첩성과 대담함으로 그는 즉시 이 일에 착수했겠지. 호텔의 구두닦이나 객실담당 여종업원을 매수하여 자신의 계획을 돕도록 했을 것이 분명하네. 그러나 우연히도 처음에 훔쳐 온 구두가 새 것이어서 쓸모가 없자 그는 그것을 제자리에 다시 갖다 놓고 헌 신발을 가져갔는데 이것은 아주 유익한 사건이었네. 나는 이것으로 진짜 개가 있다는 생각을 굳히게 되었네. 낡은 구두를 얻으려고 애를 쓰면서 새 구두에는 무관심하다는 사실을 그 외의 다른 가정을 내세워 설명할 수 없지 않겠나. 상식을 벗어난 기괴한 사건일수록 더 주의 깊게 살펴봐야 한다네. 사건을 복잡하게 만드는 그 점에 관심을 기울이고 충분히 생각해 본다면 이것이야말로 바로 사건의 전모를 밝히는 열쇠가 될 가능성이 높지.

그리고 다음 날 아침 우리 친구들은 스태플턴의 미행을 모른 채 이곳을 방문했네. 우리의 방과 우리의 모습을 아는 것이나 그가 하는 전반적인 행동으로 볼 때 스태플턴의 범죄 경력이 결코 배스커빌 사건에만 국한되지 않았을 것으로 생각되네. 지난 3년 동안 서부 지방에서 네 건의 큰 강도사건이 발생했었는데, 그 중 어느 하나도 아직까지 범인이 체포되지 않았다는 것은 시사하는 바가 크네. 이것들 중 마지막 것은 5월 포크스톤 대저택 강도 사건이라네. 그것은 복면을 쓴 단독 강도가 자기를 놀라게 한 소년에게 무자비하게 권총 사격을 했던 것으로 세간의 관심을 끌었네. 나는 스태플턴이 이런 식으로 갈수록 줄어가는 재산을 보충했고 오래전부터 난폭하고 위험한 사람이었다는 걸 믿어 의심치 않네.

그날 아침 스태플턴이 우리에게서 기막히게 도망친 것이나 마부에게 내 이름을 대어 돌려보내는 대담성은 그가 신출귀몰한 기지를 가졌다는 것을 알게 해준 좋은 본보기였네. 그 순간부터 나는 런던에서 그 사건에 뛰어 들었고, 그 결과 런던에서는 승산이 없다고 결론을 얻어 다트무어로 돌아가서 준남작이 도착하기를 기다렸던 것이네."

"잠깐!"

내가 말했다.

"자네는 이 사건을 순서대로 잘 설명하고 있어. 그런데 설명하지 않은 게 한 가지 있네. 주인이 런던에 있는 동안 사냥개는 어떻게 되었지?"

"그것도 아주 중요한 문제라 나는 그 문제에 관해서도 조사했지. 스태플턴에게는 안소니라고 하는 늙은 심복이 있었네. 자신의 모든 계획을 알려 줄 만큼 완전히 신뢰하지는 않았겠지만 말이야. 그 노인이 스태플턴 부부와 인연을 맺은 것은 학교를 경영하던 당시의 수년 전으로 거슬러 올라가야 되네. 노인은 스태플턴 남매가 부부라는 것을 알고 있었을 걸세. 실은 이 노인도 자신의 나라에서 슬그머니 도망친 사람이야. 안소니란 이름이 영국에서는 흔한 이름이 아니지만 스페인이나 중남미 국가들에서는 안토니오란 이름이 많지. 스태플턴 부인과 마찬가지로 그 사람도 영어를 잘하긴 하지만 혀가 짧은 듯한 이상한 말투였어. 나는 그 노인이 스태플턴이 표시해 둔 길로 그림펜 늪을 건너는 것을 직접 본 적이 있네. 비록 노인은 그 짐승이 어떤 목적으로 쓰이는지 알지는 못했지만 주인이 없는 동안 그가 사냥개를 돌봤을 것이네.

스태플턴 부부가 데번셔로 가고 자네와 헨리 경도 곧 그곳으로 갔네. 그 당시에 내가 어떤 생각을 하고 있었는지 한 마디 하고 가지. 아마 자네도 내가 인쇄된 단어를 오려 붙인 그 편지의 투명무늬를 자세히 살펴봤던 것을 기억하고 있을 걸세. 편지를 눈에다 바짝 갖다 대고 살펴보다가 화이트 재스민의 희미한 향이 나는 것을 알게 됐네. 범죄 전문가라면 적어도 일흔다섯 가지의 향을 구별할 줄 알아야 하는데, 여러 번의 내 경험으로 볼 때도 사건의 성패는 얼마나 빨리 그런 걸 알아채느냐에 달려 있네. 그 냄새는 여인이 썼다는 것을 암시했기 때문에 내 의심은 점점 스태플턴 부부로 향하기 시작했었네. 그래서 우리가 서부 지방으로 가기 이전에 사냥개의 존재를 확신했고 범죄자를 짐작했던 것이네.

내 의도는 스태플턴을 지켜보는 데 있었네. 그러나 내가 배스커빌 저택에 함께 있으면 그자가 세심하게 경계를 할 것이기 때문에 함부로 그렇게 할 수 없었지. 그래서 미안하지만 자네를 비롯해 모든 사람을 속이고 내가 런던에 있는 것처럼 한 뒤 카트라이트를 데리고 은밀히 황야로 내려왔네. 나는 자네가 생각하는 것처럼 그렇게 많은 어려움을 겪지는 않았어. 그런 사소한 일들은 사건을 수사하는 데 결코 방해가 될 수 없네. 나는 대부분의 시간을 쿰 트레이시에서 머물다가 사건의 현장 가까이 있을 필요가 있을 때만 황야의 오두막을 이용했네. 카트라이트가 시골 소년으로 변장하고서 나에게 상당한 도움을 주었지. 음식이나 깨끗한 셔츠는 그 애가 다 갖다 주었네. 내가 스태플턴을 감시하고 있을 때, 그 애는 왓슨 자네를 자주 지켜보았어. 그렇게 해서 나는 모든 일을 통제할 수 있었네.

전에도 얘기했듯이 베이커가에서 쿰 트레이시로 자네의 보고서들은 바로 전송되었기 때문에 빨리 받아 볼 수 있었네. 그것들은 나에게 큰 도움을 줬지. 스태플턴이 우연히 밝힌 진짜 이력은 특히 더 도움이 되었네. 나는 스태플턴 남매의 신분을 확인할 수 있었고 마침내 내가 어떤 태도를 해야 하는지를 결정했네. 그런데 사건은 탈옥수 사건과 배리모어 부부 사이의 관계로 인해 상당히 복잡해졌지. 그러나 이것 또한 자네가 아주 적절히 해결해 주었네. 나 역시 직접 관찰해 본 결과 자네와 같은 결론에 도달했지만 말이야.

자네가 황야에서 나를 발견했을 때 나는 사건의 전모를 완전히 파악하고 있었네. 그러나 스태플턴을 배심원 앞에 보낼 만한 확실한 혐의는 잡지 못했었네. 그날 밤 헨리 경을 죽이려다가 탈옥수가 죽은 사건으로도 스태플턴의 살인 혐의를 입증하는 데는 별로 도움이 되지 않았네. 난 그를 현장에서 붙잡는 것 외에는 다른 방법이 없다는 결론을 내렸어. 그렇게 하기 위해서 헨리 경을 미끼로 이용할 수밖에 없었고, 경을 혼자서 아무런 보호 조치 없이 황야에 내보냈던 것이네. 우리는 헨리 경이 심각한 충격을 받게 하는 대가를 치르게 하고서야 사건을 마무리 짓고 스태플턴을 파멸로 몰아가는 데 성공할 수 있었네. 헨리 경을 그런 위험에 노출시켜 사건을 처리한 것은 비난을 받아 마땅한 일이였어. 하지만 나는 안개에 가려 그렇게 짧은 시간에 무시무시한 짐승이 우리 앞에 나타나리란 것을 전혀 예상하지 못했네.

오래 여행을 하다 보면 헨리 경은 손상된 신경이나 상처받은 감정에서 벗어날 수 있을 걸세. 그리고 스태플턴 부인에 대한 그의 사랑은 아주 깊고 진실한 것이었네. 그렇기에 이 모든 불길한 사건에서 그에게 가장 큰 슬픔을 줬던 것은 그녀가 그를 속인 것이었을 것이네.

이 사건 전반에 걸쳐 스태플턴 부인이 담당했던 역할을 밝히는 일만이 남아 있네. 그것이 사랑이었든 두려움이었든, 둘 다였던 간에 스태플턴이 그녀에게 영향력을 행사한 것은 틀림없네. 두 감정이 양립할 수는 없었지만 어쨌거나 아주 효과적이었네. 스태플턴의 명령에 따라 그의 누이동생으로 통하는 것에는 그녀가 동의했지. 그러나 그녀를 직접적인 살인의 공범으로 삼으려 했을 때, 스태플턴은 그녀를 더 이상 마음대로 할 수 없다는 것을 알았어. 스태플턴 부인은 남편에게 들키지 않는 범위 내에서 헨리 경에게 여러 방법으로 경고했네. 스태플턴은 헨리 경이 자신의 부인에게 구애하는 것을 보았을 때, 그것이 자신의 계획의 일부였음에도 불구하고 질투를 했었던 것 같네. 그는 미친 듯이 화를 내며 끼어들었고 그 결과 그토록 교묘하게 감춰져 있던 자제력을 불같은 성질로 인해 들키고 말았네.

스태플턴은 헨리 경과 친분을 쌓음으로서 헨리 경을 메리핏 하우스에 자주 드나들게 만들었지. 그렇게 해서 조만간 자신의 뜻을 이룰 기회를 얻는 확실한 수단으로 삼고자 했네. 하지만 결정적인 그날에 스태플턴 부인이 갑자기 그를 거역했네. 그녀는 그 죄수의 죽음에서 뭔가 눈치를 챘고, 더구나 헨리 경이 저녁 식사를 하러 오기로 한 날 사냥개가 헛간에 있다는 것도 알게 됐네. 그녀는 남편의 계획적인 범죄를 따지고 들었고, 무서운 일이 벌어졌네. 스태플턴은 처음으로 부인 앞에서 헨리 경을 연적으로 몰아붙였지. 남편에 대한 그녀의 충실함은 순식간에 쓰디쓴 증오로 변했고, 스태플턴은 그녀가 자신을 배신할 것이라고 확신했네. 그래서 그는 부인이 헨리 경에게 함부로 경고의 말을 발설하지 못하도록 그녀를 묶어 두었네.

그는 그 지방 사람들이 준남작의 죽음을 배스커빌 집안이 내린 저주 탓으로 돌리길 바랐겠지. 물론 사람들은 틀림없이 그렇게 했을 것이네. 그렇게 되면 아내가 다시 자신의 품으로 돌아와 기정사실을 받아들이고 입을 다물게 할 생각이었네. 어쨌거나 나는 스태플턴이 이 점에서 큰 실수를 했다고 생각하네. 만약 우리가 거기에 없었다고 해도, 그의 운명은 정해져 있었네. 스페인 혈통의 여인은 남편의 악행을 그토록 가볍게 용서하지 않았을 것이네. 왓슨, 사건 기록을 찾아보지 않고서는 이 이상한 사건에 대해 더는 자세히 설명할 수 없을 것 같아. 이제 중요한 것은 빠뜨리지 않고 다 설명한 것 같군."

"하지만 헨리 경이 그의 삼촌처럼 사냥개를 보고 겁에 질려 죽게 한다는 건 무리가 아니었을까?"

"그 개는 사나운 데다가 거의 굶주린 상태였네. 그 모습만으로도 겁에 질려 죽지 않는다 해도 최소한 저항을 할 수 없을 정도로 얼어붙게 만들었을 걸세."

"물론이지. 그런데 설명하기 어려운 문제가 딱 한 가지 남아 있네. 만약에 스태플턴이 상속을 받게 된다면 상속자인 그가 아무에게도 자신의 신분을 알리지 않은 채 저택에서 그렇게 가까운 곳에 살았던 것을 어떻게 설명을 할 수 있겠나? 그가 의심을 받지 않고, 조사 받는 일 없이 권리를 주장할 수 있는 다른 뾰족한 방법이라도 있었나?"

"그건 정말 해결하기 어려운 문제일세. 그렇지 않아도 자네가 나에게 그 문제에 대한 답을 얻으려고 할까 봐 염려했었네. 내 수사 영역은 과거와 현재일세. 사람이 미래에 어떻게 할 것인가 하는 것은

대답하기 어려운 질문이야. 스태플턴 부인은 남편이 그 문제에 대한 얘기를 몇 번인가 꺼낸 적이 있다고 했네. 가능한 세 가지의 방법이 있다고 하더군. 첫 번째는 남아메리카에 가서 소유권을 청구하고 그곳에 있는 영국 관계 당국자들 앞에서 자신의 신원을 확인한 뒤 영국에 오지 않고 재산을 손에 넣는 것이네. 아니면 그가 영국에 체류하는 짧은 기간 동안 절묘하게 변장을 하거나, 그것도 아니면 그가 상속인임을 나타내고 자기 몫의 소유권 주장을 담은 신원 증명서와 증거 서류를 공모자에게 줄 수도 있었을 것이네. 우리가 아는 스태플턴이란 작자는 무슨 난관이 있더라도 틀림없이 어떤 수단을 동원해서라도 찾아내고야 말았을 걸세. 왓슨, 우리는 지난 몇 주를 매우 힘들게 보냈네. 오늘 하루 저녁만이라도 즐거운 마음으로 기분 전환을 하는 게 어떨까? 나에게 '유그노'의 특석 표가 있네. 자네는 레슈케의 노래를 들어본 적이 있나? 그러면 30분 이내로 준비하고 출발하기로 하지. 도중에 마르시니에 들러서 간단한 저녁 식사를 하기로 하세."

아서 코난 도일

(Arthur Conan Doyle, 1859~1930)

1859년 5월 22일 에든버러 출생. 1930년 7월 7일 서섹스 주 크로보로에서 심장마비로 사망. 크로보로의 윈들샴에 영면.

아서 코난 도일은 위대한 작가는 아닐지 몰라도 픽션 역사상 가장 유명한 인물을 창조한 작가다. 사실 셜록 홈즈의 이름은 탐정과 동의어이고 사슴 사냥 모자나 담배 파이프라고 하면 전세계 누구나 홈즈를 생각한다. 도일이 쓴 4편의 장편과 56편의 단편 소설을 읽지 않은 사람도 그렇게 생각한다. 그러나 60편의 이야기 어디에도 이런 모자나 파이프에 대해서는 묘사되어 있지 않다. 또 "초보적인 것이야, 왓슨."이라는 대사도 나오지 않는다. 셜록 홈즈를 잘 알고 있는 사람들도 대부분은 아서 코난 도일에 대해서 잘 모르고,

도일이라는 사람은 홈즈 스토리의 저자에 지나지 않는다고 생각한다.

현재의 이런 사실은 도일의 생전에도 거의 비슷했는데, 도일은 이를 탐탁치 않게 여겼다. 그는 셜록 홈즈 시리즈 이상의 것을 문학의 세계에도 구현할 수 있다고 생각했다. 특히 그는 자신의 작품 중 최대의 업적은 심령현상의 진실과 사자(死者)와의 교신을 증명하려고 하는 책이라고 믿었다. 여기에 그는 인생 최후의 11년을 바쳤다. 도일은 자신이 중요하다고 생각하는 작품에서 홈즈가 그 자신과 독자의 관심을 빼앗아 가지 않을까 우려해, 어느 얘기에서 홈즈를 죽였는데 여론에 밀려 나중에는 그를 살릴 수밖에 없었다.

도일은 인간의 존재에 대해서 뜻 깊은 진실을 전한 위대한 작가는 아니지만 4개의 강점을 가진 훌륭한 작가다. 첫째, 그의 문체는 힘 있고 명쾌해서 읽기 쉽다. 사실, 자신이 1923년 ≪콜리어≫에 쓴 수필 <셜록 홈즈의 진실>에서 '나는 간결한 문체를 좋아해서, 긴 문장을 가능한 피하고 있다. 이런 표면적인 것에서 독자가 때로는 나의 역사소설의 기반이 되어 있는 실지 조사의 양을 과소평가하는 원인이 되는지도 모르겠다.'고 말하고 있듯이 그의 문체는 너무도 명쾌하다. 도일의 전기 작가의 한 사람인 로날드 피어솔이 <코난 도일, 전기의 해명(Conan Doyle, A Biographical Solution, 1977)>에서 '도일의 문체는 40년간 거의 변화가 없다.'고 쓰고 있다. 현존하는 원고에 수정한 것이 없는 것을 보면 그의 문체는 읽기 쉬운 동시에 쓰기 쉬운 것이라는 사실을 알 수 있다.

둘째, 도일은 간결하고 감각적인 묘사로 분위기와 장소를 독자에게 느끼게 하는 힘이 있다. 오늘날에도 셜록 홈즈 스토리를 읽고 처음으로 런던을 방문한 관광객은 마치 이전에 여기에 온 것 같은 기분이 들게 된다. 홈즈의 소설 가운데 가장 유명한 <배스커빌의 개>에서는 황야의 쓸쓸함을 생생하게 묘사하고 있고, 도일의 역사 소설을 보면 칼이 부딪치는 중세의 시대로 끌려가는 기분이 든다.

셋째, 도일은 기억에 남는 인물을 창조하는 힘이 있다. 그가 창조한 인물은 사실적으로 묘사되어 있지 않은데도, 인격을 갖추고 있고 현실의 인간보다도 실재감이 있다. 이는 셜록 홈즈뿐만 아니고, 에티엔느 제랄 준장, 조지 에드워드 챌린저 교수, 나이젤 롤링 경 같은 도일의 다른 주인공에서도 알 수 있다. 그러나 동시에 도일 소설의 단역의 대부분은 그다지 훌륭히 묘사되어 있지 않고 순진한 젊은 여성, 악당, 충실한 친구, 둔감한 경관 등은 유형적으로만 나타난다.

더 중요한 네 번째의 특징으로 도일은 스토리텔러의 거장이라는 점을 들 수 있다. 그는 최소한의 노력으로 독자의 흥미를 확실히 끌었다. 그는 정교한 스토리를 만들어 내는 능력에 자신이 있었다. 이야기 줄거리는 가끔 진부하고 의외성이 없기도 하지만, 독자는 말하는 기교와 이야기의 강력한 힘 때문에 줄거리를 쫓아가 읽어 나간다. 사실 이 재능은 그의 명쾌한 문체와 마찬가지로 많은 반향을 불렀다. 도일은 이 사실도 좋아하지 않았다. 역사소설 분야에서는 고증에 의한 옛 시대의 생활을 재현하고, 영국인에게 자국의 역사를 가르치려고 했지만 서평가들에게는 단순한 모험이야기로밖에 취급되지 않았다.

도일은 엄밀한 의미에서 프로작가였다. 1891년에 의사를 그만두고, 글을 써서 얻은 수입으로만 대가족을 부양했다. 그리고 1920년대에 들어서는 한 단어에 10실링이라는 세계에서 가장 많은 돈을 받는 작가가 되었다. 그는 무엇을 쓸 것인가 결정할 때, 독자의 기호를 생각했다. 셜록 홈즈 스토리는 많은 돈을 받았기 때문에 사실상 여기에 따를 수밖에 없었다. 그러나 많은 경우 도일은 자신이 쓰고 싶은 것을 쓰고, 대개는 미국이나 영국의 독자가 읽고 싶어 하는 것을 조화시켰다. 작품의 대부분은 우선 잡지에 게재되고 이어서 단행본으로 나왔기 때문에 각각의 작품에 대해서 두 번씩 고료를 받았다. 단편소설은 잡지에 발표하고 단행본으로 만들고, 장편소설은 언제나 정기간행물에 연재한 다음에 단행본이 되었다. 또 도일은 기차나 택시 속에서도, 촬영을 위해 포즈를 잡고 있을 때도, 파티에서 회화를 나눌 때도 끊임없이 집필하는 프로작가였다.

탐정이야기, 역사소설, 공상과학소설, 호러 소설, 홈코미디, 스포츠소설, 시, 희곡 등 사실상 여러 장르를 집필했다는 점에서도 그는 프로였다. 또 오페레타와 논픽션을 쓰기도 했는데, 오페레타는 그의 실패작이기도 했다. 나이트 작위를 받은 것은 보어 전쟁중에 남아프리카에서의 영국의 군사행동을 옹호하는 팸플릿을 썼기 때문이다. 그는 이 전쟁이나 제1차 세계대전의 역사, 군비에 관한 기사, 문학비평, 역사, 심령현상의 옹호론, 피의자의 변호 등도 쓰고 있다.

도일은 결코 소극적인 지식인은 아니었다. 그는 행동파이고 당당한 체격을 가졌는데 한창때는 신장 6피트 2인치, 체중 210파운드인 만능 스포츠맨으로 럭비, 복싱, 크리켓을 잘했다. 전기 작가에 의하면 스위스에 스키를 유행시킨 것은 도일이었다고 한다.

도일은 보수적인 편견을 갖고 있기도 했다. 대영제국을 흔들림 없이 지지하고 여성의 참정권에는 완강하게 반대하고, 아무 의문도 갖지 않고 계급제도를 받아들였다. 또 노동조합과 모르몬교를 싫어했으며, 기사도를 신봉해 시대에 뒤떨어진 사람이기도 했다. 그러나 시대를 앞서가는 면도 있어, 과학의 발견에 처지지 않고 텔레비전이나 잠수함 전쟁의 출현을 예측하는 기사나 이야기를 썼다.

도일은 작가로서가 아니라 의사로서 인생을 출발했다. 1870년 말, 에든버러의 대학 재학 중에 조셉 벨 교수를 만났다. 박사는 환자의 외모를 보고 직업 등을 추측하는 능력이 있었다. 벨은 셜록 홈즈의 모델이 되고, 생리학교수 윌리엄 루더포드가 도일의 또 다른 등장인물인 챌린저 교수의 모델이 되었다. 학비를 벌기 위해서 휴가 중에는 의사들의 조수 노릇을 하기도 했다. 이들 의사 가운데 한 사람의 조카

조셉 벨 교수

가 문장력이 뛰어난 도일의 편지를 보고, 무언가 써서 판매하도록 권했다. 이 말에 힘입어 도일은 작가로서 스타트를 한 것이다. 첫 작품은 거부당했지만 두 번째 작품 <사삿사 계곡의 미스터리>는 1879년, ≪챔버스저널≫에 이름 없이 게재되었다. 이것은 남아프리카의 세 명의 모험가들의 얘기로 그들은 불타는 듯한 빨간 눈을 한 악마에 대한 미신을 조사하고 거대한 다이아몬드를 발견한다. 또 하나의 이야기 <미국인 이야기>는 브레트 하트를 흉내 내서 쓴 것으로 1880년 ≪런던 소사이어티 크리스마스 호≫에 발표되었다.

모험에의 관심을 현실로 옮기기 위해 1880년, 도일은 선의(船醫)가 되어 7개월 북극의 바다표범 사냥 여행에 동행하는 계약을 맺었다. 피어솔이 썼듯이 그가 타고 있던 포경선의 뱃사람들이 때로는 군복을 입고 그의 얘기에 등장했다. 1881년에 의학박사 학위를 취득하고 이번에는 화물선의 군의가 되어 아프리카로 항해했다. 귀국한 그는 ≪브리티시 저널 오브 포토그래프지≫에 항해기사를 쓰고 ≪런던 소사이어티≫와 ≪블랙우드≫에 단편소설을 발표했다.

1886년 도일은 추리소설에도 도전하려고 결의했다. 그가 읽었던 추리소설은 어느 것이나 우연인지 몰라도 탐정의 번뜩이는 재능에 사건의 해결을 맡기고 있어, 만족할 만한 것은 없었다고 말하고 있다. <셜록 홈즈의 진실>에서 말하고 있듯이 '매력은 있지만 지리멸렬한 이 일은, 적어도 과학에 접근해야 한다.'고 도일은 생각했다. 에드거 앨런 포의 뒤팽 시리즈나 에밀 가보리오의 루콕 이야기, 윌키 콜린즈의 <월장

석> 등의 영향을 받아 도일은 <얽힌 실>이라는 제목으로 소설을 쓰기 시작했다. 그의 메모에서 알 수 있듯이 주인공 탐정은 원래는 세링포드 홈즈라는 이름이고, 말하는 사람은 올몬드 사카였다. 그러나 이들 이름은 곧바로 셜록 홈즈와 존 H. 왓슨 의사로 바뀌고 소설 제목도 <주홍색 연구>가 되었다.

도일의 이 소설은 1886년 3월에서 4월에 걸쳐 3주 동안 써서 ≪콘힐≫에 보냈다. 편집자 제임스 페인은 이 소설이 마음에 들었으나 1회로 발표하기에는 너무 길고, 연재하기에는 너무 짧다는 이유로 거절했다. 이 소설은 1년 이상 지나 워드록 사가 입수해서 1887년 판 ≪비튼의 크리스마스 연간≫에 게재되었다. 이 소설의 판권으로 도일이 받은 돈은 25파운드가 전부였다. <주홍색 연구>는 그다지 인기를 얻지 못했다. 그러나 1887년판 ≪비튼의 크리스마스 연간≫은 지금 세계에서 가장 귀중하고 값비싼 출판물이 되었다. 그리나 홈즈의 소설은 2류 잡지나 신문에서밖에 좋은 서평을 얻을 수 없었다. 워드록 사는 도일의 아버지가 그린 6매의 삽화를 넣어 단행본으로 1888년 출판했다. 아버지는 알코올 중독으로 1879년부터 시설에 수용되어 있었다.

1887년 도일은 처음으로 역사소설 <마이카 클락>을 쓰기 시작했다. 17세기에 일어난, 부친 찰스 2세에 대한 몬마스 공작의 모반을 다룬 것이다. <아서 코난 도일의 생애(The Life of Sir Arthur Conan Doyle)>에서 존 딕슨 카는 “솔즈베리 평원에서 브랫하운드 개의 활약, 웰즈 대성당의 전투, 셋지무어 전투 등 액션 장면은 별도로 하고, <마이카 클

락>의 강력함은 그 인물묘사에 있다. 전쟁에서 탄환 한발이 발사되지 않아도, 사태의 자세한 묘사에 의해 인물 한 사람 한 사람이 살아 있는 인간으로 성장해 간다."라고 말하고 있다.

찰스 하이암은 그의 저서 <코난 도일의 모험>속에서 "전쟁의 묘사는 놀라울 정도로 힘이 넘치고, 저자의 전투의 대한 집착심에서 장면은 생생하다."고 말하는데 도일은 이때까지 한번도 진짜 전쟁을 경험하지 못했다. 도일의 다른 픽션이 대부분 그렇듯이 이 소설도 1인칭으로, 이 경우는 몬마스 공작의 지지자 마이카를 통해서 말하고 있다. 도일은 이 책을 쓰는데 취재 2년에, 집필만도 5개월이 걸렸다고 했다.

<마이카 클락>은 1889년 2월에 발표되어 열광적인 서평을 받았다. 도일은 곧바로 14세기를 무대로 한 다른 역사소설 <화이트 컴퍼니(The White Company)>를 쓰기 시작했다. <화이트 컴퍼니>의 취재와 집필을 하는 사이 도일은 필라델피아와 런던에서 ≪리핀코트 매거진≫을 내고 있는 미국의 출판사에서 새로운 셜록 홈즈를 써 달라는 의뢰를 받았다. 오스카 와일드도 동석했던 런던에서의 만찬 자리였다. 이 의뢰를 계기로 도일은 <네 명의 기호>를, 와일드는<도리언 그레이의 초상>을 썼다. <네 명의 기호>는 미국에서는 <네 사람의 서명(The Sign of the Four)>이라는 제목으로 출판되었다. 소설은 1888년 당시를 무대로 인도의 보물, 의족을 한 남자, 부는 독화살을 사용하는 원주민, 오스카 와일드를 연상시키는 인물, 템즈 강을 따라 배로 추적하

는 장면 등이 나온다.

<네 명의 기호>는 1890년에 ≪리핀코트≫에 전편 게재되었고 또 단행본으로도 출판되었다. 이 책은 특히 미국에서 호평을 받았지만 셜록 홈즈의 센세이셔널한 인기를 몰고 오기에는 조금 더 기다려야 했다. <네 명의 기호> 집필 후 도일은 다시 <화이트 컴퍼니>를 썼다. 이 소설은 기사 나이젤 롤링 경, 지주 앨런 애드릭슨, 그의 친구 '호들' 존, 그리고 활의 명수 샘킨 에일워드가 영국, 프랑스, 스페인을 무대로 악당들을 쫓는 이야기다. 하이암은 이 소설을 시대에 뒤떨어진 소설이라고 했지만 도일은 이 소설이 영국의 전통을 규명하고 화살병의 기원을 처음으로 밝히는 것이라고 하면서 불편한 심기를 드러냈다. <화이트 컴퍼니>는 ≪콘힐≫에 연재된 후, 1891년 단행본으로 출판되었고 그 후에도 많은 판이 나왔다.

1891년 도일은 런던에서 안과 전문의로 개업했는데 결국 환자를 한 사람도 받지 못했다. 그 대신 축음기에 관한 유머 소설 <과학의 소리>를 ≪스트랜드≫ 1891년 3월 호에 기고했다. 얼마 지나지 않아 도일은 한 사람의 중심인물을 두고 연속적인 이야기를 쓰는 것으로 잡지에

≪스트랜드 매거진≫

고정 팬이 생기는 것을 알았다. 이미 셜록 홈즈를 만들었기 때문에 홈즈를 주인공으로 단편소설 6편을 썼다. 첫 작품 <보헤미아의 스캔들>이 ≪스트랜드≫ 1891년 7월 호에 실려, 셜록 홈즈는 경이적인 인기를 얻었다. 도일은 1편에 35파운드를 받았다.

≪스트랜드≫에 홈즈 시리즈 삽화를 그린 시드니 파젯(1860~1908).

이야기에는 시드니 파젯의 삽화가 들어 있었다. 출판사가 파젯 형제 가운데 보다 유명한 형 월터를 고용할 생각이었는데 잘못해서 그를 고용한 것이다. 그러나 파젯은 셜록 홈즈의 이미지를 만드는데 공헌했다. 그는 홈즈를 도일이 본래 생각하고 있던 이상으로 핸섬하게 그렸고, 또 사냥모자를 그려 넣은 것도 파젯이었다. 더욱 더, 파젯이 1908년 죽을 때까지 삽화를 그린 것은 38편 가운데 8편뿐으로 거기에만 사냥모자가 그려져 있다. 다른 그림에서는 홈즈는 실크햇, 펠트 모자, 햇, 밀짚 캉캉 모자 등 여러 가지 모자를 쓰고 있다. 도일 자신은 어느 이야기에서는 '머리에 꼭 맞는 천 모자'를 또 다른 곳에서는 '귀 덮개가 있는 여행모자'를 탐정에게 씌우고 있다.

최초의 2, 3편이 ≪스트랜드≫에 게재되자 홈즈의 인기는 전국적인 것이 되었다. 이 때문에 도일은 의사를 그만두고 교외로 이사한 후 글을 써서 생활을 하기로 결심했다. ≪스트랜드≫의 편집자가 처음 6편에 계속해서 홈즈 스토리를 의뢰해 왔을 때, 도일은 마음속에 다른 계획을 갖고 있었기 때문에 꼭 거절할 거라고 생각할 정도로 많은 원고료를 요구했다.

그런데 1편에 50파운드 달라는 그의 요구는 그 자리에서 받아들여졌다. 그래서 도일은 주에 2편의 비율로 추가분 6편을 썼다. 그리고 또 다른 역사소설, <망명자>를 쓰기 시작했다. 이 소설은 잡지에 연재되어 그 후 1893년에는 단행본으로 발행되었다. 도일은 이 소설의 완성도에는 만족하지 않았지만 존 딕슨 카는 “대 삼림 속의 모험장면은 움직임이 생생하고 힘이 있어, 다른 작가는 그를 따를 수 없다. 거기에는 마치 색을 칠한 인디언의 얼굴이 실제로 교외의 창문에서 들여다보는 듯한 생생한 진실미가 있다.”고 쓰고 있다. 같은 시기에 도일은 첫 희곡으로 자신의 단편을 기초로 한 1막극 <15인의 패잔병>을 썼다. 이 단편은 1891년 3월에 ≪하퍼즈 위클리≫에 게재된 것이다. 이 희곡을 그는 배우이며 극장 지배인인 헨리 어빙에게 보냈다. 어빙은 제목을 ‘워털루(Waterloo)’로 바꾸고 1894년 순회공연을 했는데, 1896년 런던의 자신의 극장에서 공연해서 성공을 거두었다.

홈즈 스토리의 처음 12편은 <셜록 홈즈의 모험>으로 출판했는데, ≪스트랜드≫는 더 쓰도록 의뢰했다. 도일은 편집자의 요청을 거절하기 위해 자신이 생각해도 엄청난 고료인 1,000 파운드를 다음 12편에 대해 요구했다. 많은 작품을 쓰는 도일은 이들 이야기를 쓰면서 교외 생활을 소재로 한 <마을의 저쪽>과 역사소설 <위대한 그림자>를 썼다. 하이암은 이 후자를 재미없다고 했지만 딕슨 카는 거기에서 최후의 워털루 전투의 묘사는 "귀에 들리고, 총의 연기로 콧구멍이 막히는 것 같았다."고 쓰고 있다. 도일은 병든 친구 제임스 배리를 도와 오페레타 '제인 애니(Jane Annie)'를 완성했다. 하지만 이 작품은 1893년 5월에 사보이 극장에서 상연되었을 때 무참하게도 실패했다.

도일의 첫 부인,
루이즈 호킨즈

1893년 가을, 도일의 처 루이즈가 결핵에 걸려 목숨이 몇 개월밖에 남지 않았다고 선고받았다. 실제로 루이즈는 그 후 13년이나 살았다. 아내의 간병이라는 무거운 짐을 짊어진 도일은 홈즈 이야기의 새로운 줄거리를 생각하는 것이 싫었다. 또 그가 창작한 탐정은 '더 좋은' 작품에 써야 할 자신의 시간을 잡아먹기 때문에 여기에 전력을 기울일 수 없다고 느껴, 도일은 《스트랜드》와 약속한 12편 가운데 마지막에 <마지막 사건>으로 홈즈를 죽게 만든다. 이 소설의 사건은 1891년 4월로 설정되어 있다. 홈즈와 왓슨 의사는 범죄왕 제임스 모리아티 교수를 쫓아 스위스로 간다. 범인 일당은 홈즈의 노력의 결과 체포하지만 왓슨이 속임수에 넘어가 현장을 떠나게 된다. 왓슨은 라이헨바흐 폭포에 돌아와서 홈즈가 남긴 편지와 그가 모리아티와 같이 절벽에서 떨어져 죽었다고 생각되는 증거를 발견한다. 이 이야기가 1893년 12월 ≪스트랜드≫에 게재되자 2만 명의 독자가 구독을 중지하고, 실크햇에 상장(喪章)을 달고 런던을 다니는 신사도 있었고, 전 세계에서 '홈즈를 살리라'는 운동이 일어났다. 그러나 도일은 아무 후회도 하지 않고 두 번째 주문으로 쓴 12편의 홈즈 이야기를 <셜록 홈즈의 회상>으로 묶어 자신과 어느 박사의 교류를 쓴 자전소설 <스타크 먼로의 편지>를 쓰기 시작했다. 이것은 그의 최고의 코미디인데, 주인공과 그의 부인이 철도사고로 사망해서 이야기가 끝난다.

홈즈와 모리아티의 격투

그 후 도일은 ≪스트랜드≫를 위해 육군준장 제랄 이야기를 연작으로 썼다. 제랄은 실존한 프랑스 장군 말보 남작을 모델로 하고 있다. 도일은 1892년 그의 회고록을 읽었다. 이 이야기의 두 시리즈는 <용장 제랄의 회상>과 <용장 제랄의 모험>으로 모아졌다. 카는 "나폴레옹의 전투를 묘사한 그의 작품 가운데 가장 뛰어난 묘사를 하고 있다.

이유는 프랑스인의 눈을 통해 전쟁을 보고 있기 때문이다. 제랄의 소박한 프라이드, 자기만족, 여러 여성이 자신을 사랑한다는 신념, 그 모든 것이 그 밝음으로 독자의 눈을 속였다. 그의 침착하고 훌륭한 성격은 기대를 저버리지 않는다. 제랄은 말을 타고 페이지에서 뛰쳐나온다. 가슴을 뛰게 하는 이 이야기는 밝은 장면이 많다. 등장인물이 칼에 베이거나, 목이 잘릴 때에도 어느 정류의 유머가 떠오른다. 제랄은 도일이 창작한 캐릭터 중에서도 가장 기억에 남는 한 사람이다."라고 쓰고 있다.

1897년 도일은 셜록 홈즈의 희곡을 써서, 배우 비어봄 트리에게 보냈다. 하지만 트리가 홈즈의 역할을 자신에 맞도록 쓰고 싶다고 요구했기 때문에 도일은 이것을 거부했다. 그래서 트리의 대리인은 원고를 뉴욕의 제작자에게 보내고, 이 제작자는 작품을 미국 배우 윌리엄 질렛에게 주었다. 질렛은 이 희곡을 도일의 작품 몇 개를 기초로 멜로드라마로 고쳐 쓰기 위해 도일이 쓴 원래 원고는 모습이 없어졌다. 카와하이암에 의하면 질렛은 도일에게 전보를 쳐서 "홈즈를 결혼시켜도 좋은가?"하고 물었다. "홈즈를 결혼시키든, 죽이든, 마음대로 해도 좋습니다."라고 도일은 대답했다. 질렛의 연극에서는 홈즈의 결혼은 써 있지 않지만 사랑에 빠졌다는 점에서는 도일의 이성적 인물의 성격에서 벗어난 것이다.

1898년 도일은 ≪스트랜드≫에 연재하는 새로운 소설의 집필을 시작해, 그것들은 <난로가 이야기>라는 제목으로 묶었다. 그 가운데 하나 <마지막 특수사건>에서는 역과 역 사이에서 열차가 갑자기 사라지는 카가 말하는 "도일의 작품 가운데서도 뛰어난 추리(탐정과 구별해서)소설이다."라고 했다. 그해 가을에는 <코러스와 이중주>를 썼다. 이것은 교외에 사는 중산계급의 부부의 일상생활을 따뜻하고 아름답게 유머 넘치는 눈으로 본 작품이다. 이 책은 작가의 마음에 드는 한 편이고 도일은 그 연재를 거부했다. 연재를 하면 본래의 맛이 손상된다고 생각했기 때문이다. 이 소설은 H.G. 웰즈와 앨저논 스윈번이 절찬했지만 일반인이나 비평가들은 도일이 기대했던 것에서 너무나 동떨어져 있었기 때문에 성공은 하지 못했다.

지배계급인 영국인과 네덜란드인의 자손인 식민지인이 싸운 보어 전쟁이 아프리카에서 발발했을 때, 도일은 41세로 병역에 응모하기에는 나이를 너무 먹었다. 대신 그는 1900년 남아프리카의 브로운 폰테인의 사립병원에서 의사로서 3개월 근무하고, 귀국 후에는 <위대한 보어 전쟁>이라는 제목으로 그 시점에서의 전쟁의 정확하고 편견 없는 역사를 썼다. 이 책은 높게 평가를 받았다. 그러나 그 마지막 장에서 이전에 ≪콘힐≫에서 전개한 이론, 영국 육군의 근대화를 추진했기 때문에, 예상대로 육군으로부터 조소를 받았다. 그러나 그가 제안한 개혁은 나중에는 모두 채용되었다. 그 후 영국군이 보어 전쟁의 한창 중에 잔혹한 행위를 했다고 하는 비난에 대해 의분을 느낀 도일은 1주일에 6만 단어를 이르는 반론 팜플렛을 썼다. 1902년 1월에 발표하자 <남아프리카의 전쟁, 그 원인과 대책(The War in South Africa, Its Cause and Conduct)>은 영국에서는 1부 6펜스로 팔리고 프랑스, 러시아, 독일 등에서도 몇천 부에 이르는 번역이 나왔다. 책의 판매이익은 모두 자선사업에 기부했다. 이 선전활동의 공적에 의해 도일은 1902년 8월 9일에 나이트 칭호를 받았다.

<배스커빌의 개> 초판본

1901년 3월, 도일은 플레처 로빈슨과 함께 골프에 나갔다. 거기에서 플레처는 자신의 고향 데본셔의 다트무어에 전해 오는 유령 개의 전설을 얘기해 주었다. 로빈슨과 함께 다트무어에 여행한 도일은 돌아와서 '정말 마음에 드는' 소설이라는, 이 전설에 기초한 이야기를 쓰기 시작했다. 얼마 후 다시 생각해 그 소설에 다시 셜록 홈즈를 등장시켜 제목을 <배스커빌의 개>로 하기로 결정했는데 사건의 설정에는 주의를 기울여, 홈즈가 라이헨바흐 폭포에서 죽기 전인 1899년으로 정했다. 존 딕슨 카는 <배스커빌의 개>는 "단편, 장편을 막론하고 모든 홈즈의 스토리 가운데서 홈즈가 돋보이는 것이 아니고, 스토리가 홈즈보다 우위를 차지하는 유일한 작품이다. 독자의 마음을 잡는 것은 빅토리아 스타일이 탐정이 아니고, 고딕 스타일의 로맨스다." 라고 했다.

1914년 도일은 최후의 셜록 홈즈 장편, 밀실살인을 취급한 <공포의

계곡>을 완성했다. <주홍색 연구>와 마찬가지로 3인칭으로 쓰인 이 작품의 중심적인 긴 부분으로 범죄에 연결된 과거의 사건이 자세히 말하고 있다. 펜실베이니아의 탄광을 무대로 실존 인물 모리 맥과이어를 모델로 하고, 테러리스트들의 노동조직 스코러즈를 묘사한 부분이다. 삽화가 되어 있는 모험은 그 자체가 뛰어난 이야기이지만 비평가의 일부에는 이 부분에서 도일이 반노동자의 노골적인 편견에 반대하는 사람도 있었다. 소설 첫 부분에서 홈즈는 살인사건을 해결하지만, 존 딕슨 카는 "아주 완벽에 가까운 추리소설이고 추리소설에 대한 코난 도일의 공헌을 보이는 가장 명확한 작품이다. 도일은 불가해한 수수께끼를 만들고 독자에게 완벽하게 생각할 수 있는 힌트를 주면서, 사실은 탐정은 도대체 무엇을 하고 있을까 하고 의문을 품게 하는 트릭을 짜고 있다."라고 말하고 있다. 한편 피어솔은 "해자로 둘러싸인 영주 저택에서 일어난 살인사건에는 분위기 면에서 무언가 빠져 있는 게 있다. <배스커빌의 개>의 데번셔와 서섹스 지방에서는 어둠이 다르다. 이야기는 영주 저택에 한해 있고, 등장인물이 계속 움직이고 때로는 감정을 보여서, 방을 찾아다니고 의미 깊은 말을 하거나 한다. 왓슨이 신뢰하는 리볼버는 여기에는 나오지 않는다."고 말하고 있다. 피어솔은 "이 소설의 노란 코트를 입고 자전거를 타는 살인범은 위협과는 거리가 멀다."고 결론을 짓고 있다. 이 소설은 홈즈가 라이헨바흐 폭포에서 소식을 끊기 이전을 무대로 하고, 모리아티 교수가 무대 뒤에서 역을 맡고 있다.

제1차 세계대전 발발에 대한 도일의 반응은 아주 특징적이다. 직접적인 행동으로는 거주지역에 지원자로 라이플 보병중대를 조직해서 전선을 찾아가, 그에 대해서 기사와 강연, 6권이나 되는 <프랑스와 플랜더스에서 영국의 작전(The British Campaign in France and Flanders)>을 포함한 책을 여러 권 썼다. <마지막 인사>에서는 홈즈를 전장에 등장시키고 있다. 60세의 탐정은 독일의 스파이를 잡기 위해서 은거생활을 버리고 온다. 그는 1903년부터 서섹스 주에서 양봉을 하고 있었다. 은밀한 행동을 하는 사이 홈즈는 도일의 부친의 미들 네임인 '앨터몬트'를 별명으로 사용하고 있다. 이 얘기는 1917년에 썼지만 1914년 8월 제1차 세계대전 발발 직전을 무대로 하고 있다. 이것은 1908년 이후, ≪스트랜드≫에 게재된 이야기를 모아 단행본의 제목으로 했다.

셜록 홈즈의 얘기는 몇 년이나 걸쳐 부정기적으로 게재되어 왔는데 1927년에는 최후의 2작이 <셜록 홈즈의 사건집>에 모아졌다. 이 책의 서문에서 도일은 이 이상은 쓰지 않는다고 밝히고 있다. '나는 셜록 홈즈가 인기 테너 가수처럼, 어려운 시대를 산 뒤에도 열광적인 청중에게 몇 번이고 몇 번이고 반복해서 작별의 인사를 하는 것을 두려워한다. 이런 일은 그만두어야 한다. 그리고 현실의 것이든 상상상의 것이든 인간 누구나 걷는 길을 걸어야 한다. 1893년 <마지막 인사>를 쓸 때에도 도일은 홈즈 얘기를 쓰는 것을 그만두려고 했다. 그리고 34년 후에 결국 그는 그 결의를 실행한 것이다.

1930년 7월 7일 도일은 여행의 피로와 심장병 때문에 타계했다. 그가 마음으로 생각했던 역사소설은 지금은 그다지 읽히지 않고 있다. 그러나 육군준장 제랄의 이야기나 <잃어버린 세계> 등은 지금도 즐거움을 주고 있다. 후자는 1925년, 지금도 높이 평가되고 있는 무성영화의 고전이라고 할 수 있는 '킹콩' 등의 과학공상영화에 인스피레이션을 주고 있다. 물론 도일은 무엇보다 셜록 홈즈 이야기와 단편소설로 잘 알려졌다. 이들 얘기는 끊임없이 인쇄되어 적어도 56개국에 번역되었다. 홈즈와 왓슨은 연극이나 영화, 라디오나 텔레비전의 프로, 뮤지컬 코미디, 발레, 만화작품으로 묘사되어 홈즈의 모습은 여러 제품의 광고에 사용되어 왔다. 홈즈는 제임스 조이스의 <포네건스 웨이크>와 같은 문예작품 중에도 언급되어 있다. 시인 T. S 엘리엇의 <맥비티: 이상한 고양이>는 분명히 모리아티 교수를 모델로 쓰고 있다. 엘리엇의 무운시극 <대성당의 살인>에서 베케트와 세컨드 템버와의 대화는 도일이 1893년에 쓴 <머스그레브가의 의식>을 의식적으로 밑에 깔고 있다.

만년의 도일